KB077930

인생은 뜻대로 되는 게 아니지만,
인생을 바라보는 태도는
뜻대로 바꿀 수 있습니다.

_____ 님께

_____ 드림

나는 어제보다 오늘이 좋다

2015년 1월 5일 개정판 1쇄 발행
지은이 · 김성희

펴낸이 · 이성만
표지 디자인 · 김애숙
마케팅 · 권금숙, 김석원, 김명래, 최민화
경영지원 · 김상현, 이연정, 이윤하, 김현우
펴낸곳 · (주)쌤앤파커스 | 출판신고 · 2006년 9월 25일 제406-2012-000063호
주소 · 경기도 파주시 회동길 174 파주출판도시
전화 · 031-960-4800 | 팩스 · 031-960-4805 | 이메일 · info@smpk.kr

ⓒ 김성희 (저작권자와 맺은 특약에 따라 검인을 생략합니다)
ISBN 978-89-6570-238-2 (03810)

쌤앤파커스(Sam&Parkers)는 독자 여러분의 책에 관한 아이디어와 원고 투고를 설레는 마음으로 기다리고
있습니다. 책으로 엮기를 원하는 아이디어가 있으신 분은 이메일 book@smpk.kr로 간단한 개요와 취지,
연락처 등을 보내주세요. 머뭇거리지 말고 문을 두드리세요. 길이 열립니다.

나는 어제보다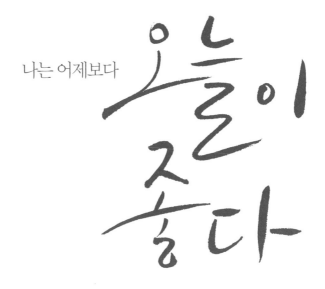

옥스퍼드 지식 전도사 써니가 전하는 삶의 지혜

김성희 지음

contents

2 더 늦기 전에 해주고 싶은 이야기

3 인생의 절반은 당신이 만나는 사람이다

원더풀, 내 인생

남불 보르도 공항에서 있었던 일이다. 여권을 받아든 입국심사 직원이 나를 힐끗 바라본다. 표정을 보건대 한국과 북한을 잠시 헷갈린 모양이다. 장난삼아 싸이의 말춤을 보여주니 씨익 웃으며 엄지손가락을 들어올린다. 역시 춤은 말보다 힘이 세다. 내 모습을 본 동료 직원이 마구 웃더니 불쑥 한마디 한다. "저도 써니 샘처럼 살고 싶어요!"

"응? 내가 어떻게 사는데?"

"늘 즐겁잖아요. 매사에 열정적이고."

아, 그런가? 그럴지도 모르겠다. 어디까지나 내가 하는 일 때문일 것이다. 나는 2009년부터 옥스퍼드 대학에서 운영하는 '보이스 프롬 옥스퍼드Voices from Oxford'의 대표를 맡고 있다. '보이스 프롬 옥스퍼드'는 세계적인 석학들과 글로벌 리더들을 초빙해 그들의 지식을 영상으로 전하는 온라인 매체다. 분야는 매우 다양하다. 생물학 교수가 공대생에게 강의를 하고, 의대 교수와 환경 전문가가 만나 지구온난화를 논하는 식이다. 영국, 아니 세계 학생들에게 지식을 전하기 위해 최고의 적임자를 섭외하고 진행하다 보면 없던 열정도 생기기 마련이다. 수년 전부터는 서울대 글로벌 공학교육센터와 교육 프로젝트를 시작하고, 중국 및 다른 나라로까지 무대를 넓히느라 도무지 쉴 틈이 없을 정도다. 자연히 엄청난 에너지를 발휘할 수밖에.

옥스퍼드와의 본격적 인연은 나이 오십에 이루어졌다. 옥스퍼드 대학의 어느 여교수가 내 논문이 흥미롭다며 대학원 입학을 권한 것이 계기가 되었다. 이런저런 핑계로 도망치려 했지만 인연의 끈은 결국 나를 학생으로 재탄생시켰다. 젊은 친구들과 치열하게 경쟁도 하고 신나게 즐기기도 하면서 공부를 마쳤고, 이제 인연이 마감됐다고 생각하며 옥스퍼드를 떠났다. 하지만 어느 날, 옥스퍼드의 스승들이 아직 인연이 끝나지 않았다고 통보해왔다. 그것이 바로 보이스 프롬 옥스퍼드였다.

아이들 뒷바라지를 끝내고 오십이라는 나이에 다시 영어영문학 공부를 시작했다고 하면 대부분이 놀랍다는 반응을 보인다. 그도 잠시 잠깐, 남편이 얼마나 능력이 좋기에…라는 부러움이 표정에서 읽힌다. 게다가 이 나이에 영국과 서울을 오가며 일하고 있으니, 그야말로 팔자가 좋아도 보통 좋은 게 아닌, '엄친 할머니' 취급도 무리는 아니다. 하지만 실상을 들여다보면 조금(?) 다르다. 나는 한 남자의 아내이자 두 아이의 엄마이자 다람쥐 같은 손자손녀를 둔 전형적인 대한민국 할머니다. 막걸리와 곱창전골을 가장 좋아하고 하루라도 된장과 김치를 거르면 입맛이 시무룩하다. 지금도 끼니때가 되면 찬을 걱정하고 재래시장을 찾는다. 외국에서 아이들 뒷바라지를 한 데다 뒤늦게 시작한 공부 때문에 한 푼이라도 더 절약하려는 습관이 몸에 밴 까닭이다.

그럼에도 수많은 학자들을 만나며 지식을 전하는 일을 하고 있으니(심지어 공부를 남들보다 2배는 했으니), 남들보다 꿈도 크고 이루고 싶은 것도 많을 거라는 오해를 종종 받는다. 하지만 결코 원대한 목표를 세운 적은 한 번도 없었다. 눈앞에 주어진 현실에 최선을 다하다 보니, 최선의 선택이 어렵다면 차선의 선택을 하자는 마음으로 살다 보니, 오히려 많은 걸 이룰 수 있었다. 사실 모든 것은 생계형 영어에서 비롯되었다. 1979년 옥스퍼드 대학에서 박사 후 연구원으로 일하게 된 남편을 따라간 영국에서, 나는 큰 시련을 맛보았다. 남편이 갑자기 쓰러져 병원에 입원한 것이다. 당시만 해도 결핵은 죽음에 이르는 무서운 질병이었다. 낯선 땅에서 어린 두 아이를 데리고 당장 남편의 약을 처방받아야 했는데, 남편과 가족의 생계를 책임져야 한다는 일념으로 무식하게 달려들었다.

한국에 돌아와서도 마찬가지였다. 불러주는 곳이 많아서 영어를 가르치다가 부족한 나 자신을 알게 되어 본격적으로 언어학을 공부했고, 방송에도 발을 들여놓았다. 방송을 하면서 자연스럽게 영국과 교류를 이어갔고, 나의 열정을 눈여겨본 교수의 권유로 옥스퍼드 대학에 입학했다. '보이스 프롬 옥스퍼드' 또한 우연찮은 발상에서 시작되었다. 공부에 뒤늦게 관심을 가진 나처럼, 좀 더 많은 이들에게 배움의 기회를 주고 싶다는 생각에서 내놓은 아이디어가 현실이 된 것이다.

이처럼 한 치 앞을 알 수 없는 것이 인생이다. 누구보다 철저히 준비하고서도 막판에 엎어지는 사람이 있는가 하면, 한 번 온 기회를 놓치지 않고 자기 것으로 만드는 사람이 있다. 작은 방송국 '보이스 프롬 옥스퍼드'를 통해 수많은 사람들을 만나면서 느낀 것도, 인생을 계획대로만 살 수 없다는 사실이다. 노벨상 수상자, 세계적인 석학, 글로벌 기업의 리더…, 모두 처음부터 승승장구한 게 아니라 몇 번씩 궤도를 수정하며 지금의 자리에 오른 사람들이다. 오히려 평범한 사람보다 훨씬 더 자주 넘어지고, 더 멀리 돌아왔다 해도 과언이 아니다.

그에 반해 우리는 지나치게 빨리 무언가를 이루고 싶어 한다. 꿈과 목표를 세운 후에는 경주마처럼 앞만 보고 달리는 데 열중한다. 남들보다 조금 늦어도 되는데, 길이 아니면 돌아가도 되는데, 앞으로 나아가기 바빠서 정작 중요한 것을 놓치고 만다.

뜻대로 되지 않는 게 인생의 진리라면, 가끔씩 옆을 돌아보는 것은 인생의 묘미다. 죽어라고 공부하고 죽어라고 노력해서 소위 성공은 했지만, 가족과도 멀어지고 친구 하나 없는 삶을 살면서 뒤늦은 허무함에 몸부림치는 이들도 적지 않다. 나는 인생을 마무리할 즈음이 되어서야 그동안 왜 그렇게 앞만 보고 달렸는지 모르겠다며 후회하는 이들을 종종 본다. 나 역시 그들과 다르지 않은 모습으로 인생을 달려왔다. 대신 어제보다 나은 오늘, 어제보다 행복한 오늘을 살겠다는 마음가짐으로 살아왔다. 시련을 만났을 때 엎어지기보다 스승들을 찾아 인생의 소중함을 배우려고 애썼다. 호기심이 많은 탓에 샛길로 들어서 헤매긴 했지만, 생각지 못한 열정과 배우는 재미를 얻었다. 딱히 삶의 재미만을 추구하며 산 것은 아니었으나 열심히 하다 보니 재미를 느꼈다. 철저히 내일의 계획을 세운 것은 아니었으나 바로 오늘, 지금 이 순간을 열심히 살다 보니 결실을 맺었다. 아, 이쯤 되면 정말 행복한 인생이 아닌가.

얼마 전 옥스퍼드 대학 엑서터 칼리지 700주년을 기념해 《해리포터》의 저자 조앤롤링을 초빙하게 되었다. 교수와의 대담에서 세계적인 작가가 내뿜는 카리스마는 대단했다. 교수와 졸업생, 천여 명의 재학생들이 모두 숨죽이고 그녀의 이야기를 경청할 정도였다. 대담이 끝난 후 질의응답 시간에 눈물을 흘리는 여학생이 있을 만큼 현장의 열기는 무척이나 뜨거웠지만, 나는 아주 사소한(?) 에피소드가 가장 기억에 남았다. 맨체스터에서 런던으로 향하는 기차가 네 시간 지연된 탓에 소설 《해리포터》의 구상을 시작했다는 것이다. 일이 꼬여서 짜증낼 수도 있었지만 주어진 상황에 불평하지 않고 그 순간을 활용한 것이 오늘의 그녀를 만들었다.

"Life is wonderful!" 내가 늘 하는 말이다. 인생은 살 만한 것이다. 노상 버킷리스트만 찾기보다 지금 내가 하는 일을 버킷리스트로 만든다면 더더욱 인생은 살 만해진다. 처음부터 자기가 좋아하는 일을 하는 사람이 과연 몇이나 될까? 어떤 상황이든 내 선택이 최고라고 믿어야, 그 일을 즐기게 되고 잘하게 되는 법. 지금 주어진 순간에 최선을 다하다 보면, 어느덧 한 발짝 나아가 있는 것이 인생이다.

많은 이들이 가지 못한 길을 동경하고, 가려 하는 길 앞에서는 망설인다. 나는 이 책을 통해 내가 택한 길이 최고라는 믿음만 잃지 않는다면, 몇 배는 더 멋지고 신나게 살 수 있음을 보여주고 싶다. 성공의 비밀이나 남들보다 잘사는 비결을 알려줄 수는 없겠지만 내가 가진 것만으로 인생을 잘 꾸려나가는 법을 담으려 노력했기에, 좀 더 즐겁게 사는 실마리가 되어줄 거라 조심스럽게 기대해본다. 당연히 나만의 이야기는 아니다. 그동안 나를 아낌없이 가르친 스승들의 지혜이자, 나와 만난 모든 사람들에게서 얻은 지혜다. 그 지혜를 아낌없이 전하고 싶다. 사랑하는 손자손녀와 자신의 삶을 더 사랑하고자 하는 이들에게.

옥스퍼드에서, 써니

인생 앞에서 우리는 모두 학자가 아닌 학생이 된다. 의미를 전하는 사람이 아닌 의미를 찾는 사람이 된다. 인생은 그 어떤 전문가도 통달할 수 없는 미지의 영역이다. 그렇게 우리는 정복할 수 없는 인생을 살아간다. 온갖 희로애락을 접하면서. 이해하지 못해도 행복한 게 있다면 그것이 바로 인생일 것이다.

1 나는 어제보다
오늘이 좋다

:

나이 오십에 만난 학교는 다른 의미로 다가왔다. 단순히 앞으로 나아가기 위해 거쳐야 할 코스가 아닌 '즐거움'으로 느껴졌다. 새로운 것을 배우는 시간은 두려움이 아닌 설렘으로 변모해갔다. 배운다는 것이 얼마나 행복한지 매일 체감하며 감동하고, 감탄했다. 지금 내가 공부하는 것이 얼마만큼 쓸모가 있는지는 걱정할 필요조차 없었다. 일단 배운다는 것, 그 자체만으로 행복했기에.

'목적지' 없는 여행을 떠나다

:
일생에 가장 중요한 것은 직업의 선택이다.
그런데 그것을 좌우하는 것은 우연이다. - 작자미상

오, 제발 그 질문만은.

"젊은 시절 교수님의 꿈은 무엇이었나요?"

"나이 오십에 옥스퍼드 대학에 입학한 이유를 듣고 싶어요."

'이걸 어쩐다. 도대체 뭐라고 말해야 하지.'

누구나 피해가고 싶은 질문이 하나쯤 있을 것이다. 내게는 꿈을 묻는 질문이 바로 그것이다. 특별히 숨기고 싶어서는 아니다. 고백하자면 딱히 꿈에 대해 생각해본 적이 없다고나 할까. 오십이라는 나이에 옥스퍼드 대학에 들어가 옥스퍼드 소속 언론사인 '보이스 프롬 옥스퍼드'에서 대표라는 직책을 맡고 있으니, 많은 이들이 어렸을 적부터 꿈이 남달랐을 거라 생각하는 듯하다. 하지만 미안하게도 나는 대단한 꿈을 품은 적도, 엄청난 미래를 설계해본 적도 없다. 그냥 오늘을, 하루하루를 충실하게 즐기며 살다 보니 여기까지 왔을 뿐. 그리고 꿈이란 단어는 언제 들어도 괜히 낯간지럽고 거창하게 느껴진다. 굳이 꿈이 있어야 잘 사는 것도 아닌데.

언젠가 한국과 옥스퍼드의 젊은 친구들로부터 비슷한 고민을 들은 적이 있다.

"꿈이 있어야, 확실한 꿈을 가져야 성공할 수 있다는데, 저는 도무지 제 꿈이 뭔지 모르겠어요. 어떤 꿈을 가져야 좋을까요?"

처음에는 나도 질문에 말려들 뻔했다. 우리 같이 힘을 모아 꿈을 찾아보자고 손을 뻗어 하이파이브를 하려고 했으니 말이다. 그런데 자세히 보니 이제 막 스무 살을 넘긴 친구들이었다. 나는 이 친구들보다 세 배가 넘는 시간을 살면서도 꿈 없이 어찌어찌 잘 버텨온 것 같은데…. 게다가 꿈이라는 게 그냥 길을 걷다 툭 튀어나오는 것도 아니고, 더 많이 경험하고 더 많이 고민한 후에 꿈을 정해야 하지 않을까? 과연 무조건 꿈부터 갖는 게 현명한 태도일까? 왜 이렇게까지 꿈에 대한 집착이 강한 걸까? 결국 나는 부족한 답을 내놓을 수밖에 없었다.

"내가 너라면… 일단 지금 할 수 있는 거, 즐길 수 있는 것부터 할 거 같아. 그러다 보면 언젠가는 꿈이 생기지 않을까?"

아마 범인은 어른들인 것 같다. 기성세대가 젊은 친구들에게 꿈이라는 이름으로 무언의 압박을 가하는 건 아닐까. 1분 1초도 허투루 쓰지 말고 자기계발에 힘쓰라는. 그래서 꿈을 가지라는 말 뒤에는 반드시 '꿈을 이루기 위해 해야 할 일'이라는 짐이 따라붙는다. 꿈이 젊은 친구들을 이끌어줄 방법이 될 수도 있겠지만, 가끔은 알아서 잘 커나갈 사람들에게 엄한 짐만 얹어주는 게 아닌가 싶다.

나는 여행을 할 때도 지도를 안 들고 다니는 편이다. 조금 멀리 돌아갈 수도 있지만 지도가 없으면 여행은 몇 배 더 흥미진진해진다. 어떤 의미에서는 꿈도 마찬가지다. 꿈은 인생의 지도이자 나침반이라고들 하는데, 나는 잘 모르겠다. 꿈이 있어야 더 나은 내일을 설계할 수 있다는데 이 또한 잘 모르겠다. 나에게는 항상 오늘만 있었다. 오늘 자고 나면 내일이 찾아오는 게 아니라 또 다른 오늘이 찾아올 뿐이다. 우리는 내일을 사는 게 아니라, 오늘을 살아간다.

그래서 나는 조심스레 말하고 싶다. 인생을 만들어가는 건 꿈이 아니라고. 오히려 인생은 목적지 없는 여행에 가깝다고. 지도나 나침반이 있어야 한다는 강박에서 벗어나면 인생이라는 여행을 더 멋지게 즐길 수 있을 거라고. 내일을 걱정할 시간에 오늘에 최선을 다하다 보면 더 행복해질 거라고. 어쩌면 나이 오십에 옥스퍼드라는 여행지로 떠날 수 있었던 것도 꿈이라는 목표가 없었기에 가능했을 것이다. 다른 생각 하지 않고 오늘 내가 할 일만 따지다 보니 어느새 학생이 되어 있었다.

"그래요? 그럼 옥스퍼드에 입학하세요!"

유혹은 홍차 한잔과 함께 다가왔다. 나를 유혹한 사람은 예순이 훌쩍 넘은 할머니 교수였다. 아름다운 진갈색 단발에 유독 눈빛이 아름다운 그녀의 제안에 왠지 마음이 흔들렸다.

할머니 교수, 그러니까 애치슨 교수를 만난 건 옥스퍼드 대학의 한국 사무소 대표로 일하던 시절이었다. 어느 날 옥스퍼드의 한 학회에 참가해 '은유표현과 미디어'에 대해 발표하게 되었다. 그런데 내 발표가 끝나자 어느 교수가 일어나 엄숙한 분위기를 깨고 환하게 웃으며 박수를 치는 게 아닌가. 분위기에 취한 탓인지 다른 이들도 일어나 힘껏 박수를 쳐주었다. 아마 동양에서 건너온 자그마한 중년 여성이 대견해 보였던 모양이라고, 예의가 참 바른 사람들이라고만 생각했던 것 같다. 사실 나는 토론회에는 그다지 관심이 없었다. 오히려 리셉션에 더 흥미가 있었다. 토론회는 공부시간이고 리셉션은 점심시간이었으니까.

점심을 한창 즐기고 있는데 기립 박수를 쳤던 그 교수가 찾아와 말을 걸었다. 바로 국제미디어학회장을 맡고 있는 애치슨 교수였다. 나도 몇 번 수업을 청강한 적이 있는, 남다른 열정과 실력을 갖춘 세계적으로 명성이 자자한 교수였다.

"당신이 한국에서 온 사람이죠? 써니라는."

그렇다. 나는 써니로 불린다. 써니란 이름은 단순히 영어 이름을 넘어서서 애칭이 되었다. 나와 친해진 사람들은 5분도 채 되지 않아 나를 써니라고 부른다.

"토론회 때 발표했던 그 논문, 좀 더 보완해서 저널에 내보면 어떨까요?"

그녀에겐 미안했지만 별다른 관심은 없었다. 논문 한 편 쓸 때마다 얼마나 몸과 마음이 힘든지를 여러 번 봐왔기 때문이다. 하지만 그녀와 친해지고 싶은 욕망은 누를 수 없었다. 사람 만나는 건 내 취미고, 사람을 즐겁게 하는 건 내 주특기다. 역시 그녀는 매력적인 사람이었다. 집으로 초대받아 밥을 먹으며 수다를 떠는데 어쩌면 그리 죽이 척척 맞는지. 그녀는 따뜻한 홍차를 끓여주더니 기타를 꺼내어 직접 노래까지 불러주었다. 슬슬 분위기에 젖어들 무렵 갑자기 그녀가 속내를 드러냈다. 같이 논문을 쓰자는 거다. 아니 젊은 사람도 아니고 이렇게 나이 든 내게 왜 이런 제안을. 논문을 핑계로 나를 부려먹을 생각인가? 별별 생각이 다 들었다.

"제가 부족해서…."

저절로 말끝이 흐려졌다. 속으로는 '그냥 우리 친구로 사이좋게 지내요'라는 말을 몇 번쯤 되뇌고 있었다. 그런데 순간적으로 그녀의 눈이 반짝 빛났다.

"그래요? 그럼 옥스퍼드 대학에 입학해서 같이 공부해요! 제가 도와드릴게요."

뭐라고? 순간 내 귀를 의심했다. 분명 엄청난 기회였다. 어쩌면 다시 오지 않을 기회인지도 몰랐다. 하지만 내 나이가 몇 개인데 또 공부를 하란 말인가. 우리 애들보다 어린 친구들과 나란히 도서관에 처박히라고? 그냥 눈 딱 감고 모른 척하면 내 인생은 이대로 편하게 흘러갈 텐데. 아무리 도전을 즐기는 나라지만, 이 도전만은 피하고 싶었다. 그런데 의외의 일들이 일어났다.

"하하하. 내가 적극 밀어줄 테니 들어갈 수만 있다면 무조건 입학해! 무조건이야! 내 이름으로 장학금도 줄게."

옥스퍼드에 입학하라는 제안을 받았다고 하자 뭐가 그리 좋은지 남편은 계속 호탕하게 웃었다. 밀어준다고? 예전에도 논문 쓸 때 도와주겠다면서 빨간 펜으로 지적만 잔뜩 해놨잖아. 또 얼마나 참견하려고 이렇게 무작정 밀어붙이는 거야. 당신 때문에라도 난 옥스퍼드에 안 갈 거야.

"당신 나랑 예전에 약속했잖아. 옥스퍼드에서 공부할 거라고. 기억 안 나? 사람이 약속은 지키며 살아야지."

약속. 아, 1979년. 남편은 1979년 옥스퍼드 대학의 초청을 받아 방문연구원으로 영국에 부임했다. 전주 출신의 내게 옥스퍼드 대학은 매우 환상적이고 멋진 곳으로 느껴졌다. 남편이 세계 최고의 대학에서 일하다니, 묘한 부러움마저 일었다. 그래서 옥스퍼드 대학의 곳곳을 안내하는 남편에게 "나도 몇 년 안에 여기서 공부할 거야."라고 새침하게 말해버린 기억이 났다. 그걸 약속이라 할 수 있을까.

"당신이 약속 하나는 철저하게 지키는 사람이지. 당신 교육철학 1번이 '약속 잘 지키기' 아닌가?"

사실이다. 교사와 교수로 살면서, 그리고 집에서도 나는 약속의 중요성을 항상 강조해왔다. 인생은 약속의 연속이다. 사람은 약속을 하고 약속을 지키면서 성장한다. 약속만 잘 지켜도 삶은 내 것이 된다. 하지만 나는 남편에게 옥스퍼드에서 공부하겠다고 약속한 적이 없다. 그냥 농담 삼아 한 말이다.

"와, 제가 학비는 지원할 테니 꼭 공부하세요."

아들도 흥분을 감추지 않았다.

"너는 네 엄마가 젊은 애들하고 경쟁하는 게 그렇게 좋니?"

"그럼요, 엄마. 이 돈으로 책 사서 열심히 공부하세요."

이미 회사에 취직한 딸은 당장 지갑에서 돈을 꺼내어 내밀었다.

"애들이 대체 왜 이런담."

여전히 망설이는 내게 아들이 벼락같은 한마디를 던졌다.

"엄마, 저희랑 약속했잖아요. 엄마는 평생 시험 보고 공부하는 사람으로 살 거라고."

내가 그런 약속도 했었어? 아, 맞다.

가장 가르치기 어려운 대상은 핏줄이리라. 교사와 교수 노릇보다 훨씬 더 어려웠던 건 내가 낳은 아이들을 가르치는 일이었다. 나는 가르쳐준 것을 1분도 안 되어 까먹는 이 순수한(?) 아이들 때문에 성격에 문제가 생길 때쯤에야 내 잘못을 깨달았다. 왜 내가 이 아이들에게 공부를 강요하며 화를 내고 있을까. 항상 칭찬을 강조하던 내가 왜 공부를 가르칠 때면 타박부터 하는 걸까. 가뜩이나 성적 앞에서 낙심하는 이 착한 아이들에게.

그때부터 나는 아이들에게 공부하는 모습을 보여주기로, 아니 함께 앉아 공부하는 것으로 전략을 바꿨다. 솔직히 말하면 엄마는 내 공부를 할 테니 너희가 알아서 하라는 심정이었다. 아이들도 자연히 내 옆에 앉아 공부하는 시간이 늘어났다. 성적도 차츰차츰 오르기 시작했다. 그때였던 것 같다. 열심히 공부하긴 했지만 그래도 여전히 시험이 두렵다는 아들을 살포시 안아주며 "인생에는 시험보다 훨씬 더 두려운 일이 많단다. 너도 엄마 나이가 되면 차라리 시험이 더 쉽다는 걸 알게 될 거야. 엄마는 평생 시험 보고 공부하는 사람으로 살고 싶은 걸."하고 말해버린 게.

'약속은 무슨 약속. 위로가 되라고 한 말이지.'

나는 딸이 책 사라고 준 돈으로 과감하게 옷과 구두를 샀다. '엄마가 예뻐졌으니 그걸로 만족하렴.'

조금 찔리긴 했지만 딸이 준 돈으로 옷과 구두를 샀다는 사실은 전혀 미안하지 않았다. 이제껏 내가 더 많이 사줬으니까. 하지만 아이들과의 약속을 지키지 못했다는 찜찜함은 여전히 남아 있었다. 우리는 사람들과 수많은 약속을 하며 살아간다. 별 뜻 없이 내뱉은 말을 상대는 진지하게 받아들일 수도 있다. 약속을 충실하게 지키는 것만으로도 얼마든지 좋은 사람이 될 수 있다. 좋은 사람이 된다는 건 인생을 잘 산다는 뜻일 테고.

애치슨 교수에게 속마음을 얘기하러 가는 길이었다. 그날따라 햇빛은 눈부셨고 옥스퍼드의 길은 평화로웠다. 마치 학창 시절 학교에서 집으로 돌아오는 길 같았다. 고등학교 시절 나는 워낙 감성적이어선지 유독 과학에 약했다. 낙심도 많이 했다. 특히 그놈의 화학기호들, 그 이상한 기호들에 지고 싶지 않았다. 학교와 집을 오가며 부지런히 화학기호를 외웠다. 화학기호를 다 외운 다음에는 아예 과학책을 통으로 외우기 시작했다. 그리고 이겼다. 처음으로 과학시험에서 만점을 받은 날, 뭐라 말하기 힘든 짜릿함과 통쾌함을 느꼈다. 그리고 집에 오는 길에 문득 나 자신과 약속을 했다.

"언젠가는 최고의 대학에서 최고의 학생이 될 거야!"

아버지는 나의 다짐을, 아니 약속을 들으시고는 머리를 쓰다듬어 주셨다. 그 기억을 떠올리자 왠지 내게 주어진 기회를 놓치고 싶지 않다는 생각이 들었다. 인생에서 꿈보다 중요한 것은 자신과 해온 수많은 약속일 것이다. 약속 앞에서는 어깨에 힘이 들어갈 이유도, 심각해질 까닭도 없다. 평생을 살면서 내가 잊어버리지만 않는다면 지키지 않았다고 나무랄 사람도 없다. 그래 나를 한번 믿어보자.

나는 할머니 교수의 연구실 문을 두드렸다. 그리고 오래전부터 준비했던 말을 꺼냈다.

"많이 도와주실 거죠?"

조금만 '덜' 후회하면
된다는 각오

⋮

좋은 면만 보고 좋은 것만 생각하면 돼. 그러면 아무것도 무섭지 않아. 나쁜 일이 생기면 그건 그 시점에서 생각하면 되는 거야. ─ 무라카미 하루키, 《빵가게 재습격》 중에서

후회 없는 인생을 살아야 한다고들 하지만, 어찌 후회 한 번 없이 살 수 있을까. 나는 타고난 성격 탓인지 지난날에 미련도 많고 후회도 자주 하는 편이다. 명사들이 TV에 나와서 한 번도 무언가를 후회해본 적이 없다고 말하면 오히려 의심스런 눈빛을 보낼 정도. 그렇다고 후회가 무조건 나쁘다는 것은 아니다. 후회를 하다 보면 부끄러운 마음에 얼굴도 붉어지고 기운이 빠지기도 하지만, 한편으로는 지난날의 잘못을 되새김으로써 나를 성장시켜주니까.

나이 오십에 다시 공부를 결심하고 나서 어찌 후회가 없었겠는가. 논문을 마칠 때까지 4년 6개월 내내 하루도 빠짐없이 후회라는 말을 품고 살았던 것 같다. 고백하자면 입학도 하기 전부터 후회하고 있었다.

옥스퍼드 대학은 워낙 경쟁이 치열해서 특정 교수 한 명의 권한으로 입학이 통과되는 일이 없다. 까다로운 정규절차를 거쳐 전공 교수들이 소속된 위원회의 전체 동의를 받아야만 허가가 떨어진다. 입학원서를 제출하자마자 당연하다는 듯 거절의 편지부터 받았다. 이유를 구체적으로 밝히진 않았지만, 십분 이해할 수 있었다. 오십 넘은 동양의 중년 여성에게 입학 기회를 준다는 건 지금도 흔치 않은 일이다. 이쯤에서 해프닝으로 끝내야지, 하고 있는데 문득 딸과 얽힌 기억이 떠올랐다.

딸아이가 영국에서 고등학교에 들어간 지 얼마 되지 않았을 때였다. 하루는 아이가 엉엉 울면서 전화를 걸어왔다.

"엄마, 영어가 안 되니까 선생님 수업도 못 알아듣겠고, 숙제도 못하겠고 수학 성적은 완전 바닥이야. 입맛도 없고."

엄청난 불만이라기보다 보고 싶은 엄마에게 투정 한 번 부리고픈 아이의 마음이었으리라. 하지만 미련하게도 나는 그때 딸을 안아주지 못했다. 지금 생각해보면 매우 가혹한 행동이었다.

"그렇게 힘들면 내일 당장 비행기표 끊어줄 테니 들어오렴."

딸아이에게는 왜 내가 너 하기 싫은 일을 시키겠느냐, 가뜩 형편도 안 좋은데 얼른 짐 싸서 돌아오라는 의미로 들렸을 것이다. 낯선 땅에서 속 털어놓을 친구조차 없었을 텐데. 하지만 때로는 잘못된 행동이 더 나은 선택을 낳기도 한다. 물론 상대가 그만큼 현명해야겠지만.

"저, 절대 안 돌아가요! 엄마 아빠가 힘들게 영국까지 보내주셨는데 버틸 거예요! 밥도 야채도 하나도 안 남기고 다 먹을 거예요. 먹어야 힘내서 공부하죠!"

딸아이는 태도를 180도 바꾸더니 완강하게 거부했다. 딸을 키우다 보면 종종 깜짝 놀라곤 한다. 아들이 예측하기 쉬운 방향으로 커준다면, 딸은 상황에 따라 항상 새로운 모습을 보여준다. 그래서 재밌지만 당황스러울 때도 많다. 아마도 딸의 독한 면모를 그때 처음 실감했던 것 같다. 물론 그 후로는 자주 접했지만.

하지만 다음날 나는 엄청난 후회와 함께 큰 눈물을 뚝뚝 쏟고야 말았다. 기숙사 사감이 전화를 걸어와 나와 통화한 후 딸이 계속해서 울었다는 사실을 전해준 것이다. 사감은 못난 어미에게 조심스러운 충고를 아끼지 않았다.

"원래 처음은 다 힘들어요. 그냥 묵묵하게 믿음을 갖고 지켜봐주는 게 더 나을 수도 있답니다."

통화가 끝나자마자 나는 미안하다고 눈물을 흘리며 내 가슴을 얼마나 쳤는지 모른다. 제발 딸이 못난 엄마의 마음을 알아주길 바랐다. 다행히도 딸의 독기는 미술 부문 최고상을 받는 쾌거로 이어졌다. 이로 인해 딸은 공부에 대한 자신감을 얻었으며, 다른 과목의 성적도 차츰 좋아졌다. 결국 자신이 좋아하는 과목에 몰입해 최선을 다한 것이

다른 과목에까지 좋은 영향을 미친 것이다. 지금이야 그때 내가 세게 나간 덕에 네가 잘된 거라는 농담도 던지지만, 그날 일은 두고두고 후회스러웠다.

옥스퍼드 대학 입학이 좌절된 후에 왜 그 생각이 났는지는 잘 모르겠다. 딸이 가진 오기의 100분의 1도 못 따라가는 내가 한심해서였을까? 그만둘 때 그만두더라도 한 번 더 해보자는 아주 소극적인(?) 오기가 일었다. 지원서에 한국에서의 대학강사 경력, 미디어 관련 이력 등을 빠짐없이 써넣었다. 애치슨 교수에게 달려가 나 좀 제대로 책임져보라고 슬며시 엄포도 놓았다. 그 정도는 해야 나중에 후회하지 않을 것 같았다. 나의 이러한 끈기가 영국에서도 먹힌 것일까? 대학 측에서는 젊은 아이들을 따라가기에 나이가 다소 걸리긴 하지만, 풍부한 현장 경험과 교육자로서의 경력을 인정한다며 입학을 허가해주었다. 재도전이 성공한 것이다. 넘치는 열정과 끈기를 타고난 건 더없이 감사하지만 아주 가끔은 고달프다. 애치슨 교수는 내게 합격증을 내밀며 엄청난 부담감을 안겨주었다.

"써니, 한동안 지켜볼 거야. 뭐든 다른 사람보다 열심히 해야지, 여기저기 돌아다니면서 놀면 안 돼. 오로지 공부에만 올인하는 거야. 잊지 마!"

옥스퍼드 학생들의 하루 일과는 그야말로 살인적이다. 오전부터 오후까지 시간표를 짜서 일주일에 서너 권에서 열 권 정도 되는 책을 읽고 리포트와 개인지도에 필요한 에세이를 쓴다. 모든 것은 철저하게 자율적인 분위기에서 이루어지니 가끔은 캠퍼스의 낭만에 빠질 법도 한데 학생들은 일절 한눈팔지 않고 밤을 꼬박 새우다시피 해서 주어진 과제를 칼같이 제출한다. 기숙사에는 밤새 불이 꺼져 있는 방보다 켜진 방이 더 많다. 주중에는 자기 방과 도서실을 제외하면 모여서 수다를 떠는 모습마저 드물다. 휴게실에서조차 숙제와 관련된 토론으로 시간을 보낸다.

그들의 지적 수준을 증명하는 대표적인 것 중 하나가 옥스퍼드 대학교 학생 토론회인 '옥스퍼드유니언'이다. 2012년 이승윤 씨가 한국인으로는 처음 회장을 맡았고, '강남스타일'이 열풍을 일으키던 당시 싸이가 직접 강사로 나서면서 우리나라에서도 많은 이들에게 알려진 단체다. 옥스퍼드유니언은 학생들이 조직한 모임이 맞나 싶을 만큼 수준이 높다. 정치인과 과학자, 철학자 등을 초청해 일주일에 한 번씩 강연회를 열고, 저명인사와 사회적 이슈로 토론을 벌일 때도 쉽게 물러서지 않는다. 이런 대단한 친구들과 어깨를 나란히 했으니 얼마나 공부가 힘들었겠는가. 나는 군계일학이 아니라 군학일계였다. 후회는 매일 밤 내 머릿속을 채워나갔다.

사실 나는 배우는 쪽보다 가르치는 쪽으로 더 오래 살아왔다. 대학 졸업 후 학교 선생으로 일하다가 남편을 따라 영국에 가서 영어를 배웠고, 귀국해서는 서강대학교 대학원에서 언어학을 공부했다.

1980년대는 영어 선생이 말 그대로 귀한 시대였기에, 운 좋게도 여러 대학과 EBS TV 등에서 영어강사로 활약할 수 있었다. 보람도 있었고 수입도 풍족한 편이었다.

하지만 고백하자면 처음부터 영어를 잘한 건 아니었다. 영국에서 맞은 첫 아침에 우유배달원의 말을 전혀 알아듣지 못해서 한국의 영어교육만 괜히 비판하기도 했다. 10년 넘게 한국에서 영어를 공부했는데 아주 간단한 말조차 알아듣지 못하는 내 자신이 실망스러웠다. 나를 놀리는 남편에게 부끄럽고 속상한 나머지, "내가 미국식 영어를 배워서 영국식 영어가 서투른 거야."라며 말도 안 되는 핑계를 늘어놓았다. 심지어 영어울렁증마저 생겨버렸다. 어학연수를 위해 입학한 학교에서 나는 어느덧 가장 내성적인 아웃사이더가 되어 있었다.

그러던 내가 영어에 본격적으로 눈을 뜬 것은 생활고 때문이었다. 갑작스럽게 남편이 병을 얻어 경제적인 어려움과 생활의 곤란을 겪게 된 것이다. 게다가 나는 어린 두 아이의 엄마였다. 최악의 경우 장기간 입원한 남편을 대신해 어린 자식들을 먹여 살려야 한다고 생각하니 겁이 덜컥 났다. 남편이 이대로 낫지 않으면 어디라도 취직해야 하는데, 당시 내 영어 실력은 남편의 처방약조차 사기 어려운 수준이었다. 그러한 절박함이 나를 영어공부로 이끌었다. 당장 귀국하면 생계를 책임져야 한다는 독한 마음으로, 아니 남편의 처방약을 제대로 사기 위해서라도 영어를 공부해야 했다. 집에서는 아이들에게 한글을 가르치는 엄마였지만, 영작 시간에는 학생으로 돌아가 선생님이 빨간 펜으로 교정해준 노트를 들여다보며 한숨을 푹푹 내쉬었다. 그때 내가 한 생각은 딱 하나였다.

"너무 잘하려고 하지 말자!"

물론 마음 같아서는 정말 영어를 잘하고 싶었다. 하지만 되돌아보면 영어를 빠르고 쉽게 배우려다 제대로 배우지 못한 건 아닌지 후회스러웠다. 대학에 들어가려고 점수를 잘 받으려는 방법만 찾았던 건 아닐까? 이번엔 거꾸로 너무 잘하려고 하기보다 그냥 나중에 덜 후회할 정도만 하자고 마음먹었다. 때로는 차선의 선택이 득이 되는 법. 그런 목표를 세우고 나니 오히려 공부가 잘되기 시작했다. 너무 잘하려고 하지 말자는 목표가 무색할 만큼 정말 무식한 방법으로 영어를 독파해나갔다. 물론 그때는 이렇게 독하게 공부할 일이 다시는 없을 줄 알았지만.

그런데 옥스퍼드 대학에서 다시 한 번 공부에 도전하다니 인생은 참 모를 일이다. 요령 피우려다가는 당장 쫓겨날 게 분명했기에, 체력은 딸렸지만 밤새도록 책을 붙들고 늘어졌다. 모르는 내용이 나오면 나보다 어린 교수들을 찾아가 쉴 새 없이 질문을 퍼부었다. 한국의 지인들도 덩달아 괴롭힘을 당했다. 걸핏하면 이메일과 국제전화로 묻고 또 물었으니 말이다. 남편의 잔소리 같은 빨간 펜 첨삭도 과감히 받아들였다. 가뜩이나 부족한 자존심이 금세 바닥났지만, 이십대 아이들과의 경쟁에서 크게 뒤처지지는 않는다는 데 만족하기로 했다. 시간이 지나면서 몇몇 교수들의 귀여움도 받게 되었다. 워낙 나에 대한 기대가 없었기에 오히려 좋게 보였을 것이다. 심지어 내게 왜 그리 공부를 열심히 하느냐고 물어보는 교수도 있었다.

"그냥 너희들이 할 수 있는 것 중에서, 나중에 덜 후회할 일을 찾아봐. 반드시 공부가 아니라도 좋아."

삼선 중학교 교사 시절, 꼭 공부를 해야 하냐고 묻는 학생들에게 이런 말을 했던 기억이 난다. 등수나 점수에만 집착하는 선생이 아님을 증명하고 싶은, 성적에만 집착하는 선생이 아님을 보여주고픈 젊은 여교사의 호기로운(?) 발언이었다. 어쩌다 한 말이었지만 지금은 내 생각이 틀리지 않았노라고 자신 있게 말할 수 있다. 내가 처음으로 영어를 독하게 공부할 수 있었던 것도 거창한 목표를 세우지 않았기 때문이다. 더도 말고 나중에 덜 후회할 만큼만 하자, 이게 내 솔직한 심정이었다.

인생은 매 고비마다 선택이라는 시간을 맞는다. 수많은 선택이 쌓여서 인생을 만들어간다. 지금 이 순간 내가 국어를 공부할 것인지, 수학을 공부할 것인지도 선택이다. 우리는 언제나 최선의 선택을 하기 위해 애쓴다. 남들보다 더 높은 목표를 세우고, 더 나은 길을 가기 위해 애쓴다. 하지만 어떤 선택을 하든 후회를 남길 수밖에 없다. 모든 선택은 미완성이기 때문이다. 다만 다음 선택에서 부족한 부분을 채울 수 있으면 된다. 그렇게 보완해가면서 성장하는 것이 인생이다. 선택은 나중에 더 후회할 것보다, '덜' 후회할 것을 염두에 두어야 한다. 때로는 어깨의 힘을 뺀 연기가 진짜 빛을 발하는 것처럼, 나이 오십에 시작한 공부가 성공한 것도 '덜' 독하게 하자고 마음먹은 덕분이 아니었을까.

세상에서 가장
바쁜 할머니의 비밀

:

어쨌든 삶은 하나의 즐거움이며 또 즐거워야 한다는 것은 비단 내 생각만은 아니다.
그것은 하나의 사실이며 진리다. ─ 헤르만 헤세, 《내 사랑 그대여》 중에서

우리는 내일을 상상하는가, 아니면 예상하며 사는가. 옥스퍼드 대
학에 들어가기 전까지 나는 두 단어를 혼동하며 써온 것 같다. 당연히
정확한 뜻이야 다르겠지만 모두 미래를 그린다는 개념에 해당된다. 그
런데 언젠가부터 두 단어에서 확연한 차이가 느껴졌다. 바로 가능성
에 대한 부분이다.

'예상'은 실현될 가능성이 높은 미래다. 과거를 제대로만 분석한
다면 예상대로 이루어질 확률은 그만큼 높다. 그래서 과학적이고 논
리적인 개념으로 쓰인다. '옥스퍼드에 뒤늦게 들어간 나와 젊은 친구
들 사이에는 좁혀지지 않는 괴리가 존재할 것이다'라고 한다면 그건
예상의 영역이 될 것이다. 살아온 날을 되짚어보면 대개 또래를 중심

으로 관계를 맺기 마련이니까.

이에 반해 '상상'이란 실현 가능성이 낮은 미래다. 상상은 분석을 토대로 하지 않는다. 과거에 '있던 것'이 아닌, '없던 것'을 떠올려야 하기 때문이다. 한 번도 눈앞에 펼쳐지지 않은 미래는 상상의 영역이다. 나이 오십에 옥스퍼드에 입학한 내가 젊은 친구들과 허물없이 어울릴 거라 말한다면, 그건 '상상'에 가까울 것이다. 그렇다면 옥스퍼드에서의 내 인생은 예상대로였을까, 아님 상상대로였을까.

처음에는 당연히 예상한 대로만 흘러갔다. 때로는 너무 귀가 간지러울 정도였다.

"교실에 나이가 굉장히 많은 사람이 있대. 알고 있어?"

"아니, 몇 살인데?"

"한 오십쯤 되어 보이던데?"

"혹시 김치 냄새 나던 동양 여자 아냐?"

힘들 때마다 김치를 썰지 않고 통째로 쌀밥에 얹어서 먹는 습관 때문에 김치 냄새가 난 모양이었다. 예상하지 않은 건 아니었지만, 당황스러운 기분은 지울 수 없었다. 말 못할 소외감에 가뜩이나 여린 마음이 얼어붙어 학교가 지옥처럼 느껴졌다. 과연 내가 이곳에 소속된 사람이긴 한 걸까, 내가 무엇 때문에 이 고생을 해야 하지? 나이 오십에 '왕따'로 전락한 현실이 서글프기만 했다.

서글픔은 이내 억울함으로 변모했다. 그래도 언니이고 누나인데,

살갑게 대해주면 안 되나, 먼저 다가오면 나도 하나라도 더 챙겨줄 텐데, 잡아먹을 것도 아닌데 하는 감정이었다. 시간이 흐르면서는 괜한 오기마저 생겼다.

'그래, 나라도 엄마뻘 되는 학생과 어울리고 싶진 않겠지. 괜찮아. 도서관에서 죽어라고 공부하지 뭐. 실력을 보여주겠어!'

하지만 오기는 현실 앞에서 포기로 내려앉고 말았다. 열등감에 머리가 멍한 탓인지 사전에서 단어 하나 찾는 데 10분은 족히 걸렸다. 잠도 포기한 채 의자에서 엉덩이를 떼지 않고 공부해도 분명 한계는 존재했다. 젊은 친구들 위주로 진행되는 수업을 따라가기란 역부족이었다. 결국 자신감이 붙기는커녕 바닥에서만 맴돌고 있었다.

나이가 들면 피로는 얼굴에서부터 드러난다. 하루는 부족한 잠에 몹시 고단해하며 거울 앞에서 머리를 빗고 있었다. 그런데 눈 밑의 다크서클이 한눈에 들어왔다. 피부는 눈에 띄게 처져 있었다. 아, 내 미모. 그렇다. 공부는 노화의 확실한 원인이다.

영화 〈해리포터〉를 보면 전교생이 모여 식사를 하는 홀이 자주 등장하는데, 이 장면은 옥스퍼드 대학의 크라이스트처치 칼리지Christ Church College 홀에서 촬영된 것이다. 실제 일주일에 한 번씩 학생들이 양복과 드레스를 입고 여기서 정식 코스로 나오는 식사를 즐긴다. 무척 근사한 모습이다. 하지만 나는 아무도 말 걸어주지 않는 바깥쪽 의

자에 앉아 홀로 음료를 마시며 밥을 먹어야 했다. 모두 화려한 컬러영화를 찍고 있는데 나 혼자 흑백의 한 장면이 된 것처럼. 그리고 우두커니 앉아 극도로 실현 가능성이 낮은 상상만 하고 있었다. 이를테면 학생파티에서 여주인공이 된다든가, 많은 사람들이 지켜보는 무대에서 근사한 춤을 춘다든가. 낯부끄러운 상상에 혼자 얼굴이 붉어졌다. 이 나이에 이런 생각을 하다니, 나도 참 주책이다.

왕따라고 불리는 친구들의 마음이 이런 걸까. 공부보다 친구들과 어울리고 싶은 생각은 점점 더 간절해졌다. 사람이 그리웠고, 누군가 내게 먼저 손 내밀어주기만을 바라고 있었다.

"Beautiful~!"

어딘가 예쁜 아이가 지나가나 보네. 나와는 전혀 상관없는 단어이기에 고개조차 들 필요가 없었다. 아, '뷰티풀'이란 단어조차 어색해져버린 내 인생이여. 고개를 들어보니 한 여학생이 내 앞에 서서 살짝 웃고 있었다. 훤칠한 키에 도자기처럼 하얀 피부, 금발머리를 한 전형적인 서구형 미인이었다. 그래, 네가 '뷰티풀'의 존재구나. 그런데 이 뷰티풀 아가씨가 내게 무슨 볼일이 있다고?

"써니? 써니는 참 매력적이에요!"

순간 주변을 돌아봤다. 나 말고 다른 써니가 있나. 나는 '뷰티풀 써니'가 아니라 '어글리 써니'인데. 하지만 내 뒤에는 아무도 보이지 않았다. 나를 놀리나 싶어 경계하는 눈빛을 슬쩍 내비치는데 그녀가 웃으며 신나게 이야기를 늘어놓는다. 자기 이름은 케이트라고, 수업 첫날부터 내게 말을 걸고 싶었으나 용기가 없어 이제야 도전한다고. 내가 예쁘고 멋져 보인다나? 그녀는 대뜸 나처럼 나이 들고 싶다고 했다.

그제야 나이 든 나를 멀리하는 친구들보다 오히려 그렇지 않은 아이들이 더 많다는 사실을 알게 됐다. 다만 그들 역시 나처럼 다가올 용기가 없어서 말을 걸지 못했던 것이다. 아, 이렇게 미련할 수가. 언니이자 누나인 내가 먼저 다가갔어야 했는데. 그렇게 대접받고 싶어 하면서 실제로는 막내동생보다 철없이 행동한 내가 한심했다.

인생에서는 모든 순간이 항상 기회다. 누군가 손을 내밀어주면 곧장 잡을 수 있어야 한다. 이것저것 재지 말고. 나는 내가 잡지 못한 수많은 손을 떠올렸다. 그리고 케이트가 내민 손을 잡았다. 그날부터 케이트는 가장 친한 친구 중 한 명이 됐다.

"써니, 보트 파티에 참석할 거야?"

옥스퍼드 대학에서는 종종 파티가 열린다. 그날도 케이트 덕분에 엑서터 칼리지 대학원생들의 보트파티에 가게 되었다. 하지만 내 기대가 지나쳤던 걸까. 파티는 한마디로 재미가 없었다. 커다란 배를 타고 템스강을 천천히 거슬러 올라가는 동안 술을 마시며 대화하는 게 전부였으니까. '그렇게 고대했던 파티가 고작 이 정도였단 말이야?' 나는 도저히 이런 파티를 인정할 수 없었다. 술기운 때문이었는지, 아님 케이트가 내민 손이 용기를 불어넣었는지, 피 끓는 청춘들이 이렇게 토론 일색의 파티를 벌이는 건 직무유기라고 말하고 싶었다. 나는 칵테일을 마시는 케이트에게 넌지시 신호를 보냈다.

"케이트, 우리가 이 파티를 신나게 바꿔보자!"

나는 케이트의 손을 잡고 DJ 앞에 섰다. 나름 춤에는 자신이 있었다. '자, 이제 언니가 간다!' 시작은 로큰롤에 맞춘 자이브. 분위기는 순식간에 돌변했다. 파티가 토론에서 댄스로 바뀌자 참석한 친구들의 반응은 그야말로 폭발적이었다. 처음엔 여학생 두 명이 합류하더니 삼삼오오 모이다가 결국 80명 넘는 인원이 보트 위에서 달빛을 조명 삼아 신나게 춤을 췄다. 사실은 모두 이런 분위기를 내심 원하고 있었으나 놀아본 적 없는 순둥이들이라서 아예 시도조차 못했던 것이다. 욕망을 숨긴 채 점잖게 이야기를 나누던 모습을 떠올리니 피식 웃음마저 나왔다. 공부로 이긴 적은 없으나 노는 걸로는 한 방 먹였다는 생각에 우쭐한 기분마저 들었다.

그렇게 약속된 파티가 끝났다. 하지만 한 번 오른 흥은 쉽게 사그라지지 않는 법. 여기저기서 아쉬워하는 학생들이 보였다.

"2차 갈 사람!"

나는 큰 소리로 외쳤다. 한국인들의 '2차 문화'가 옥스퍼드 대학에 전파되는 현장이었다. 나는 친구들을 데리고 클럽에 가서 스트레스를 날리며 정말 신나게 놀았다. 몇몇 친구들은 테이블 위까지 올라

가서 춤을 추는 등, 말 그대로 난리가 났다.

그날부터 나는 '댄싱퀸'으로 통하기 시작했다. 파티할 때마다 '써니를 부르자'는 말은 거의 유행어가 되었다. 춤추고 싶은 아이들은 하루에도 수십 통씩 내게 문자를 보냈다. 짓궂은 친구들은 길이나 학교에서 나를 만나면 번쩍 들어 빙빙 돌리곤 했다. 나는 마치 옥스퍼드 대학의 전무후무한 '날라리'가 된 기분이었다. 어떤 남학생, 아니 아들뻘 되는 녀석은 내 볼에 입을 맞추고 까르르 웃으며 도망을 가기도 했다. 댄싱퀸의 이미지를 깨지 않기 위해 나의 가족관계에 대해서는 일절 침묵으로 일관했다. 굳이 그들의 상상을 방해할 필요는 없지 않은가. 거울을 보니 나름대로 다시 탱탱해진 피부가 보였다. 다크서클은 여전했지만. 역시 공부 때문에 늙은 게 아니었다. 놀지 못해서 그런 거였다.

새로 사귄 친구들은 내 딸보다 어렸다. 하지만 보트 파티를 계기로 우정이라는 게 쌓이기 시작했다. 인종, 나이, 성별을 뛰어넘어 속을 터놓고 대화하는 관계가 되어갔다. 특히 친구들은 인생 상담을 자주 청해왔다. 내가 그들보다 성적은 낮을지 몰라도 오래 산 건 사실이니까. 나는 누누이 강조했다.

"공부를 잘한다고 성공한 인생을 사는 건 아니야."

최고의 수재라 불리는 그들의 고민거리도 크게 다르지 않았다. 청춘에게 가장 큰 고민은 당연히 연애 아니겠는가.

"공부하느라 바쁜데 데이트를 줄이자니 그녀를 놓칠 것 같고, 데이트를 하면 지도 교수에게 욕을 먹을 것 같은데 어떻게 하면 좋을까?"

상담은 따뜻한 위로보다 차가운 대안이 현명하다.

"잠을 줄여! 네가 조금 덜 자면 되지!"

"내가 짝사랑하는 남자가 다른 여자를 좋아하는 걸 알았어."

"딱 세 번 대시하고, 안 되면 포기해! 그 남자를 포기해야 너를 짝사랑하는 다른 남자에게 기회를 주지."

옥스퍼드에서 만난 친구들은 대체로 주중에는 열심히 공부하고 주말에는 화끈하게 노는 편이다. 파티에도 공부가 힘들어서 스트레스를 풀러 왔다는 친구들이 많다. 졸업 후를 위해 인맥을 쌓으려는 이들도 보인다. 영국 학생들은 상당히 내성적인 편이라 먼저 말을 걸지 않으면 이야기하지 않는 편인데, 손에 맥주잔을 들고 있으면 180도 달라진다. 질문을 하나 하면 듣고 싶은 답보다 몇 배는 더 오래 떠든다고 해야 할까.

졸업식 전날, 나는 밤을 꼬박 새웠다. 이제 하루만 지나면 학생 신분도 끝이라고 생각하니 기분이 묘했다. 졸업식장인 쉘도니언 강당에는 졸업생 한 명당 가족 세 명이 입장하는 게 원칙이었는데, 나는 학생과 교수 자격으로 친구들까지 포함해 스무 명이 넘는 손님을 데려올 수 있었다. 학교 측에서 자식뻘 되는 학생들과 어울리고 경쟁하며 논문에 전념한 정성을 남다르게 여긴 덕분이었다.

졸업식 파티가 열리던 날. 평소와는 달리 멋지게 차려입은 동기들이 환한 표정으로 가족과 함께 하나둘씩 모습을 드러냈다. 나는 그날 저녁 엑서터칼리지Exeter College 학장님의 특별한 허락으로 학장 관저에서 150여 명의 손님들과 축하파티를 열었다. 처음이자 마지막으로 학생 개인에게 허락된 파티로 기억된다.

나는 자줏빛 드레스를 차려입고 남편과 그의 애제자들, 예비 사위와 그의 가족들을 초대해 일일이 서로를 소개해주었다. 동기들은 특히 남편과 딸을 보고는 놀라워했다. 학교에 다니는 동안 일체 사적인 대화를 나누지 않아서 내가 싱글인 줄 알았던 것이다. 보통 영국에서는 본인이 밝히지 않는 한 종교와 결혼 여부, 나이 등을 묻지 않는다.

나는 결국 모두의(?) 예상을 뒤엎고 4년 반 만에 대학을 졸업할 수 있었다. 아마 친구들이 아니었다면, 그들과 소통할 통로가 없었더라면 그렇게 빨리 공부를 끝내지 못했으리라. 지금 내가 몸담고 있는 '보이스 프롬 옥스퍼드'도 그들의 도움이 아니었다면 애초 시작조차 하지 못했을 것이다.

나이가 들면 외로움은 가장 큰 적이 된다. 새로운 사람을 만날 기회도 점점 줄어들면서 마치 오늘이 내일 같고, 내일이 오늘처럼 느껴진다. 내 주변에도 외롭다고 투정부리는 친구들이 많은데, 그럴수록 나는 용기를 내어 먼저 다가가라고 권하고 싶다. 나는 다행히도(?)대가족의 맏이로 태어나 많은 사람들과 부대끼면서 자란 덕분에 워낙 낮선 사람에 대한 경계가 없는 편이다. 호기심도 많아서 꼭 만나보고 싶은 사람이 있으면 연락처를 따내 즉시 만나러 가야 한다. 덕분에 내 스케줄 표는 언제나 일정으로 가득 차 있다. '엄마는 세상에서 가장 바쁜 할머니'라는 딸의 말처럼 외로워할 틈도 없이 영국과 한국을 오가는 지금이 정말 감사하다. 너무 바빠서 하소연 좀 할라치면 배부른 소리 하지 말라는 남편의 핀잔만 빼면.

많은 사람들이 자신이 세운 목표를 이루기 위해 열심히
노력하는 데는 익숙하다. 아니, 누구보다 치열하다.
그런데 정작 스트레스나 자신의 상처를 달래는 데는
서툴기 짝이 없다. 아무리 바쁘더라도 내 인생을 위로
해줄 무언가를 꼭 익혀야 한다.

화려하진 않지만 찬란한 인생

:

나이에 마음을 쓰지 마라.
그러면 나이도 당신을 지배하지 못할 것이다. - 작자 미상

'나이 때문에, 나이가 들어서'라는 선입견을 좀처럼 싫어하는 나지만, 나이가 들면서 드러나는 징후들을 무시할 수는 없다. 그중 하나가 미련이다. 살아온 날이 길어질수록 세상에 미련을 버리지 못하는 것도, 좀처럼 물건을 버리지 못하는 것도 마찬가지다. 남편을 비롯한 가족들이 제발 이건 좀 버리라고 채근해도 점점 분리수거함 앞에서 머뭇거리는 시간이 길어진다. 미련하게도 나이가 드니 아주 작은 물건에도 감정을 이입하게 된다. 나이가 들면 무언가에 감정을 이입하는 속도는 빨라지고 정도는 깊어진다.

얼마 전에는 타던 차가 길에 서버리고 말았다. 작년부터 남편이 제발 이것만이라도 바꾸자고 조르던, 영국에서 타던 10년 된 고물차다.

남편은 사고라도 나진 않을지 매번 차를 몰고 나갈 때마다 걱정을 앞세웠다. 하지만 나 역시 고개를 끄덕이면서도 정작 차를 바꾸는 데는 미적거렸다. 때로는 "당신은 나도 늙고 쓸모없어지면 내다버릴 거야?"라는 눈빛으로 남편을 노려보았다. 말도 안 되는 억지인 줄 알면서도.

나는 차를 바꾸는 대신 감정이입을 하며 남편의 이해를 바랐다. 내가 오래된 차처럼 길에 멈춰 서더라도 버리지 않고 병원에 데려가주기를. 같이 춤을 출 수는 없어도 함께 시골길을 걸을 수 있는 동반자로 생각해주기를. '시간이 흘러도 누군가에게 쓸모 있는 사람으로 남고 싶어.' 그 오래된 차가 내게 그렇게 속삭이는 것 같았다.

이탈리아에서 나이 든 오페라 가수의 공연을 보러 갔을 때도 그에게 감정이입을 하고야 말았다. 노쇠한 기량으로 중간에 실수가 잦았음에도 미리 준비된 각본일 거라며 나 스스로를 다독였다. 절정의 고음을 향해 치달을 때쯤에는 화려한 클라이맥스를 즐기기보다 제발 무탈하게 사고 없이 끝나기만을 바랐다. 앙코르는 기대도 하지 않았다. 그런데 공연이 끝나고 나자 이탈리아 관객들이 신나게 앙코르를 청하는 것이 아닌가. 내 옆에서 졸고 있던 풍채 좋은 중년 남성조차 눈을 비비며 박수를 치고 있었다. 나중에야 알았다. 이탈리아에서는 노장의 무대에 실력보다 존경의 의미에서 앙코르를 청한다는 사실을. 젊었을 때는 이런 작위적인 대접에 거부감이 들었다. 그런 거 없이도 내 실력으로 대접받을 수 있다는 자신감 때문이었다. 그런데 나이가 들고 나니 대체 자신감이 뭐가 중요하단 말이야, 하면서 따지지도 가리지도 않고 세상의 우대를 순순히 받아들인다.

69세인 수는 옥스퍼드 댄싱 클래스에서 가장 아름다운 선생이다. 그녀는 걷는 것도 마치 패션모델처럼 우아하게 걷는다. 춤을 출 때가 되면 모두의 시선을 한몸에 받으며 댄스 홀을 런웨이로 변모시킨다. 홀 가장자리에서 무뎌진 근육을 풀고 있는 나와는 한참의 거리가 있다. 그녀에게서는 나이가 든다는 것에 대한 아쉬움을 읽을 수 없었다. 나는 그녀를 부러워하면서도 때론 질투하고, 그러면서도 감히 롤모델로 삼았으며, 친구라도 되고픈 욕심을 가졌다. 다행히도 그녀는 나의 수다스러움에 재미를 느낀 듯했다. 댄싱 수업을 마치면 내 곁으로 와서 "오늘은 뭐 재밌는 일 없어요?"라며 호기심 어린 얼굴로 귀를 쫑긋 세웠다. 다른 어떤 기관보다 늙지 않는 부분이 입이라더니 춤은 부족해도, 우아함은 딸려도, 사람을 재밌게 해줄 말솜씨는 아직 살아 있다. 단언컨대 피부는 노화가 가장 빠르다.

그렇게 어느덧 수와 친구가 됐고, 우리는 어떤 비밀도 거리낌 없이 털어놓는 사이로 발전했다. 이 정도 나이가 되면 비밀 따위는 그리 중요치 않다. 오랫동안 가슴속으로 아파했던 일도 웃음의 소재가 될 뿐이다. 그토록 애태우던 일도 한바탕 시원하게 웃고 나면 날아가는 기분이랄까. 결국 우리는 서로 오래된 아픔을 여과 없이 들추며 웃기도 하고 울기도 하면서 시간을 보냈다. 어느 날 드디어 나는 그녀에게 질투 어린 질문을 하게 됐다.

"그렇게 젊어 보이는 비결이 뭐야?"

"내일모레 일흔인데 무슨 소리야. 누가 들으면 어쩌려고."

그녀는 소리 내어 한참을 웃은 뒤 입을 열었다.

"내 몸과 마음은 이미 오래전에 늙었어. 저 밑바닥까지 가버렸어. 한 번 떨어지고 나니 더 이상 아프지도 늙지도 않더라."

열한 살부터 춤을 췄던 그녀는 열아홉이라는 다소 이른 나이에 결혼을 했다. 하지만 행복해야 할 결혼생활이 위기에 봉착하면서 우울증에 빠졌다. 그때도 삶의 유일한 행복은 춤이었다. 하지만 신은 스물일곱 살이 되던 해, 그 작은 행복마저 앗아갔다. 척추수술을 하면서 더 이상 춤을 춰서는 안 된다는 엄명이 떨어진 것이다. 하지만 몇 년 동안의 방황을 거쳐 그녀는 다시 춤으로 돌아왔고, 더 이상은 내려갈 곳도 없을 거라는 마음으로 서른넷이라는 나이에 라틴댄스 챔피언에 도전했다. 하루 네 시간만 자면서 고된 훈련을 이겨낸 그녀는 건강한 몸으로 당당히 챔피언의 자리에 올랐다. 그렇게 쭉 행복하게 살았으면 좋았겠지만, 우리 나이가 되면 인생은 미니시리즈가 아니라 대하드라마다. 평지만 남았겠지 하고 안심하는 순간 내리막길로 안내한다. 그녀의 친구이자 연인이고 동반자였던 두 번째 남편이 중년의 나이에 간질환 선고를 받은 것이다. 시한부 인생 통보였다. 하지만 둘은 크게 슬퍼하지 않았다. 그냥 병원을 나와서 하루하루를 소중하고 재미있게 살려고만 노력했다.

"내 인생은 스물일곱에 끝났어. 어차피 그 후부터는 덤이라고 생각했지. 그렇게 생각하니 즐겁기만 하던데."

남편은 하늘로 떠났지만 그녀의 인생은 여전히 찬란하게 흘러가고 있다. 나이가 들면서 가장 좋은 점은 나도 모르게 고통에 무뎌진다는 사실이다. 흡사 유리에서 강철로 진화하는 과정과 같다. 잘못 다루기라도 하면 자칫 깨질까 싶어 조심조심했던 유리와 같은 인생도, 나이가 들면서 웬만한 상처에는 티도 안 나는 강철처럼 강해진다. 어떤 아픔이라도 훌훌 털어버릴 강철 같은 정신력이 생겨난다. 인생은 또한 새벽에서 황혼으로 가는 여정과 같다. 새벽은 언제나 눈부시고 낯설다. 갑자기 뜬 태양은 우리를 잠에서 깨우며 당황케 한다. 황혼에는 사라져가는 해를 이어 소박한 달이 모습을 드러낸다. 인생의 황혼은 태양이 없어도 충분히 아름답다. 태양처럼 화려하진 않지만 소박하고 찬란한 것들이 우리와 동행한다.

나이가 들다 보니 이제 여기저기 쑤시는 것조차 익숙하다. 젊었을 때는 감기 한 번만 걸려도 세상에서 나 혼자 아픈 것처럼 요란하게 호들갑을 떨었다. 하지만 요즘은 웬만큼 아픈 게 아니면 별다른 내색 없이 넘어간다.

내 친구 존은 갑자기 폐암에 걸려 시한부 6개월을 선고받았다. 안타까운 건 그가 평생 술과 담배를 하지 않았다는 사실이다. 하지만 그는 억울해하지도 안타까워하지도 않았다. 중국에서 잘나가던 판사였던 존은 부인이 옥스퍼드 대학에서 중국어를 가르치며 아이들 교육도 시키겠다고 하여, 모든 걸 접고 영국에서 관광 가이드로 정착한 친구였다. 다양한 사람들을 만나는 가이드 일에 재미를 느끼며 살고 있는데 갑자기 시한부 판정이라니. 오죽하면 판사 시절 여러 번 내린 사형 선고를 자신이 받은 게 아닌가 생각한 적도 있다고 했다. 그는 항암치료가 다 끝나고 가이드 일을 다시 시작했다.

"아프니까 세상이 달리 보이더라고. 아주 일상적인 풍경마저 새로운 의미로 다가오고. 그 풍경들을 사람들에게 계속 소개하고 싶었어."

놀랍게도 그는 6개월이 아니라 3년이 넘도록 여전히 잘 살고 있다. 의사조차 매우 신기해할 정도다. 하지만 이 생명의 기적에도 그는 더없이 담담했다. 이미 예상보다 오래 살았는데 그까짓 3년이 무슨 대수냐는 표정이었다. 존은 여전히 영국의 숨겨진 풍경을 찾아 나서는 일을 하며 살고 있다.

내 친구 헤더는 나이가 들어서 척추암 진단을 받았다. 하지만 그녀는 조금도 놀라지 않았다. 오히려 그동안 고생했던 자신의 몸에 어떤 선물을 줄 수 있을지 고민했다. 그런 고민 끝에 만난 게 요가다. 요가를 배우면서 그녀는 예전보다 훨씬 건강해졌고, 심지어 요가 자격증을 따서 요가 선생으로 일하고 있다.

"세상에 안 아픈 사람이 어디 있어. 나 역시 그냥 아픈 사람들 중 한 명일 뿐이야."

그녀는 이렇게 자신의 병에 덤덤하다. 젊었을 때는 누구나 '온리 원only one'이 되고 싶고 주목받고 싶어 한다. 그러나 나이가 들면 혼자 주목받는 것에 개의치 않고 '위드 유with you'가 되고 싶어진다. 오히려 함께하는 과정에서 존재의 이유를 찾는다. 세상은 여럿이 홀로 살아가는 공간 아니던가.

오르막길을 지나고 나면 당연히 내리막길이 나온다. 어떤 이는 그 갈림길에서 내려가야 한다는 현실을 받아들이지 못한다. 더 이상 올라가지 못하는 자신을 초라하게만 여긴다. 그런 착각이 그를 더 빨리 내려오게 만든다는 사실을 알지 못한 채. 반면 이 내리막길을 즐기는 사람도 있다. 그들은 천천히 내려가면서 이곳저곳 숨겨진 풍경을 바라보며 여유를 즐긴다. 중간에 땀도 닦고 뒤돌아서서 지난 시간도 음미한다. 그러다 보면 숨 가쁘게 질주하느라 미처 찾지 못했던 삶의 비밀, '행복'이라는 비밀도 찾게 된다.

우리는 가끔 인생의 목적지를 착각한다. 젊은 날에는 정상에만 오르면 모든 걸 이룬 줄 안다. 하지만 인생의 목적지는 맨 위가 아니다. 정상에 오른 후에도, 절정을 맛본 후에도 우리 인생은 한참을 더 가야 한다. 그 후는 대부분 내리막길이다. 그 내리막을 즐길 수 있어야 진짜 인생을 잘 사는 사람일 것이다.

최근 나는 내 또래인 가수 조용필에 흠뻑 빠졌다. 그는 지금 인생의 내리막길을 걷고 있는 사람들에게 커다란 위안을 안겨주었다. 나이든 사람들이 잘 살았든 못 살았든 지금의 위치까지 온 데는 이유가 있다. 그런데 모두들 영광은 과거의 것이니 잊어버리고 남은 인생을 무채색으로 살아야 한다고, 그것이 현실이라고 말한다. 하지만 나는 과감하게 그것만이 현실이 아니라고 노래하는 '조용필 오빠'처럼 근사하게 살고 싶다. 때로는 화려한 꽃보다 이름 없는 들풀의 소박함이 아름다운 것처럼, 우리는 나이가 들면서 자기만의 소탈한 매력을 갖게 된다. 인생이 누구에게나 한 번 주어지는 것처럼, 나이가 든다는 것도 단 한 번의 기회다. 연륜은 젊음과는 또 다른 선물이다. 그 시간을 어떤 빛깔의 보석으로 만들어갈 것인지도 즐거운 게임이다. 내 주변에도 '조용필 오빠' 같은 사람들이 점점 많아졌으면 하는 바람을 가져본다. 칙칙한 잿빛이나 회색이 아닌, 무지개처럼 다채로운 빛깔로 인생을 물들여가는 사람 말이다.

10년 된 차는 결국 폐차를 하고야 말았다. 고치는 비용보다 중고차를 새로 사는 게 더 싸게 먹힌다는 수리공의 말 때문이었다. 나는 그 차를 보내며 지난 10년간의 추억을 떠올렸다. 저절로 그 차에 대한 감사함이 생겨났다. 아, 그때 또 하나 깨달았다. 나이가 들면 감사한 게 늘어나고, 고마워하는 마음이 깊어진다는 사실을. 감사할 줄 아는 마음이 커졌다는 것만으로도 나이가 들면서 잃어버린 모든 것들을 만회할 수 있으리라. 지난 시간에 감사하기에, 현재가 고맙기에, 다가올 하루가 최고의 축복이라 확신한다. 그렇게 오늘도 나는 늙어간다.

잠시 쉬어갈 수 있다면

"톰, 밥 먹고 좀 걷지 그래. 그러다 모니터 속으로 들어가겠어."

"써니, 전 일하다 밥 먹으면 집중력이 흐트러져요. 괜찮아."

"OK!"

영국에서 일해보니 한국과 다른 점이 있다. 한국은 중요한 회의가 있는 날도 밥 먹는 시간은 따로 내는 편이다. 간단한 스낵을 먹으며 미팅하는 회사들도 있지만, 대개 힘들게 일하는 날이면 소화도 잘되고 기운도 나게 하는 음식을 찾는다. 반면 영국은 긴급하고 중요한 사안이 있으면 직급을 막론하고 모든 인원이 준비된 샌드위치를 먹으며 회의를 한다. 꼭 중요한 일이 있을 때만이 아니라, 평소 일하는 스타일도 크게 다르지 않다. 밥을 먹고 오라고 식당 카드를 쥐여줘도 잘 쓰지 않는다. 집중해서 하루 일을 끝내고 제시간에 퇴근하겠다는 마인드를 가진 이들이 대부분이다. 주어진 시간 내에 일을 마치려다 보니 점심을 거르거나 기꺼이 끼니를 샌드위치로 대신한다.

학교 역시 회사와 비슷한 풍경이다. 옥스퍼드 벨리올 칼리지Balliol College에서는 매주 목요일마다 런치 세미나가 열리는데 학부 학생들에게는 최고의 인기 수업이다. 일명 '샌드위치 세미나'라고 불리는데, 식빵이나 치즈, 야채, 과일 등을 수북하게 차려놓으면 학생들이 샌드위치를 만들어 먹으며 자기 자리에 앉아 토론을 시작한다. 저명인사나 교수들이 먼저 30분 정도 이야기하고 나면, 나머지 30분은 열띤 토론이 이어진다. 전공이 제각각인 학생들과 교수가 섞인 덕에 토론의 열기는 말할 수 없이 뜨겁다.

그런데 한국의 젊은이들을 만나 보면 외국계 회사는 야근이 많지 않다고 잘못 알고 있는 경우가 많다. 실상은 전혀 그렇지 않은데 말이다. 프로젝트의 성격상 다르겠지만 주말에도 회사에 나가는 일이 드물지 않다. 내가 맡고 있는 보이스 프롬 옥스퍼드 역시 마찬가지다. 적은 인원으로 강사 섭외부터 촬영, 편집, 보급 등을 정확한 일정 내에 하루도 거르지 않고 해내야 한다. 작은 방송국처럼 운영되는 곳이기에 자연히 엄청 바쁘게 돌아갈 수밖에 없다. 그래서 영국인들은 휴가를 매우 요긴하게 활용한다. 재충전을 위해 어디에 다녀왔는지가 큰 관심거리가 되고, 휴가에서 얻은 에너지로 다시 열심히 일할 기운을 얻는다. 힘든 시기를 이겨낼 힘을 충전하는 것이다.

많은 사람들이 자신이 세운 목표를 이루기 위해 열심히 노력하는
데는 익숙하다. 아니, 누구보다 치열하다. 그런데 정작 스트레스나 자
신의 상처를 달래는 데는 서툴기 짝이 없다. 아무리 바쁘더라도 내 인
생을 위로해줄 무언가를 꼭 익혀야 한다. 거창한 것이 아니어도 좋다.
너무 늦지만 않으면 된다. 솔직히 나이가 들어서 새로운 것을 찾기란
쉽지 않으니.

이런 이야기를 할 때면 꼭 떠오르는 사람이 있다. 아웅산 수지 여
사다. 그녀는 평범한 삶을 살고자 했지만 어쩔 수 없이 아버지의 뜻을
이어 조국 미얀마의 민주화 운동에 뛰어들었다. 그리고 군부정권에 의
해 무려 14년 동안이나 가택연금을 당하는 고통을 겪었다. 나처럼 평
범한 사람은 상상할 수조차 없는 삶이었지만, 만날 기회가 있다면 힘
들었을 그녀의 삶에 꼭 한 번 위로의 말을 건네고 싶었다. 그런데 웬
걸, 2012년 옥스퍼드 명예박사학위 수여식에서 우연히 그녀를 만난
것이다.

직접 마주한 그녀의 얼굴은 티 없이 맑았다. 도대체 인생의 고난
을 어떻게 이겨냈기에 저런 얼굴을 하고 있을까. 그와 인터뷰한 옥스
퍼드대의 부총장, 닉 로린스 교수가 이런 속내를 짐작한 것처럼 슬쩍
귀띔해주었다. 그녀는 사람들이 고통을 느끼는 이유가 고통 자체보다

훨씬 더 확대해서 상상하기 때문이라고 했다. 수지 여사는 힘들 때마다 옥스퍼드에서 엄마와 아내로 행복했던 시절, 책보다 창밖을 더 많이 내다본 도서관, 잔디를 뒹굴며 친구들과 담소를 나누던 시간들을 상상하며 고난을 이겨냈다고 했다. 그리고 힘들 때면 피아노를 연주하면서 세상에서 느꼈을 통증을, 상처를 잊어버린다고 했다.

아웅산 수지 여사만큼 힘들었던 인생은 아니지만, 내게도 스트레스를 관리하는 나만의 방법이 있다. 바로 춤이다. 영국은 TV 채널만 돌리면 볼륨댄스가 나올 만큼 춤을 사랑한다. 옥스퍼드에도 댄스 페스티벌이 있을 만큼 댄싱은 일상적인 문화로 정립되어 있다. 처음에는 넋을 놓고 바라보기만 했다. 나는 언제 저렇게 우아하게 출 수 있을까 하는 부러운 마음에서였다. 그러던 중 우연히 옥스퍼드 대학 댄스 동아리에 약 10파운드의 등록비를 내고 가입했다. 그리고 나의 영혼이 춤을 추기 시작했다. 처음에는 댄서들의 화려한 동작을 훔쳐보기에 바빴지만.

댄스 동아리는 학생, 대학원생, 교수진 모두 참석이 가능한데 나이가 지긋한 70대의 선생님이 지도를 맡고 있다. 이 전설의 스승은 얼마나 스텝을 귀신같이 밟는지 많은 학생들이 이십대 꽃미남 파트너를 마다하고 서로 파트너가 되고 싶어 한다. 지나친(?) 열정 때문에 교습 중 마주한 얼굴에 침이 튀기도 하는데, 그럼에도 동아리의 여자 회원들은 선생님과 춤추기 위해 줄지어 순서를 기다린다. 나 역시 예외는 아니다. 실제 옥스퍼드에서 나는 나이 든 댄서들을 많이 만났다. 축구 선수를 하다 춤에 빠져 라틴 월드 챔피언에 오른 데이비드가 있고, 70 대임에도 정열적으로 학생들을 가르치는 브루스도 있다. 헤더라는 친구는 성악가로 인생의 대부분을 살았는데, 요즘은 춤에 더 열정을 쏟아붓는다. 모두 마지막까지 삶의 열정이라는 초를 태우는 사람들이다. 마이크라는 친구는 92세의 노모가 돌아가신 후 우울증을 앓기 시작했는데, 약을 먹으며 겨우겨우 버티다 뒤늦게 만난 게 춤이었다. 지금은 우울증을 앓았다는 사실이 믿기지 않을 만큼 누구보다 쾌활하다.

그런 선배들에게 자극을 받은 나머지 나도 댄싱대회에 나섰다. 처음에는 제대로 따라 할 수나 있을까 싶었는데, 무사히 대회를 마치기만을 바랐는데, 연습에 연습을 거듭한 끝에 동메달을 땄다. 한 번 메달을 따고 나니 계속 도전하고 싶은 욕심이 생겼다. 은메달을 따고서 무리를 하다 꼬리뼈를 다치고 이런저런 타박에 주눅도 들었지만, 무엇도 춤에 매료된 나를 막을 수는 없었다. 2013년 10월, 나는 이번이 마지막이라는 생각으로 금메달을 따겠다는 목표를 세웠다. 아마 내가 태어나서 거의 처음으로 세운 목표였을지도 모르겠다. 그런데 큰 이벤트를 앞두자 자신감이 갑자기 사그라졌다. 나이 들어 무모한 도전을 하는 건 아닌지 걱정이 앞섰다. 스트레스를 해소한다고 시작해놓고 왜 여기서도 쓸데없는 승부근성을 발휘하는 걸까, 하며 고개를 연신 흔들기도 했다. 그때 폴란드 출신의 춤 강사였던 안드레아가 다가왔다. 나는 그에게 이러한 부담감을 털어놓았다.

"자랑스러워요. 여기까지 온 것만으로도 자랑스러워요."

그는 나를 다독이더니 갑자기 눈물을 글썽였다. 그는 영국에 처음 도착했을 때 청소 일과 슈퍼마켓 아르바이트로 생계를 하루하루 꾸려갔다고 한다. 그러한 그를 버티게 한 것이 춤이었다. 그리고 고국에 계신 어머니였다. 그의 어머니는 각박한 삶을 살면서도 늘 홀로 춤을 췄다고 한다. 그도 어머니의 춤추는 뒷모습을 떠올리며 댄서의 꿈을 꿨다. 어머니는 결국 댄서의 꿈을 가슴에 묻은 채 암으로 생을 마감했지만, 안드레아는 옥스퍼드와 노스햄턴에 댄스 스튜디오를 운영하면서 암 환자를 위한 기부와 봉사활동에 열심이다. 그리고 여전히 검은색 댄스복을 입고 춤을 추면서 어머니를 떠올린다.

"어머니가 가르쳐준 삶의 철학이 있어요. 첫 번째는 Happiness고요, 두 번째는 szczęście예요."

szczęście는 폴란드어로 행복이라는 뜻이다.

"써니에게 금메달이 중요한 게 아니었으면 좋겠어요. 그냥 저 무대 위에서 행복하길 바랄게요. 앞으로도 오늘 무대를 떠올릴 때마다 행복했으면 좋겠어요."

그제야 나는 무대를 정면으로 바라볼 수 있었다. 내 나이가 언제 환갑을 넘겼더라. 인생도 이만큼 살아왔는데, 저 무대 따위에 뭘 그렇게 한참을 고민하는 거야. 아, 맞다. 손자들과 한 약속도 있었지. 나중에 무대 위 파트너가 되어주기로 했잖아.

안드레아의 격려 덕분에 나는 왈츠에서 퀵스텝, 탱고, 폭스트롯까지 무려 네 종목의 금메달리스트가 되었다. 간절히 원했던 메달이었고 오랫동안 땀 흘린 결과물이었기에 더할 나위 없는 기쁨이자 축복이었다. 하지만 금메달보다 중요한 건 무대에 섰다는 사실 자체다. 인생도 마찬가지다. 어떤 모습이든 무대 위에 섰다는 것만으로도 소중한 경험이다. 우리는 저마다 뜨거운 인생을 살아가기에 해피엔딩, 새드엔딩을 논하는 것은 무의미하다. 그렇다면 우리가 해야 할 일은 타박이나 걱정이 아닌 격려가 아닐까.

무대에서 내려온 후 거울을 바라보며 생각했다. 이젠 이렇게 말해 줘도 될 것 같다고.

'너, 참 애썼구나.'

플럼 빌리지에서 만난 틱낫한 스님의 메시지가 떠올랐다.

"웃어요. 매일 아침 웃어요. 힘들 때도 웃어요. 그렇게 항상."

그래, 매일 아침 거울을 보며 한번 웃어보자. 그리고 나를 격려하자.

"애쓴다, 내 인생. 앞으로도 잘 부탁한다, 인생아!"

풀리지 않는 매듭은 없다

⋮

절로 꼬인 매듭은 절로 풀린다. 애써 매듭짓지 말고 푸는 고생 하지 말라. – 허허당

우리는 오늘을 살아간다. 어제도 아니고 내일도 아니다. 그런데 신기하고 미련하게도 오늘 일어나는 일들의 '의미'를 오히려 나중에 깨달을 때가 많다. 지금 내 판단이 훗날 인생에 어떤 영향을 미칠지 오늘은 단정할 수 없다. 내가 한 행동도 마찬가지다. 인생이 내 의지대로 흘러가는 거라면 예측이라도 해보겠지만, 우리네 삶처럼 예측불허인 게 없으니 그 또한 어렵다. 그래서 많은 이들이 수많은 기로에서 잘못된 선택을 하고 후회를 한다. 그럴 때 내가 쓰는 방법이 하나 있다. 그냥 내가 지금 겪는 상황이 가장 좋은 거라고 믿으면 된다.

모두에게 큰소리는 쳤지만 사실 논문을 쓰면서 많은 어려움을 겪었다. 어찌 보면 일 년 이상을, 자는 시간을 제외하고는 거의 모든 열

정과 노력과 체력을 논문에 쏟아부었다. 도서관과 기숙사를 오가는 일은 너무도 무료해 보였겠지만 차라리 그랬으면 나았을지도 모르겠다. 멀리서 보면 아주 잔잔해 보이는 바다도 실제 뛰어들면 성난 파도가 일듯이, 실상은 고난의 연속이었다.

주제 선정부터 난관에 부딪혔다. 나는 논문을 준비하는 과정에서 칭화대학교 교수 출신인 판 홍과 절친한 친구가 되었다. 그녀는 이미 중국에서 최고의 위치에 오른, 대단한 석학이었다. 그럼에도 만족하지 않고 공부에 대한 열의 하나로 다시 옥스퍼드까지 날아왔다. 나이는 나보다 열 살 이상 어렸지만 우리는 만나자마자 금세 친해졌다. 아무래도 나는 공부보다 사람 사귀는 능력에 소질이 있는 듯싶다. 그녀는 항상 중국에 남겨두고 온 딸 걱정뿐이었다. 하기야 자식을 떼어놓고 공부하러 온다는 게 어디 그리 쉬운 일인가. 딸에 대한 그리움 때문인지 그녀는 다른 학생들과도 어울리려고 하지 않았다. 그녀의 목표는 오로지 단기간에 논문을 통과해서 조금이라도 더 빨리 딸에게 돌아가는 것이었다. 나는 그런 그녀의 심정이 가슴에 절절하게 와 닿았다. 나 역시 두 자녀를 어린 나이에 타국으로 떠나보냈던 '기러기 엄마' 출신이었으니까. 나는 그녀의 말동무가 되어주고 싶었고, 커다란 위안까지는 아니더라도 소소한 웃음을 선물해주고 싶었다. 다행히 그녀는 누구보다 나를 편하게 대했고 종종 속마음까지 털어놓았다. 나역시 그녀의 뛰어난 실력 덕을 톡톡히 보았다. 내 과제에 성심성의껏

코멘트를 달아주는 그녀는 역시 중국 최고의 석학다웠다.

처음부터 나는 '심장'에 관한 은유 표현을 논문 주제로 염두에 두고 있었다. 심장생리학 전공 교수인 남편의 어깨너머로 배운 지식들이 도움이 될 것 같아서였다. 남편을 통해 친해진 세계적 학자들로부터 도움을 받을 수 있을 거라는 기대감도 한몫했다. 기대도 이유는 이유니까. 그래서 나름대로 오래전부터 관련 자료를 상당 부분 확보한 상태였다.

그런데 무슨 운명의 장난인지 예상치도 못한 일이 벌어졌다. 판 홍도 나와 같은 주제로 논문을 준비하고 있던 것이다. 지도 교수는 둘이 같은 주제로 써보면 어떻겠냐며 은근히 경쟁을 부추겼다. 고민은 커져만 갔다. 내심 판 홍이 주제를 바꿔주길 바랐다. 하지만 그녀가 먼저 다가와 자신은 주제를 바꾸기가 어려울 것 같다며 미안해하는 게 아닌가. 애초 그녀가 나와 경쟁하려는 의도가 추호도 없었음을 잘 알고 있었기에, 미안해하는 친구에게 화를 낼 수도 없었다.

'어쩌지. 한국을 대표해서 중국의 석학과 한 번 경쟁해볼까. 이번 기회에 국위선양을 할지 누가 알아? 그런데 과연 내가 이길 수는 있을까. 아마 처참하게 깨지겠지. 아냐, 누가 알아. 내가 그녀에게 상처를 줄지도 모르지 뭐.'

둘 다 논문이 통과되어 서로 박수쳐주는 상황이 벌어질 수도 있을 것이다. 아, 하지만 옥스퍼드는 그리 만만한 학교가 아니다. 같은 주제의 논문 두 편을 통과시킬 만큼 관대하지 않다. 그럼 주제를 바꿀까. 이제 와서 어떻게 주제를 찾지.

선택의 기로에 있을 때, 가장 현명한 판단은 공생이리라. 그래 좋게 생각하자. '소중한 친구와 경쟁하는 건 나와 애초 맞지 않는 일이야. 다행이지 뭐야. 내가 판 홍과 친해지지 않았더라면, 그래서 같은 논문 주제를 놓고 경쟁했더라면 내가 졌을 텐데. 이건 행운이야. 둘다 잘되겠지.'

나는 그녀를 위해서도, 그리고 나를 위해서라도 새로운 주제를 찾아야겠다고 결심했다. 그동안 내가 수집했던 자료는 그녀에게 모두 건네주기로 마음먹었다. 대신 그날부터 한국과 영국의 신문을 분석하면서 주제 찾기에 나섰다. 쉽지 않은 일이고 시간도 오래 걸렸지만, 결국 '뼈'와 '피'에 관한 은유표현으로 주제를 변경했다.

"연구 주제가 심장 아니었어?"

그간의 상황을 전해주자 남편은 잘했다며 연신 칭찬해주었다. 하지만 나의 넓은 아량(?)을 향한 칭찬은 아니었다.

"심장은 의학 전문가들조차 어려워하는 분야야. 아마 그 중국 교수 모르긴 몰라도 논문 때문에 고생 좀 할걸."

남편의 예측은 정확했다. 판 홍은 그 누구보다 몇 배의 노력을 다했지만 논문은 진척이 없었다. 지도 교수를 매일같이 붙들며 늘어졌다. 상대적으로 내가 소외받는 것 같다며 지도 교수가 미안해할 정도였다.

하지만 판 훙은 결국 일 년 후 1차 논문 심사에서 탈락해 처음부터 다시 시작해야 하는 상황이 되었다. 공부에서 그녀가 난생처음 맛본 고배였다.

"나는 낙오자야. 짐 싸서 가야겠어."

나는 안타까움과 미안한 마음이 밀려와 펑펑 울고 있는 그녀를 꼭 안아줄 수밖에 없었다. 하지만 그녀는 석학답게 그때 흘린 눈물을 인생의 또 다른 자극으로 받아들였다. 중국 최고의 교수도 실패할 수 있다는 교훈을 학생들에게 들려줄 수 있게 되어 감사하다며 마음을 다잡았다. 결국 그녀는 나보다 먼저 최종 논문 심사를 통과했다. 중국으로 돌아가던 날에는 자신의 귀중한 자료들을 내게 안겨주며 힘내라고 다독여주었다. 짐을 싸느라 바쁜 와중에도 맛있는 중국요리를 해주며 나를 격려하던 판 훙이 정말 고마웠다. 지금도 우리는 절친한 친구 사이로 중국에 갈 때마다 그녀 집에 머물며 즐거운 시간을 보낸다.

나 역시 오랜 시간 고생한 끝에 겨우 논문을 완성했다. 한국의 〈중앙일보〉와 영국의 〈가디언〉 웹사이트에서 5,000개가 넘는 예문을 수집해 1,500개의 은유적 표현을 비교, 분석했다. 나 혼자만의 노력이 아니라 한국 미디어와 대학의 여러 지인들로부터 큰 도움을 받은 결과이자 성과였다. 남편은 이례적으로 그동안 정말 수고했다며 독하게 공부한 아내의 노고를 칭찬해주었다. 축하파티를 위해 영국행 비행기를 타겠다는 다소 격앙된 목소리와 함께.

하지만 내가 완성했다고 논문이 통과되는 건 아닐 터. 이틀 뒤 나는 논문을 자랑스럽게 빳빳한 종이에 프린트해서 지도교수에게 달려갔다. 교수실 벽에 자리 잡은 거울에서 기미와 다크서클로 얼룩진 내 얼굴이 보였다. '아, 이제 논문에서 해방될 수 있을까.'

지도교수는 환하게 웃으며 "정말 재밌는데?"라는 반응을 보여주었다. '그래, 이 지긋지긋한 논문. 드디어 해방이다.' 그런데 말과 달리 지도교수의 행동이 심상치 않았다. 도중에 빨간 펜을 꺼내더니 뭐라고 자꾸 적고 있는 게 아닌가. '뭐, 간단한 수정쯤이야 얼마든지 할 수 있지.'

"아주 좋아!" 교수의 총평이었다.

브라보! 머릿속에는 남편과의 축하파티가 그려졌다.

"하지만 최근 동향을 포함해서 조금만 고치면 정말 완벽할 것 같은데…. 서론을 바꾸면 어떨까?"

청천벽력 같은 제안이다. 결국 결론은 칭찬이 아니었다.

"써니가 여기서 멈추고 싶다 해도 통과는 될 거야. 하지만…."

논문에서 서론은 앞으로 어떤 주제로 어떻게 연구가 개진될지, 전체의 내용을 요약해서 제시하는 파트다. 본론과 결론으로 연결되기에 시간과 정성이 가장 많이 들어가는 부분 중 하나다. 서론이 바뀌면 본론과 결론 역시 손을 보아야 한다는 얘기다. 즉 하루나 한 달 안에 해결할 수 있는 문제가 아니다. 또 다시 나는 인생의 기로에 서게 됐다. 멈추면 아쉬움이 남을 것이고, 수정한다면 고생길이 이어진다. 지도 교수는 모든 건 네가 결정하기 나름이라는 표정으로 미소만 짓다 잠시 자리를 비웠다. 그 순간 남편에게서 축하파티를 위해 영국에 도착했다는 문자가 왔다. 어찌해야 하나. 고민의 시간이 끝나갈 무렵, 나는 남편에게 답장의 문자를 보냈다.

'파티는 다음으로 미룹시다. 논문이 완성되면.'

"엄마, 이번 주 토요일에 시간 있어요?"

논문 수정은 논문을 쓰는 것보다 더 지난한 과정의 연속이었다. 전보다 더 많은 자료와 책을 검토했지만 머릿속에 제대로 입력될 리 없었다. 책만 붙잡고 있는다고 내 것이 되는 게 아니었다. 입맛도 달아나서 며칠 내내 물만 마실 정도였다. '내가 왜 이 나이에 이런 고생을 해야 하나, 애들도 다 키웠고 신나게 여행 다니면서 쉴 나이에 왜 이러고 있지, 당장 때려치워야지.' 이런 생각을 한 게 한두 번이 아니었다. 지칠 대로 지쳐 몸과 마음이 너덜너덜해져 있던 어느 날, 딸에게서 연락이 왔다.

"이번 주에 제 생일이잖아요. 서른 살 기념 파티를 하려는데, 엄마도 오실래요?"

'아, 딸이 서른 번째 생일 파티를 한다는데 쉰 살이 훌쩍 넘은 엄마는 논문이나 고치고 있구나. 혹시 파티에 와서 음식 장만이라도 하라는 거니. 나는 지금 아무것도 못하거든. 논문 수정해야 해.'

가뜩 논문 때문에 힘들어 죽겠는데 엄마는 안 챙기고 자기 생일이나 챙기나 싶은 생각에 서운함마저 들었다.

"책상 앞에 앉아 있는다고 공부가 되겠어요. 그냥 와서 신나게 즐기다 가세요."

배부른 소리다. 하지만 달콤한 유혹이다. 사실 나도 놀고 싶었다. 오래전부터. 또 한 번 인생의 작은 기로에 섰다. 하지만 그 어느 때보다 판단이 쉽게 내려졌다. "바쁘지만 하나밖에 없는 딸 생일은 얼굴 보고 축하해 줘야 하니까…"라는 명분으로 슬쩍 참석 의사를 밝혔다. 그러자 딸이 크게 웃으며 "엄마는 언니라고 소개할게요. 엄마라고 하면 애들이 다 도망갈지도 몰라요!"라고 하는 게 아닌가.

'내 옥스퍼드 친구들이 너보다 훨씬 더 젊거든.'

당장 옷장에서 처박아둔 드레스를 꺼냈다. 오래전 동대문 시장에서 산 옷인데 입을 기회가 없었다. 그래, 논문이야 어떻게든 되겠지. 갑자기 얼굴에서 기미와 다크서클이 사라져가는 기분이었다. 피부의 적은 공부가 맞다.

영국에서는 서른 살 생일파티를 성대하게 하는 문화가 형성되어 있다. 딸은 세계 각국의 친구들을 초청해서 가면무도회를 열 계획이라고 했다. 처음에는 나도 참석하기가 조심스러웠다. 아무리 그래도 나이가 있는데 가도 될까? 그런데 생각해보니 가면무도회 아닌가. '어차피 내가 누군지도 모를 텐데, 스트레스나 신나게 풀어야겠다. 무조

건 가면만 벗지 말자.'

　나는 파티에 참석해 한동안 멀리했던 춤을 신나게 추기 시작했다. 내게 다가와 춤을 신청하는 남자들도 하나둘씩 늘어났다. 딸의 남자 친구인 마이클의 친구들까지 몰려왔다. 논문 스트레스 따위는 까맣게 잊고 있었다. 이런, 이 좋은 것들을 포기하고 논문에만 몰두했다니. 나는 역시 책상보다 파티가 어울린다고.

　물론 나중에 알긴 했지만 파티 참석자들은 내가 딸의 엄마라는 사실을 알고 있었다. 딸이 이미 우리 엄마는 '빡세게' 노는 게 전공이고 공부는 부전공인 사람이라고 소문을 냈다나. 그날의 파티는 새벽 4시까지 이어졌다. 그때 깨달았다. 죽어라고 앞을 향해 달리는 것도 중요하지만, 때로는 자신의 선택을 믿고 옆을 돌아보는 용기도 필요하다는 것을.

　선택의 기로에 서 있다는 사실만으로 우리는 불안감에 빠진다. 잘못된 선택과 판단을 할 것 같은 두려움 때문이다. 살면서 우리는 언제든 잘못된 판단을 할 수 있다. 그렇다고 해서 길이 끝나는 건 아니다. 잘못된 판단을 했어도 인생의 다음은 어김없이 다가온다. 힘들 때도 마찬가지다. 풀어지지 않는 매듭은 없다. 끝까지 풀리지 않으면 싹둑 잘라버리면 된다. 자신이 내린 선택을 믿고 최선만 다한다면 인생은 멋지게 흘러간다. 자신에 대한 믿음이야말로 내 인생에 대한 최고의 예우라 믿는다.

딸의 적절한 처방은 나를 다시 논문의 바다에서 헤엄칠 수 있도록 큰 힘을 불어넣어 주었다. 어차피 선택한 길, 언젠가는 끝날 테니 제대로 해보자는 일념으로 다시 논문에 달려들었다. 지도교수를 또 다시 한참 괴롭혔다. 한국의 지인들과 논문에 대해 토론하는 시간은 더욱 길어졌다. 그렇게 6개월이라는 시간이 지나고, 드디어 남편과 논문 통과 축하파티를 열 수 있었다. 그리고 요즘도 딸은 가끔 친구들의 메시지를 전해준다.

"'빡세게' 노는 게 전공인 너희 어머니, 이번 파티에 초대하면 어떨까?"

아는 자보다
배우는 자가 많은 세상

⋮

만난 사람 모두에게서 무언가를 배울 수 있는 사람이 세상에서 제일 현명하다.
– 《탈무드》

우리에게 학교는 어떠한 의미일까. 인생이라는 기나긴 여정에서 학창 시절은 얼마나 중요할까. 아마 내가 나이 오십에 다시 학생으로 돌아가지 않았다면 하지도 않았을 질문이리라.

어린 시절 내게 학교는 사회로 진출하기 위한 전초전에 불과했다. 세상으로 나아가기 위한 중간 과정, 그 이상도 이하도 아니었다. 인생의 진정한 승부는 졸업 후에나 시작된다고 믿었다. 인생에서의 전지훈련이랄까. 승부가 시작되기 전 체력을 키우고 오로지 연습만 하는 장소. 그곳에서의 시간은 생각보다 길게 느껴진다. 이것저것 많이 배우는 것 같긴 한데, 실제 써먹을 기회도 없고 내 것이 되는 느낌도 들지 않으니 그저 답답할 수밖에.

그런데 나이 오십에 만난 학교는 전혀 다른 의미로 다가왔다. 단순히 앞으로 나아가기 위해 거쳐야 할 코스가 아닌 현재의 '즐거움'으로 느껴졌다. 새로운 것을 배우는 시간은 두려움이 아니라 설렘으로 변모해갔다. 배우는 것이 얼마나 행복한지 매일 체감하며 감동하고, 또 감탄했다. 지금 내가 공부하는 것이 얼마만큼 쓸모가 있는지는 걱정조차 되지 않았다. 일단 배운다는 것, 그 자체만으로 행복했다.

처음에는 젊은 친구들 틈바구니에서 제대로 승부나 해볼 수 있을까 염려했는데, 결과적으로는 경쟁보다 값진 우정을 얻었다. 진짜 공부를 즐기는 방법도 배웠다. 학점을 따는 데만 몰두하던 지난 학창 시절이 부끄러울 정도였다. 마치 30년 전의 나처럼 책상 앞만 지키고 있는 친구에게 왜 소중한 선물을 즐기지 못하냐는 조언을 하기도 했다.

예전에 공부할 때는 될 수 있는 한 많이 배워야겠다는 생각뿐이었던 것 같다. 이때 배움이란 선생님이, 교수님이 말하는 내용을 남들보다 더 빨리, 잘 받아들이는 것 이상도 이하도 아니었다. 궁금한 게 있어도 교수님을 찾아갈 생각조차 하지 못했다. '굳이'라는 변명과 '나중'이란 이름으로 질문들을 묻어두었으니까. 하지만 옥스퍼드 시절의 내게 '나중에'란 말은 없었다. 지금의 의문을 미룰 수 없는 고령(?)의 나이인지라 막히는 게 있으면 바로바로 교수를 찾아갔다. 그러다 보니 어느덧 교수와 어깨를 나란히 하며 배우는 맛을 느꼈다. 그토록 어려웠던 상아탑의 '영감'들이 얼마나 진실하고 따뜻한 사람들인지를 차츰차츰 실감할 수 있었다.

돌이켜보면 옥스퍼드에 입학하기 전 나는 이미 방전된 상태였다. 20여 년 이상 직장인들과 영어교사 연수를 비롯해 여러 대학과 방송에서 영어를 '가르치는' 입장으로만 살다가 시간이 흐르면서 내 한계를 직감하기 시작했다. '나는 지식을 써먹기만 하고 있는 게 아닐까?', '오래 전 배웠던 내용을 반복적으로 읊고 있는 건 아닐까?'라는 반성이 일었다. 지식의 충전 없이 방출만 하는 데서 오는 한계였다. 좀 더 무언가를 배워야겠다는 생각도 들었으나, 용기란 쉽사리 생기지 않는 법. 그러던 중 옥스퍼드에 오게 되었고, 오랜 시간 가슴 속에 차 있던 응어리가 바닷가의 모래처럼 밀려나갔다.

4년 반이라는 시간이 지나고 졸업을 하게 됐다. 다시 나는 한국으로 돌아와 사회인으로 복귀했다. 하지만 '가르치는 자'라면 필연적으로 느낄, 방전에 대한 두려움이 계속 남아 있었다. 어떻게든 학교라는 울타리를 벗어나고 싶지 않았다. 옥스퍼드는 어느덧 내 마음의 고향으로 자리 잡은 상태였다. 다행히도 한국과 관련된 업무가 생길 때면 옥스퍼드에서는 나를 찾았다. 그럴 때마다 기꺼이 고향에 복귀해 도왔다. 한국에서는 오랫동안 방송사를 주된 활동무대로 삼았다. EBS 〈최고의 교수〉, SBS 〈생명의 기적〉, KBS 〈일요스페셜〉, 〈도전지구탐험대〉 등의 프로그램에 참여했고, 이를 계기로 많은 이들이 영국과 관련된 일이면 나를 찾아왔다. 뭔들 못하리. 나는 그들을 옥스퍼드와 영국으로 안내했다. 그리고 다시 찾은 옥스퍼드 교정에서 또 다시 학생이 되고 싶다는 욕심이 생겨났다. 정확히 말하자면 계속해서 학생 신분으로 지식을 충전하고 싶은 욕심이랄까.

그러던 2008년 가을이었다. 옥스퍼드 최고의 석학이라 할 수 있는 데비스 노블, 빌 더튼 교수와 식사를 하게 됐다. 자유롭게 이런저런 이야기를 주고받던 중 나는 숨겨둔 욕심을 드러냈다.

"왜 대학들은 하나같이 지식을 공유할 생각을 하질 않죠?"

두 교수가 무슨 소리냐는 듯 의아한 표정으로 나를 바라보았다.

"옥스퍼드조차 말이에요. 이곳에서 배울 수 있는 지식들이 좀 더 많은 사람들에게 퍼졌으면 좋겠어요."

다행히도 그들은 내 이야기를 진지하게 경청해주었다. 굿 스피커는 굿 리스너 앞에서 태어나는 법. 나는 혼자 꿈꾸던 계획을 떠들기 시작했다.

"옥스퍼드 석학들의 소중한 지식과 메시지를 전할 수 있는 매체가 있었으면 좋겠어요. 활자보다는 동영상이면 더 좋을 것 같고요. 인터넷이라는 편리한 방법도 있잖아요."

지식의 최전선에서 찾아낸 지혜들이 인터넷을 통해 동영상으로 전달된다면 더 많은 사람들에게 '배움'이라는 기회를 제공할 수 있지 않을까. 나는 당신들이 좀 시도해보라고 말하고 싶었다. 나처럼 배움에

배움이 있다면
인생은 좀 더 흥겨운 여행이 될 것이다.
지혜를 얻을 수 있다면
그 누구보다 행운이 따르는 인생이라 할 수 있을 것이다.

목마른 사람들을 위해.

그런데 가끔 상황은 전혀 예측하지 못했던 방향으로 흘러간다. 이 야기를 듣던 노블 교수가 먼저 말을 꺼냈다.

"그걸 써니가 해보면 어때? 방송 경험도 있잖아."

그랬다. 나는 1987년부터 1993년까지 EBS TV에서 BBC 영어 프로그램을 진행한 적이 있다. 소중한 경험이었지만 당시에는 아무것도 모르는 풋내기여서 아쉬움이 많이 남았다. 서강대에서 영어를 가르치던 때라 새벽 6시부터 다음날 새벽 1시까지 투자해도 시간이 빠듯했다. 두 달에 한 번꼴로 방송교재를 제작해야 하는데, 그때마다 출판사 직원이 우리집 거실에 출근해 대기할 정도였다. 그 힘든 경험을 노블 교수가 일깨운 것이다. 내가 아닌, 더 전문적인 능력을 갖춘 누군가가 해야 할 일 같았지만 나의 결정적인 약점 때문에 무너지고 말았다. 나는 유혹에 약하다.

"우리가 도와줄 테니 써니가 한번 해봐!"

새로운 것은 필요로 하는 자에 의해 탄생되는 법. 나는 두 교수가 에디터로 참여한다는 조건 하에 인생 최고의 대형 프로젝트를 기획하기 시작했다. 여러 번 회의를 거친 끝에 '보이스 프롬 옥스퍼드'라는 이름도 지었다.

엉겁결에 계획은 세웠지만 우리에게는 실무자가 필요했다. 눈앞에 이언이 떠올랐다. 논문 준비로 새벽마다 도서관으로 향하던 시절, 우연히 만난 친구였다. 사람 한 명 보기 힘든 어두운 진입로를 조심스레 걷고 있는데 엄청난 장신의 남성이 튀어나왔다. 나는 너무 놀라 소리를 질렀고, 그는 새파랗게 질려 뒷걸음질쳤다. 이언과는 그렇게 인연을 맺게 되었다. 그는 옥스퍼드 대학에서 지리학을 전공한 수재였는데 공부를 계속하기 위해 학교 주변에 거주하고 있었다. 옥스퍼드 출신 중에는 학교를 떠나지 않는 사람들이 꽤 많다. 어떤 친구는 옥스퍼드 대학원을 졸업한 후 자신이 속한 칼리지에서 수위로 일하고 있다. 왜 졸업을 하지 않느냐고 물으니 읽고 싶은 책을 얼마든지 읽을 수 있고, 사색을 즐길 수 있는 이 학교가 너무 좋아서라는 독특한 이유를 댔다. 매튜라는 친구도 샌 앤드루스 대학의 영문과 교수로 일하다 옥스퍼드로 돌아온 케이스다. 그가 돌아온 이유 역시 "옥스퍼드 도서관에서 내가 원하는 책을 읽으며 마음껏 공부하고 싶다."였다. 그들에게도 학교는 정신적 고향이었다. 옥스퍼드 대학을 졸업하면 평생 대학 도서관을 이용할 수 있는 것도 한몫했을지 모르겠다.

이언은 어린 시절 스튜디오를 하던 아버지의 어깨너머로 방송 시스템을 배웠다고 했다. '보이스 프롬 옥스퍼드'에 반드시 필요한 인물이었지만 초창기에는 사무실도 없었다. 다른 사람들과 함께 쓸 수 있는 사무실을 배치받았지만, 일의 성격상 서로 방해가 되어 어려움이 많았다. 하는 수 없이 이언과 나는 우리집을 거점으로 삼았다. 나와 워낙 밥을 자주 먹어서인지 이언은 어느덧 한국 음식의 매력에 빠져

들었다. 우리 아들이 자기보다 이언에게 더 밥을 많이 차려준다고 놀릴 만큼.

당시 옥스퍼드인터넷연구소 소장이었던 빌 더튼 교수는 '보이스 프롬 옥스퍼드'의 법적 절차를 꼼꼼히 챙겨주었다. 몇 가지 원칙도 세웠다. 그중 가장 중요한 원칙은 인터뷰어를 해당 분야의 비전문가 중에서 정하자는 것. 가령 의학 전문가가 인터뷰이라면 인터뷰어는 경제나 인문 분야의 에디터로 선정하는 식이다. 이는 대중성을 고려한 선택이기도 하지만, 무엇보다 통섭을 염두에 둔 것이다. 영국의 학문은 통섭에서 시작된다고 해도 과언이 아니다. 고등학교 때까지 영국 학생들은 문과와 이과를 두루 공부한다. 대학에 가서도 이과와 문과는 여전히 공존한다. 옥스퍼드 대학의 경우 학부과정을 살펴보면 PPP라고 해서 생리학, 심리학, 철학을 공부하고, PPE 과정에서는 철학, 정치학, 경제학을, PP에서는 물리와 철학을 공부한다. 이 외에도 다양한 과정이 있는데 공통적으로 과학과 인문학을 같이 공부할 수 있다. 대학원 과정에서도 물리와 철학을 함께 공부하는 학생들이 많다.

시스템을 어느 정도 갖추고 나니 이번에는 콘텐츠가 걱정이 되었다. 덜컥 시작은 했지만 아직 실체도 없는 우리와 선뜻 인터뷰를 해줄 사람이 있을까? 더욱이 우리는 경제적 대가를 지급할 수도 없는데. 그러나 우리의 우려와 달리 런칭도 하기 전에 학생들 사이에 먼저 '보이스 프롬 옥스퍼드'에 대한 소문이 돌기 시작했다. 자신들이 먼저 만나고 싶은 사람들을 추천하기도 했다. 그 대표적 인물이 내가 학생 시절 소속된 옥스퍼드대 엑서터 칼리지(반지의 제왕 저자 J.R.R. 톨킨이 공부한 곳으로 유명하다)의 프랜시스 케언크로스 학장이었다. "좋아요, 무조건 해야지요!"

프랜시스 케언크로스 학장은 흔쾌히 '보이스 프롬 옥스퍼드'의 1호 인터뷰이가 되어주었다. 더욱이 그녀는 다른 교수들에게도 앞다투어 '보이스 프롬 옥스퍼드'를 추천했다. 시간은 걸렸지만 모든 절차는 순조로이 진행되었고, 이후 일부 교수들도 확보하기 어려운 벨리올 칼리지의 사무실까지 지급받게 되었다. 넷이서 시작한 '보이스 프롬 옥스퍼드' 멤버들은 어느덧 열다섯 명으로 늘어났다. 옥스퍼드 경영대학원 학장이었던 콜린 메이어 교수, 현재 의과대학 부학장인 데이비드 페터슨 교수 등 내로라하는 석학들도 하나둘씩 에디터로 참여했다. 출연자 명단도 점차 화려해졌다. 세계적인 과학자 리처드 도킨스, 옥스퍼드 대학의 명예총장이자 BBC 방송사 Trust 회장인 크리스 패턴, 캐임브리지 대학 명예총장 샌즈베리 경, 2008년부터 런던 시장을 역임하고 있는 보리스 존슨, 노벨경제학상 수상자인 펠프스 교수까지.

그러나 우아한 백조의 몸짓이라도 호수 아래서 보면 발버둥에 가깝듯, 보이스 프롬 옥스퍼드의 일상은 격정의 연속이다. 애초부터 열다섯 명의 직원들이 감당할 수 있는 프로젝트가 아니었다. 우리는 매번 체력의 한계와 부족한 능력을 실감했고, 항상 더 나은 콘텐츠를 만들어야 한다는 중압감 때문에 밤낮없이 일해야 했다. 그러한 어려움과 아쉬움에도 이 일을 포기하지 못하는 이유는 소명의식 때문이었다. 우리가 받은 지식과 감동을 세상과 나누고 싶다는 마음, 이것이야말로 환갑을 넘긴 나이에도 날을 새야 하는 빡빡한 일정에서 발을 뺄 수 없는 이유일 것이다.

나는 지식과 지혜는 축적하는 것이라고 믿어왔다. 하지만 보이스 프롬 옥스퍼드를 통해 지식과 지혜는 '공유'의 대상임을 깨달았다. 어느 교수는 '보이스 프롬 옥스퍼드'에 출연한 후 뉴질랜드와 아프리카의 어느 대학에서 자기를 알아봤다며 정말 감사하다는 메일을 보내왔다. 나 역시 중국에 갔을 때 홍콩 대학생이 인사해온 적이 있다. 전 세계 사람들과 지식을 매개체로 소통하기 시작한 것이다. 그중에서도 영국에 사는 열두 살 소년이 보내온 메일은 지금도 기억에 생생하다. 소년의 이름은 구스타프였다. 구스타프는 보이스 프롬 옥스퍼드 홈페이지에 실린 런던 시장 보리슨 존슨과의 인터뷰를 보았고, 그 후 벨리올 칼리지를 방문해 "A Lion at Oxford"라는 제목으로 시를 썼다. 옥스퍼드에 출현한 사자가 벨리올 칼리지에서 공부해 수상까지 되었다는 내용의, 상상력이 듬뿍 담긴 시였다. 나는 그를 수요일 세미나에도 초대해서 강의를 듣게 해주었다. 일곱 살 때부터 시를 쓰기 시작했다는 이 천재 소년은, 보이스 프롬 옥스퍼드를 통해 유명한 사람들을 접하면서 창의력과 상상력이 한층 풍부해짐을 느꼈다고 했다.

배움이 있다면 인생은 좀 더 흥겨운 여행이 될 것이다. 지혜를 얻을 수 있다면 그 누구보다 행운이 따르는 인생이라 할 수 있을 것이다. 보이스 프롬 옥스퍼드는 나를 흥분케 하는 여행이자 내 인생 최고의 행운이다. 나는 이곳을 통해 지식을 배웠고, 지혜를 얻었다. 그리고 매번 내가 얼마나 부족한지를 깨닫고 있다.

학교는 인생의 특정 시절에만 존재하는 공간이 아니다. 지식이 넘쳐나고 좋은 사람들이 앞장서서 지혜를 전한다면 어디든 학교가 될 수 있다. 내게 보이스 프롬 옥스퍼드는 일터가 아니라 내가 꿈꾸던 학교였다. 이 학교가 좀 더 많은 이들에게 알려지기를 바라며 나는 오늘도 즐거운 고생을 자처한다.

2 더 늦기 전에
   해주고 싶은 이야기

:

내 인생의 어깨 위에 놓인 짐을 여행가방이라고 생각해보자. 처음에는 무거워 낑낑댈

지 몰라도 시간이 흐를수록 가방 안에 채워진 것들을 필요로 하게 될 것이다. 인생은

아주 오랫동안 가야 하는 여행이다. 긴 여행에 어찌 가방 하나 없을 수 있겠는가. 우

리는 반드시 어깨 위에 놓인 짐들로부터 도움을 받게 되어 있다.

내가 직접 사야
내 것이 된다

:

혼자 여행을 하면 자신이 스스로를 돌보아야 한다. 혼자 결정하고, 그 모든 결정에 따르는 결과에 대해 혼자 책임을 져야 하는 과정에서 나는 나와의 대화 시간을 갖게 되고, 그러면서 나를 잘 알아가게 된다. – 한비야, 《바람의 딸, 걸어서 지구 세 바퀴 반》 중에서

제시는 옥스퍼드 단짝들 중에서 가장 가난한 친구였다. 방학이면 아르바이트를 해서 생활비를 벌어야 했고, 그녀가 하루에 쓰는 돈은 5파운드에 불과했다. 한국 돈으로 만 원도 되지 않는 액수였다. 점심은 간단한 빵 한 조각으로 때웠고, 저녁은 수시로 굶었다. 하루는 그녀의 집에서 저녁을 먹게 됐는데, 메뉴는 달랑 빵과 수프 한 접시였다.

"이게 설마 끝은 아니겠지?"

함께 초대받은 단짝 친구 매릴린과 케이가 허기진 배를 움켜잡으며 내게 속삭였다. 하지만 더 이상 음식은 나오지 않았다.

그 날 이후, 나는 제시를 볼 때마다 괜히 마음이 아팠다. 그녀의 건강도 걱정됐다. 하지만 그녀는 자존심이 상당히 센 편이어서 어쩌다

맛있는 거라도 사주려고 하면, 내 호의를 눈치챘는지 단호히 거절하곤 했다. 내가 혹시 그녀의 자존심을 건드린 건 아닌지 눈치를 봐야 할 정도였으니까. 나는 제시가 지금의 가난에 굴하지 않고 반드시 성공하길 바랐다.

그러던 어느 날 다른 친구로부터 뜻밖의 이야기를 듣게 됐다. 제시를 걱정하는 내가 안타깝다며 해준 말이었다.

"제시는 가난한 집 애가 아니야. 오히려 부잣집 딸인걸."

알고 보니 그녀의 집은 경제적으로 넉넉한 편이었다. 끼니를 거르며 공부할 필요도 없었고, 아르바이트로 생계를 꾸려갈 이유도 전혀 없었다. 그런데 왜 그녀는 가난한 생활을 자처한 것일까? 혹시 사고라도 쳐서 부모와의 인연이 끊긴 것일까? 부모님이 공부를 반대라도 하나? 내 상식으로는 도저히 이해하기 어려웠다. 실례를 무릅쓰고 물어본 결과, 제시의 답변은 너무도 간단했다.

"내 인생인데 굳이 부모님께 도와달랄 이유가 없잖아."

그녀가 스스로 선택한 가난이었다. 특별한 이유가 있어서 검소한 삶을 꿈꾼 것도 아니고, 자신이 해결할 수 있는 경제적 범위 안에서 충실하게 살았을 뿐이다.

현재의 가난한 삶에 제시는 어떤 불만도 없었다. 단짝 친구인 케이와 매릴린 역시 그녀를 걱정하지 않았다. 그들의 시선에서는 너무도 당연한 삶이기 때문이었다. 부모가 가진 것은 부모의 소유이기에 내 것이 될 수 없다. 성인이 되면 더 이상 부모가 가진 것에 기대어서는 안 된다. 그것이 바로 그들이 생각하는 진정한 독립이자 스스로 만들어가고 있는 인생의 출발선이었다. 문득 내 자신이 부끄러워졌다. 나는 학창 시절 장학금을 받으며 공부해왔다. 부끄럽지만 '부모 장학금'이다. 학생이라는 이유로 부모님의 혜택을 입었고, 자연히 세상 물정에 어두울 수밖에 없었다. 진짜 세상은 졸업 후 결혼하고 나서야 처음 접했다. 학생이라는 핑계로 세상과 늦게 조우했으니 얼마나 철이 없었겠는가.

요즘은 한국 대학생들도 그렇지만, 영국과 미국 대학생들은 대학에 입학하면서부터 채무자가 된다. '학자금 대출' 때문이다. 형편이 넉넉지 않으면 언감생심 대학 입학조차 꿈꾸지 못했던 시대를 살아온 나로서는, 빚을 져서라도 대학에 가겠다는 아이들의 용기가 놀라웠다. 빚지는 법부터 배워야 하는 어린 친구들이 가여웠다.

나는 부모가 갖춰야 할 가장 중요한 덕목 중 하나가 자녀를 안정된 출발선에 세우는 것이라 믿어왔다. 아이가 내 품에서 벗어나 인생의 출발선에 섰을 때 가능하면 무엇 하나 부족한 것 없이 시작하길 바랐다. 내 아이를 공부시키기 위해서라면 그 어떠한 어려움도 마다하지 않는 것이 부모라고 믿었다. 아마 모든 한국 엄마들의 마음이 그러하리라. 하지만 인생이 신념대로 살아지는 것도 아니고, 부모의 생각이 항상 옳은 것도 아니다.

1997년 우리나라가 IMF 외환위기를 맞으면서 많은 유학생들이 경제적인 이유로 귀국을 하게 됐다. 우리 아이들 역시 마찬가지였다. 아무리 남편이 의대 교수이고 나 역시 대학에 강의를 나간다 해도, 두 아이의 학비를 대기엔 턱없이 부족했다. 환율이 세 배로 뛰었기 때문이다. 매일 밤마다 가계부를 들춰보며 한숨을 쉬는 게 일이었다. 아이들과 통화할 때마다 "어려울 때일수록 열심히 공부하는 게 답이야. 엄마가 등록금은 다 준비해놓았으니 아무 걱정 말고 열심히 공부나 해."라고 말하기는 했지만 숨이 꼴딱꼴딱 넘어가는 심정이었다. 아주 가끔은 아이들이 스스로 유학을 포기해주었으면 하는 마음마저 들었다.

그런데 근근이 학비를 대던 도중 우연히 딸아이가 빚을 진 사실을 알게 됐다. 형편이 어려운 아이들에게 주는 '하드십 펀드'라는 학자금 대출도 모자라 은행에서 추가로 대출을 받은 것이다.

"빚을 지더라도 부모인 내가 질 텐데, 왜 네가 대출을 받니. 엄마가 등록금도 내주지 못할 것 같아? 나중에 그 빚이 엄청난 부담이 될 텐데."

기특하면서도 너무 속이 상한 나머지 딸아이에게 순간 울컥 화를 내고 말았다. 부모 된 도리를 다하지 못했다는, 죄진 듯한 심정이었다.

"엄마, 다들 그렇게 다녀. 학자금 대출은 대학생이면 당연히 받는 거야. 지금까지 엄마가 해준 것만으로도 충분해. 이제는 내가 스스로 책임질 나이가 됐거든."

영국의 은행은 학생들이 학교를 졸업하고 직장생활을 시작한 후에 원금을 갚도록 배려하고 있다. 영국 대학생들은 굳이 부모에게 손을 벌리지 않고 학업을 마친다. 사회에 나가 학자금 대출을 갚아야 한다는 사실도 당연한 수순으로 받아들인다. 아들은 버스비를 아끼기 위해 걸어다니면서 유학을 마쳤다. 딸은 대학 내 외국인 총학생회장으로 활동하며 장학금까지 탔다. 다행스럽게도 아이들은 알아서 공부를 마쳤고 내 품을 떠났으며, 인생의 독립을 이뤄냈다. 그리고 나의 가난한(?) 단짝 친구 제시는 멋진 홀로서기에 성공해 옥스퍼드에서 강의를 시작했다. 딸은 내 걱정이 괜한 것이었음을 증명이라도 하듯, 영국 골드만삭스에 당당히 입사해 몇 년 만에 학자금 대출을 모두 상환했다. 모두 자신들이 책임져야 할 상황을 외면하지 않고 성장해가고 있었다.

어깨가 가벼운 채 인생의 출발선에 서고 싶다는 건 지나친 욕심인지도 모르겠다. 내 아이에게 어떠한 짐도 지우지 않으려는 부모의 마음조차 욕심이리라. 인생의 출발선에 선 사람들의 어깨에는 타인이 알 수 없는 각자의 짐이 얹어져 있다. 가볍다고 생각하는 자의 짐은 한없이 가벼울 것이요, 무겁다고 힘들어하는 자의 짐은 철근처럼 무거울 것이다. 그 짐을 어떻게 받아들이느냐에 따라 우리가 살아갈 인생은 크게 달라진다. 분명한 것은 어깨 위의 짐을 의식할 필요가 없다는 것이다. 내 인생의 어깨 위에 놓인 짐을 여행가방이라고 생각해보자. 처음에는 무거워 낑낑댈지 몰라도 시간이 흐를수록 가방 안에 채워진 것들을 필요로 하게 된다. 인생은 아주 오랫동안 가야 하는 여행이다. 긴 여행에 어찌 가방 하나 없을 수 있겠는가. 우리는 반드시 어깨 위에 놓인 짐들로부터 도움을 받게 되어 있다.

"교수님은 부모님께 무엇을 물려받으셨나요?"

2006년도 노벨경제과학상 수상자인 컬럼비아 대학의 에드먼드 펠프스 교수를 만났을 때였다. 나는 종종 사람들에게 이런 질문을 던지곤 한다. 부족한 부모인 내 자신을 돌아보기 위해서라는 말과 함께.

"어머니가 돌아가시면서 아주 낡은 집을 물려줬는데, 아주 골칫거리였지."

펠프스 교수는 이렇게 말하면서 화통하게 웃어 보였다. 그는 미국에서 집과 자동차를 사본 적이 없다고 했다. 꼭 차를 써야 할 때면 며칠 렌트해서 쓴 게 전부였다고. 그는 지금도 뉴욕 맨해튼의 작은 아파트에서 부인과 함께 살고 있을 만큼 검소하다. 아마도 부모님 덕분에 알게 모르게 몸에 밴 경제적 습관이리라.

"우리 부모님은 항상 말씀하셨지. 인생은 예측불허라고. 어떤 일이 닥치더라도 모든 상황을 포용하고 현명하게 대처해야 잘 살 수 있다고 매번 강조하셨어."

그가 부모에게서 물려받은 유산은 낡은 집뿐이 아니었다. 인생을 잘 살아가는 방법을 물려받았으니 무엇과도 비교할 수 없었을 것이다. 옥스퍼드 시절 한 중국인 친구로부터도 비슷한 이야기를 들은 적이 있다. 그녀는 어린 시절 어머니를 하늘로 떠나보냈다. 얼마나 외로운 시간을 보냈을까. 하지만 그녀는 어머니가 지금도 자기 곁에 살아 있는 것 같다고 매번 말했다. 유언으로 남긴 한마디 때문이란다.

"네가 사는 동안 아무리 힘든 일이 닥쳐도 하나만 기억하렴. 어떤 일이든 포기하지 않겠다고 말이야."

인생의 고비마다 그녀는 어머니가 해주신 말을 기억하며 기운을 낼 수 있었다. 현명한 부모는 자녀들에게 재산 대신 정신적인 유산을 남긴다. 그리고 자녀는 부모들의 철학을 물려받아 제대로 된 인생을 살아간다.

부모는 나의 뒷모습, 등과 같은 존재다. 가장 가까이 붙어 있지만 아무리 고개를 돌려도 눈으로 직접 확인하기란 어려운 존재. 등은 보이지는 않지만 가슴이 똑바로 정면을 향하도록 해주는 직립의 축이다. 마찬가지다. 부모가 축이 되어주기에 우리는 앞을 바라보며 살아갈 수 있다. 내 뒤에서 든든히 버티며 중심을 잡아주는 것만으로도 부모의 소임은 끝이다. 출발선을 떠나 어떤 길을 걸어갈지는 오로지 내게 달려 있다. 내 인생이자, 내가 하는 여행이니까.

여행가방 역시 내가 직접 싸야 한다. 가방 안에 들어갈 물건도 내가 직접 사야 내 것이 된다. 때로는 잘못된 짐을 챙길 수도 있고 손해를 볼 수도 있다. 그래도 괜찮다. 인생이라는 여행이 아주 길다는 점을 감안한다면 아주 미미한 실수에 불과하기 때문이다. 잊지 말아야할 것은 내가 직접 가방을 준비해야 한다는 사실이다. 처음에는 서툴지도 모르지만 어느덧 경험이라는 선물 덕분에 능숙해질 것이다.

조금 늦어도 괜찮아

인생을 살다 보면 스스로가 부끄러워지는 순간이 있다. 이제껏 내가 옳다고 믿어왔던, 추호도 의심하지 않았던 것들이 한순간에 무너질 때이다. 사람은 완벽한 존재가 아니기에 언제나 옳을 수는 없다. 지혜롭다고는 해도 만사형통으로 통하는 진리는 없는 법. 우리는 살면서 미처 고칠 틈도 없이 수많은 오류를 범하며 살아간다.

돌이켜보면 내 인생도 실수투성이였던 것 같다. 그래서 나는 뒤늦게 접한 옥스퍼드에서의 생활에 감사하고 또 감사했다. 나중에라도 삶의 오류들을 인지할 수 있는 소중한 경험을 했기 때문이다. 무엇보다 엄마로서의 삶에 대해 많은 생각을 하게 됐다. 나는 썩 현명한 엄마는 아니었던 것 같다. 아니, 부족한 엄마였다는 표현이 옳을지도 모르겠다. 분명치도 않은 철학으로 아이들을 한 곳으로만 몰은 건 아닌지 아쉬움과 반성이 들 때가 있다. 공부만 강요하느라 소중한 학창 시절을 추억 하나 없이 보내게 만든 건 아닌지, 후회스러울 때도 있다. 공부가 인생에서 가장 중요한 건 아닐 텐데.

한 번은 딸의 책상에서 이런 메모를 발견하고 혼자 배신감에 빠진 적이 있다. 당시 딸은 한국에서 고등학교를 다니고 있었다.

'독서실 남자친구들과 노래방에 가서 두 시간 동안 노래를 불렀다. 속이 다 시원하다.'

'아니 얘가, 얘가 지금 뭐 하는 거야. 뼈 빠지게 공부시켰더니 남자 애들이랑 노래방에나 다닌단 말이야.' 그 정도로 나는 맹목적이었다. 학생은 공부만 해야 한다는 그릇된 철학의 광신도였던 셈이다. 내 아이가 이성 친구들과 노래방에 갔다는 사실만으로 바로 '탈선'이라는 단어부터 떠올렸으니 얼마나 시대에 뒤떨어진 생각이란 말인가. 딸 아이에게 배신감을 느끼며 혼자 끙끙대던 엄마의 모습이라니, 지금도 그 생각만 하면 아이들 얼굴을 보기가 민망해진다. 아마 옥스퍼드를 조금만 더 일찍 경험했다면 그러지 않았을 텐데. 과거를 후회할 때, 인간이 가장 많이 꺼내는 생각의 카드는 '만약'이다. 내가 만약 다시 그때로 돌아간다면 아이들에게 어떤 이야기를 해줄 수 있을까.

"책상에 온종일 앉아 있다고 공부를 잘하는 건 아니야. 공부하는 족족 내 것이 된다면 얼마나 좋겠니. 때로는 집중력이 떨어져서 멍하니 벽만 보는 시간이 더 길어질지도 몰라. 그럴 땐 차라리 머리를 식힐 수 있는 너만의 방법을 찾아보렴."

공부를 하면서 가장 답답한 순간은 책을 들여다봐도 머릿속에 아무것도 입력되지 않을 때다. 말 그대로 공부하느라 머리가 지친 것이다. 그런데 왜 내 아이만은 지치지 않을 거라고 생각했을까?

"노래방에서 상대를 반하게 할 너만의 '18번'은 있니? 혹시 노래방에 가서 박수만 치다 오는 건 아니지?"

왜 그렇게 묻지 못했을까? 나는 그 메모를 본 후에도 딸이 노래를 잘하는지는 궁금하지도, 아니 아예 관심조차 없었다. 왜 공부가 아닌 아이의 관심사를 알려고 한 적이 없었을까. 엄마들은 아이의 재능에 대해 관심이 많다고 말한다. 하지만 그것이 성공 내지는 직업으로서의 가능성과 연결된 재능일 때만 환호하며 받아들인다. 그 밖의 것들은 공부에 방해가 된다는 이유로 학창 시절 일찌감치 배제의 대상이 되고 만다. 허튼소리로 사람을 웃길 수 있는 것도, 누군가의 목소리나 춤을 흉내 내는 것도 소중한 능력일 텐데, 엄마들은 아이의 그런 능력에 대해 무관심하다. 어쩌면 알면서 외면하는지도 모른다.

옥스퍼드에는 유난히 공부벌레들이 많다. 아니, 처음 보면 죽어라 공부만 하는 걸로 오해하기 쉽다. 하지만 그들은 대단히 실용적으로 자기 시간을 경영한다. 특히 스트레스를 푸는 데 엄청난 투자를 하는 편이다. 대부분 옥스퍼드 대학 학생연합에 등록된 200여 개 학회와 동아리를 통해 적극적으로 활동하는데, 동아리만 해도 조정, 스키, 축구, 스포츠 댄스, 오케스트라 등 국적과 민족, 종교별로 각양각색이다. 취미와는 담을 쌓고 살았던 나조차 오후가 되면 댄스 동아리에 가서 지친 일상을 달래곤 했다.

세계적인 석학 집단이라 불리는 옥스퍼드 대학의 교수들 역시 맹목적으로 공부나 연구에만 '올인'하지 않는다. 심지어 그들은 학생들과 함께 동아리 활동을 하거나, 자선 활동 혹은 취미로 시간을 보낸다. 특히 놀라웠던 것은 대부분의 교수들이 악기를 하나씩은 다룬다는 사실이다. 대표적으로 옥스퍼드의 생물학자인 노블 교수는 클래식 기타를 즐겨 치는데, 연주회를 열 만큼 상당한 실력을 갖추고 있다. 여든을 바라보는 그가 클래식 기타를 치기 시작한 것은 마흔. 연주경력만 사십 년 가까이 되는 셈이다. 그의 강의는 항상 클래식 기타 연주로 막을 내린다.

경마장에 가면 눈가리개를 하고 죽어라 앞만 보며 달리는 경주마를 볼 수 있다. 질주하는 모습이 멋지기도 하지만 맹목적으로 한 곳만을 향해 달리는 모습을 보고 있노라면 어딘지 모르게 처연하고 애달프다. 하지만 나를 비롯한 한국의 많은 부모들이 항상 한 곳만을 향해 아이들을 뛰게 했다. 옥스퍼드에서 만난 한국 학생들 역시 마찬가지였다.

졸업할 때까지 파티 한 번 안 가고 도서관에서 공부만 하는 동기가 있었다. 어쩌다 휴게실에서 만나면 일체 외부 활동도 하지 않고 외롭게 책상만 지키느라 누렇게 얼굴이 떠 있었다. 무엇이 그를 그렇게 지독한 '공부광'으로 만들었을까 싶어 매번 가슴이 아팠다. 알고 보니 넉넉지 않은 형편에 대학을 졸업시키고 영국까지 유학 보내준 부모님 생각에 맘 편히 놀 수도 없다고 했다. 부모님 얼굴을 떠올리면 할 수 있는 게 공부밖에 없다는 그의 말은 감동적이었지만, 한편으로는 걱정스러움도 앞섰다. 공부 외에 학교에서 배울 수 있는 것은 무궁무진하다. 근사한 추억, 힘이 되는 친구, 인생의 지혜는 결코 공부에 따라붙는 덤이 아니다. 오로지 학위를 따기 위해 달리는 인생이라니, 얼마나 갈증 나는 삶이란 말인가.

옥스퍼드에서 만난 컴퓨터 공학도 후배 역시 처음에는 사람들과 어울리지 못하고 공부에만 매달리고 있었다. 나는 그런 그가 안타까워 파티나 동아리에 이리저리 데리고 다니면서 친구들을 소개시켰다. 분위기에 익숙해지자 그는 여느 학생들처럼 옥스퍼드에서의 생활을 즐기게 됐고 우수한 성적으로 졸업해 고국으로 돌아갔다. 나는 시간이 꽤 흐른 뒤에 그를 다시 만나게 되었다. 우연히 그에게 일어난 좋지 않은 일을 들었기 때문이다. 그는 회사 후배가 계속해서 자신을 모함했다고 했다. 다행스럽게도 회사 측에서 조사를 벌이자 진상이 드러났다. 자신의 부족한 실력이 드러날까 두려웠던 후배가 실력이 뛰어난 그를 모함하고 나선 것이다. 후배는 진실이 밝혀진 후 당연히 사직 처리가 되고 말았다. 그런데 어느 날 그 후배가 찾아와 새롭게 시작한 사업에 그가 만든 프로그램을 쓰게 해달라며 부탁해왔다고 한다. 나라면 어떻게 했을까. 아마 만나는 것조차 내키지 않았을 것이다. 하지만 그는 자신을 모함했던 후배에게 프로그램을 마음껏 쓰라며 오히려 호의를 베풀었다.

"사실 저는 사람보다 컴퓨터가 좋아서 공대에 입학했어요. 대학을 졸업할 때까지 사람과 제대로 어울릴 줄 몰랐죠. 그런데 옥스퍼드에서 교수님과 신나게 사람들을 만나고 사귀다 보니, 그런 제가 잘못됐다는 걸 깨닫게 됐어요. 이제 저는 사람이 더 좋아요. 그리고 계속해서 사람을 사랑하는 프로그래머가 되고 싶어요."

기획예산처 국장을 역임한 이수원 전 특허청장은 뛰어난 색소폰 실력으로 유명하다. 청장으로 재직할 당시에는 행사 중 색소폰을 연주해 직원들에게 박수갈채를 받기도 했다. 그가 색소폰을 연주하게 된 계기는 옥스퍼드 대학에서 연수하는 동안 교수들이 악기 하나씩은 다루는 모습을 봐왔기 때문이다. 하루는 그에게 색소폰 연주가 인생에 어떤 변화를 가져왔는지 물어보았다.

"결과보다 노력하는 과정이 중요하다는 사실을 깨달았어요. 인생은 노력한 대로 결과가 나오는 게 아니잖아요. 저는 평생 1,500시간

동안 색소폰을 불었지만 공들인 것에 비하면 실력이 낮은 편입니다. 처음에는 자존심이 좀 상하기도 했는데 다시 생각해보니 별로 중요하지 않더라고요. 색소폰을 잘 부는 것 못지않게 노력을 쏟은 '시간'과 '추억'을 떠올리는 것도 기쁘더라고요. 결국 색소폰 연주도 인생과 마찬가지죠."

나무의 어느 부분에 열매가 열리는지 바라본 적 있는가? 물론 나무에 영양분을 공급하는 건 뿌리지만, 실상 열매는 가지에 열린다. 학생에게 공부가 뿌리라면, 놀이와 취미 등은 가지에 해당할 것이다.

만일 다시 두 아이가 학교에 다니던 시절로 돌아간다면, 나는 꼭 이런 말을 해주고 싶다.

"공부가 아닌 너만의 레퍼토리들을 만들어보렴. 많으면 많을수록 좋단다. 공부에 지칠 때 쉬어갈 안식처가 될 수도 있고, 스트레스를 날려줄 계기가 될 수도 있어. 꼭 당장 무엇이 되지 않아도 괜찮아. 어쩌면 공부보다 더 소중한 네 삶의 무기가 될 수도 있단다."

사소함은
우리를 위대하게 한다

:

자유란 필요한 것을 분별할 줄 아는 것이다. - 스티븐 비진츠제이

　내가 존경하는 옥스퍼드의 데니스 노블 교수에게는 오래된 교복이
한 벌 있다. 엄밀히 말하자면 소매가 해어지고 꿰맨 자국이 선명한 낡
은 양복이다. 사실은 조금 지나치다 싶을 만큼 그 옷만 입고 다녀서
농담 삼아 교복이라 부른 것이다. 항상 비슷한 복장의 그를 보며 언젠
가 멋진 양복을 한 벌 선물해야겠다고 마음먹고 있었다.
　그러던 중 기회가 생겼다. 마침 한국을 방문한 그를 데리고 이태
원에 양복을 맞추러 갈 수 있었다. 헌데 정작 그는 내 호의 앞에서 머
뭇거렸다. 그리고 우리가 교복이라 폄하한(?), 오래된 양복에 대한 역
사를 털어놓았다.
　"아버지는 런던 변두리의 재단사였지. 내가 대학을 졸업할 무렵,

아버지는 너무 신이 나셔서 직접 내 몸을 몇 번이나 잰 후에 양복을 만들기 시작하셨어. 어떤 디자인의 양복을 만들지 꽤 고민하셨지. 재단사가 양복을 짓는 게 뭐 그리 특별한 일이냐고 할지 모르겠지만, 아버지는 당시 폐암을 앓고 계셨어. 끝내 내 양복을 완성하지 못하고 돌아가셨지. 어머니가 마무리해주신 게 바로 이 옷이야."

우리는 일상을 살아간다. 인생 저편, 먼 곳에서 바라보면 그 일상은 매우 사소하고 평범해 보이기 마련이다. 하지만 다른 쪽에서 일상의 안쪽을 들여다보면 사소함을 넘어선 거대한 의미가 담겨 있다. 알고 보면 사소한 것은 없다. 의미를 띤 사소함은 오히려 힘이 세고 묵직하게 다가온다.

우리에게 노블 교수의 오래된 양복은 그저 검소한 생활습관 내지는 오래된 옷에 불과했을지 모른다. 하지만 그에게는 아버지의 오랜 사랑과 어머니의 지극한 애정이 담긴 거대한 상징이었다. 사소한 것을 위대하게 만드는 것은 바로 그 안에 담긴 뜨거운 인생의 역사일 것이다.

노블 교수의 오래된 양복에 얽힌 이력을 듣고 난 후 바로 떠오른 물건이 하나 있었다. 바로 남편의 바이올린이다. 이 이야기는 부끄러워서 그 누구에게도 잘 털어놓지 않는 사연이다. 내가 너무 철부지였음을 보여주는 부끄러운 고백이다.

결혼을 하고 난 후 남편의 서재에서 우연히 바이올린을 보게 되었다. '남편의 바이올린인가?' 의아했지만 그가 바이올린을 켜는 걸 본 적도 없었거니와, 바이올린은 너무 오래된 것이었다. 바이올린 케이스의 실밥은 어지럽게 뜯어져 있었고, 열어보니 바이올린 줄도 거의 낡은 상태였다. 그렇긴 해도 왜 내가 그런 행동을 했는지는 아직도 잘 모르겠다. 그날 날씨가 좋아서였는지, 아니면 마침 울려퍼지는 고물장수 아저씨의 목소리가 너무 정겨웠는지, 뭐에 홀린 것처럼 나는 냉큼 바이올린을 들고 거리로 나섰다. 그러고는 대수롭지 않게 강냉이 한 바가지와 그 낡은 바이올린을 바꾸었다. 강냉이는 유난히 맛있었고 그날 오후는 매우 평화로웠다.

며칠이 지나서 남편은 바이올린이 없어졌다는 사실을 알게 되었다. 얼마나 당황스러웠을까. 그래도 명색이 악기인데 엄청난 물건과 바꾼 것도 아니고 강냉이와 바꿔왔으니. 하지만 남편은 어른이었다. 그냥 고개만 푹 숙인 채 한동안 바이올린 이야기를 꺼내지 않았다.

시간이 한참 흐른 후 남편은 와인 한잔과 함께 바이올린에 얽힌 자신의 사연을 털어놓았다. 남편은 가난한 시골집에서 태어나 장남으로 살아왔다. 어렸을 적부터 그의 어깨에는 집안 전체의 기대가 실려 있었을 것이다. 왜 아니겠는가. 당시는 공부 잘하는 장남이 가난이라는 고리를 끊어주길 바라던 시대였다. 그래서 남편의 대학 전공은 자연스럽게 정해져 있었다. 거부할 수도 있었겠지만 굳이 거부할 수 없는,

거부할 필요가 없는 소명이었으리라.

하지만 남편의 마음에는 가지 않은 길에 대한, 예술에 대한 미련이 짙게 남아 있었다. 괴테와 카프카를 끼고 살던 문학소년이었고, 클래식 한 곡으로 종일을 보내던 예술학도였다. 그렇지만 삶의 여유는 쉽게 허락되지 않았다. 장학금이 없다면 당장 학기를 등록하지 못할 상황이었고, 고된 아르바이트는 매일같이 이어졌다. 그런 그가 겨우겨우 쌈짓돈을 모아서 산 것이 낡아서 켜기도 어려운 싸구려 바이올린이었다. 그는 바이올린을 제대로 켜볼 기회도 없었지만, 낡은 바이올린은 기진맥진한 일상을 달래주는 작은 안식처였다. 그 바이올린을 바라보면서 고단한 의학 공부를 잠시 내려놓고 가슴 속에 담긴 예술가의 심정을 꺼내놓았던 것이다. 그렇게 소중한 물건을 철없는 아내가 강냉이 한 바가지와 바꿨으니 얼마나 가슴이 미어졌을까. 그런데 남편은 사라진 바이올린이 자신에게는 또 다른 계기가 되어주었다며 오히려 나를 위로했다.

"그 바이올린은 내게 미련에 불과했던 것 같아. 학업에 정을 붙이지 못하게 만드는. 그 바이올린이 사라지자 오히려 눈앞의 현실이 들어왔지. 이 철없는 아내를 위해서라도 공부에 전념해야겠다는 일종의 결의가 생겼고."

아무것도 아닌 낡은 바이올린 하나에 그렇게나 많은 의미가 담겨 있었을 줄이야.

세상에 사소한 역할이란 없을 것이다. 경제학적으로 기회비용과 효율성을 따져봐도 중요한 일과 사소한 일의 차이가 무엇인지 나는 잘 모르겠다. 세련된 모습으로 멋진 책상에 앉아 결정을 내리는 CEO의 일은 중요하고, 복사실에서 이면지를 정리하는 말단 사원의 일은 사소하다고 단정할 수 있는가. 개개인에게는 모두가 중대한 일이라고 나는 믿는다.

세계적인 중세역사학자 모리스 킨 교수에게 인터뷰를 요청했을 때였다. 그는 사무실에서 만나는 대신 산책을 제안해왔다. 하긴 그는 오래 전부터 학생들에게 정원사로 불렸다. 강의가 없는 날이면 매일 옥스퍼드의 길을 땅만 보고 반복해서 걷는, 독특한 사색을 즐기는 버릇 때문이었다. 오죽하면 그를 만나고 싶으면 옥스퍼드의 정원으로 달려가면 된다는 말까지 나돌 정도였다.

그는 나를 벨리올 칼리지 방향에 굳게 서 있던 밤나무 앞으로 데려갔다. 나무는 성인 셋이 손을 맞잡아야 온전히 안을 수 있을 만큼의 굵기였고, 높이는 사람 키의 6배 이상을 훌쩍 넘을 정도로 거대했다. 나 역시 오랜 시간 이 길을 다니며 나무를 봐왔지만 이렇게 큰 줄은 전혀 알아차리지 못했다. 원래 가까이 있는 것들에서 새로움을 발견하기란 무척 어렵지 않은가. 너무 익숙한 풍경이라 그저 친근하게만 느껴질 뿐. 킨 교수는 나무 앞에 멈추어 서서 특유의 굵은 목소리로 이야기를 시작했다.

"이백 년이 넘은 나무라네. 우리에게 이 나무는 단순히 풍경 속에 존재하던 것이었지. 하지만 이 나이 든 나무는 오랜 시간 우리를 내려다보면서 커다란 잎으로 그늘을 만들어주는 역할을 한 번도 게을리한 적이 없어. 눈에도 띄지 않는 아주 사소한 역할이지만 덕분에 우리는 평안을 얻을 수 있었던 거야."

아직도 우리는 일상의 사소한 즐거움을 찾는 데 서투르다. 겉으로는 사소해 보이는 일들이 쌓여서 인생을 만들어간다는 사실을 종종 잊어버리는 듯하다. 밀라노 의과대학의 다리오 프란시스코 교수는 매주 일요일 아침이면 손수 피자를 굽는다. 독립한 자식들이 일요일마다 자기 집으로 모이기 때문이다. 피자를 굽는 대학자의 아침을, 그 모습을 누가 사소하다고 평할 수 있겠는가. 그는 자신의 인생에서 일요일 아침의 가족행사가 무엇보다 소중하다고 했다.

사소함을 자신의 꿈으로 발전시킨 이도 있다. 내 친구 에바다. 그녀의 남편은 1991년 노벨생리학상을 수상한 어빈 네허 교수다. 에바 역시 전도유망한 과학도였지만 애들을 좋아해서 아이를 다섯이나 낳았다. 그리고 고향인 독일에서 아이들을 키우는 엄마 역할에 만족하며 인생을 살았다. 하지만 아이들이 크면서 그녀가 엄마로서 살 수 있는 시간은 점점 줄어만 갔다. 매일같이 반복되는, 새로울 것 없는 엄마와 주부의 일상이었지만 그녀에게는 매우 소중한 시간이었기에 아쉬움은 컸다. 에바는 더 많은 사람들의 엄마가 되고자 결심한 후 자신

백 년이 넘은 나무.
이 나이 든 나무는 오랜 시간 우리를
내려다보면서 이 커다란 잎으로 그늘을 만들어주는
역할을 단 한 번도 게을리 한 적이 없다.

의 집 근처에 있던 농장 800여 평을 과학교실로 만들어버렸다. 한 주부가 만든 이 과학교실은 독일인뿐 아니라 세계 각국의 학부모와 학생들로부터 열렬한 지지를 얻었고, 무려 14만 명의 아이들이 거쳐 간 숭고한 배움의 터전으로 자리 잡았다. 만약 그녀가 주부의 역할을 사소한 일상으로 치부했다면 얻을 수 없던 세상의 축복이리라.

사소한 만남이 거대한 인연으로 이어지는 경우도 있다. 나에게는 중국인 웬준이 그런 작은 인연으로 시작된 소중한 친구다. 보이스 프롬 옥스퍼드의 직원들과 옥스팜에 갔을 때였다. 옥스팜은 공정거래무역 제품과 기증받은 중고 물품들을 판매하여 세계의 여러 지역을 후원하는 상설 장터다. 영국에만 730여 개가 있을 정도로 활성화된 곳이고, 쓰나미가 일어났을 때 후원 물품을 모아서 보내기도 했다. 웬준을 만난 날도 옥스팜에 가서 물건을 고르고 있었다. 고백하건대, 나는 정말로 충동구매의 일인자다. 쇼핑할 때 계획은 전무하다. 중고를 선호하는 내 취향이 우리 가정의 경제에 큰 보탬이 된 건 분명하지만.

그날도 이리저리 다니며 이것저것 많이도 골라서 장바구니에 담았다. 계산할 때까지만 해도 뿌듯할 뿐이었다. 하지만 이 물건들을 들고 오면서부터, 보이스 프롬 옥스퍼드의 직원들과 헤어진 순간부터 극심한 후회가 밀려오기 시작했다. 너무 무거웠기 때문이다. 몇 걸음 걷다 멈추고, 또 몇 발자국 걷다가 포기하고 말았다. 앞으로 나아가는 게 아니라 후퇴하는 기분이었다. 그때 얼굴만 알고 지내던 웬준이 다가와 인사를 했다. 내 커다란 장바구니를 힐끗 들여다보는 그녀를 보니 커다란 녹색 코트에 꽂힌 듯한 눈빛이었다. 그날 산 것들 중에서 부피가 가장 큰 물건이었다.

"이 옷이 마음에 드니?"

나는 이미 들고 오는 과정에서 무겁기만 한 이 코트에 정이 떨어져 있었다. 웬준은 당황스러운 눈빛을 보이며 아무 말도 하지 않았지만, 나는 그냥 코트를 꺼내서 그녀의 품에 덥석 안겨주었다.

'가난한 유학생에게 주는 언니의 선물이라고 생각하렴.'

마침 다음날 그녀는 중국에 잠시 다녀올 예정이라고 했다. 그리고 중국에서 돌아오자마자 그녀는 내게 사각 실크 머플러를 선물했다.

"사실 그 녹색 코트를 받은 날이 제 생일이었어요."

대화할 친구도 많지 않은 객지에서 자신의 생일까지 챙기기란 당연히 쉽지 않은 일. 그녀는 조용히 산책을 하면서 자신만의 생일파티를 하고 있었고, 그러다가 얼굴만 알고 지내던 나이 든 한국 여성으로부터 우연히 녹색 코트를 선물받는다. 물론 기나긴 인생에서 이 일은 아주 사소한 사건에 불과할 것이다. 하지만 그 사소한 사건이 그녀에게 타국에서의 생활을 위로해주는, 아니 위로 정도가 아니라 엄청난 힘이 되어주었다. 아울러 내게도, 나의 사소한 행동이 누군가에게 엄청난 기쁨이 될 수도 있음을 알려준 기특한 선물이었다. 물론 그렇게 웬준과 맺어진 인연이 지금까지 이어지는 것이야말로 무엇과도 비교할 수 없는 기쁨일 것이다. 그 일로 인해 나의 충동적인 소비행각은 더 멈출 길이 없어졌지만.

호주 출신의 제임스 구드캠프 옥스퍼드 법대 교수는 거의 새벽 두 시가 되어서야 잠든다고 했다. 뭐 때문에 그리 바쁘냐고 물으니, 전공 연구도 만만치 않지만 학생들이 이메일로 보낸 질문에 답해주는 데 적지 않은 시간을 보낸다고 한다.

"옥스퍼드에서 공부하면서 받았던 가장 큰 선물은, 그 대단하신 노교수님들이 엉망진창인 제 리포트에 성심성의껏 적어주신 작은 메시지들이었어요. 아무것도 아닌 것 같지만 엄청나게 멋진 말보다 개인을 위한 충고나 사소한 문장 한 줄이 더 깊게 남더라고요."

화려한 게 옳지 않다는 것은 아니다. 하지만 때로는 화려한 것이 본래의 목적을 가리기도 한다. 오랜만에 가족들끼리 만나 밥을 먹는 목적은 화려한 코스요리를 맛보려는 게 아니라 정을 나누려는 것이다. 입학식이나 졸업식을 맞아 어머니 손을 붙잡고 함께 간 백화점에서 얻어야 할 것은 화려한 옷이 아니라 자식을 위하는 어머니의 마음이리라. 화려한 화장 뒤에 숨겨진 나의 얼굴이 얼마나 아름다운지도 우리는 깨달아야 한다.

지갑 속에 들어 있는 가족사진 한 장, 연인의 얼굴이 소중한 하루를 만드는 데, 삶의 활기를 불어넣는 데 얼마나 큰 역할을 하는지 생각해본 적 있는가. 주위를 돌아보면 그 외에도 삶의 기적을 만들어내는 사소함이 무수히 많다. 책상 속 낡은 일기장은 아무것도 아닌 것 같지만, 내가 보낸 하루와 인생을 훨씬 더 사랑하게 만드는 소중한 매개체다. 화려한 것보다 사소한 것이 내 인생에 더 큰 영향을 미친다는 사실을 느낄 수 있다면, 스스로 잘 살아온 인생이라 평해도 좋을 것이다.

당연한 건 없다는
당연한 진리

:

사람이 얼마나 행복한지는 감사의 깊이에 달려 있다. - 존 밀러

"지금 명동에 나왔는데 잠깐 나올래?"

한국에 와서 휴가를 즐기고 있는데 가깝게 지내던 친구에게서 전화가 왔다. 서울에 온 김에 얼굴이나 보자 싶어, 만사 제쳐두고 달려나갔다. 그런데 오랜만에 만난 그녀의 표정이 좋지 않아 보였다. 무슨일인가 싶어 물어보니 아들에게 깜짝 선물을 하려고 외출했는데 수포로 돌아간 모양이었다.

그녀는 이날 대학원을 준비하던 아들이 평소 갖고 싶어 하던 아이패드를 선물할 생각으로 명동에 갔다고 한다. 물론 깜짝 선물이었기에 미리 얘기하지 않은 상태였다. 그런데 컨디션이 안 좋다며 다음에보자는 아들의 목소리를 듣고는 선물할 마음이 싹 사라졌다고 했다.

생색내는 것도 아니고, 사주기로 마음먹었으면 사주지 왜 그러냐고 할 수도 있다. 하지만 공짜처럼 세상에 흔하고 소중하지 않은 것이 어디 있을까. 그녀가 판단하건대 아들의 그날 컨디션은 핑계일 뿐이다. 늘 얼굴을 마주하는 가족, 그중에서도 가장 만만한 엄마의 전화에 움직이지 않았으니 그에 합당한 처사라고 생각했다. 나 역시 아이들을 키우며 세운 원칙 중 하나가 '감사하지 않으면 아무것도 주지 않는다'이다. 실제 아이들에게 자주 하는 말이기도 하다. "고마워할 줄 모르는 아이를 갖는다는 것은 뱀의 이빨보다 더 날카롭지 않은가!" 영국이 낳은 최고의 작가 윌리엄 셰익스피어의 말이다. 그도 자식을 길러보았나 보다. 과연 명불허전이다.

부모가 자식을 키워야 할 의무와 책임이 있는 것처럼 자식 역시 부모를 잘 모셔야 한다. 모신다고 해서 선물이나 봉투를 챙겨드리라는 이야기가 아니다. 하루에 몇 번을 만나든 기분 좋은 포옹, 손을 따뜻하게 맞잡아주는 스킨십, 정다운 말투 등이 부모를 제대로 모시는 것이다. 세상에 존재하는 모든 관계는 서로 주고받아야 공평한 법. 주변을 둘러보면 너도나도 '기브 앤 테이크'를 외치면서, 부모 자식 사이에서는 늘 부모가 자식에게 주는 것을 당연하게 여긴다.

"자, 내 커튼 하면서 너희 커튼도 했다. 내가 지금 너희에게 노후를 대비해 보험 들고 있는 거야."

이렇게 말하니 배시시 웃으며 며느리가 커튼을 받아든다. 물론 '보험'의 뜻을 묻지 않으니 나도 말해주지 않는다. 자식 입장에서야 부모가 더 나이 들면 노후에 생활비를 드려야 한다는 의미로 해석할지 몰라도 여기서 보험이란 그런 개념이 아니다. 자식들의 소소한 행동, 애정표현이다. 나는 농담 반 진담 반으로, 너희들이 살갑게 대해주면 내가 엄청 행복해져서 치매에 걸리지 않을 거라고 말한다. 나중에 아쉬운 소리 안 하려고 남편도 나도 알아서 부지런히 건강을 챙기지만. 건강이 문제가 아니라 애들이 해주는 '마음의 서비스'는 아무리 받아도 질리지 않는다.

일 년 만에 만난 자리에서 후배가 연신 어두운 얼굴로 한숨을 쉬었다. 후배는 맞벌이를 하며 열심히 가정을 꾸려온, 그야말로 모범적인 부부였다. 자식농사 잘 지었다고 여기저기서 칭송을 받고 시부모님의 마지막을 지킨 효부였다. 그랬던 그녀가 지난봄 황혼이혼을 했다는 것이다.

"나이 들어서 이혼한 게 자랑도 아니고 자식들도 있어서 주변에는 알리지 않았어요."

그녀에게 이유를 들어보니 남편의 화가 문제였다. 그녀는 남편이 퇴직하면 부부가 모처럼 한가로이 시간을 보내며 제2의 인생을 보내겠구나, 하고 마음이 설레었다고 한다. 그런데 청춘을 바쳐 일군 일터를 떠나온 후유증인지 남편이 눈만 뜨면 화를 버럭버럭 내더란다. 공무원으로 일할 당시 이것저것 성과를 내고 어깨에 힘 좀 주던 시절에도 볼 수 없던 모습이었다. 함께 맞벌이를 했어도 남성과 여성의 의식이 이렇게 다른 걸까? 남편은 일터에서 밀려났다는 허탈감으로 감정조절을 못하고, 외출만 하고 돌아오면 밖에서 느낀 좌절을 만만한 아내에게 쏟아 부었다.

"언니, 생각해봐요. 나도 같이 직장생활 했어요. 그래도 집에 오면 저녁 준비하고 청소하고 부모님 챙기고 자식까지 챙겼다고요. 자기는 남자라고 뭐 거들기를 했어요, 시부모님 앞에서 제 편을 들어주길 했어요. 그래놓고 이제 와서 뭐가 그리 억울해요. 평생을 소처럼 일만 하고 이제 편하게 살겠다 싶었더니, 폭언이나 듣는 내가 더 억울하지."

후배의 말을 듣고 있으니 이혼 소리가 나올 만했다. 아내들이 집으로 돌아와 가족들을 위해 청소하고 요리하는 일을 당연하게 생각해 싸우는 가정이 많다고 한다. 안팎으로 일하는 아내에게 용기를 주고 노고를 인정하지 않는 남편이 대한민국에 얼마나 되는지 헤아려볼 일이다. 조금만 아내의 목소리가 커지면 괜한 일로 트집을 잡아서 여자가 '나선다'는 말로 노고를 깎아내리는 이들이 주변을 둘러보면 한 트럭쯤은 된다.

밖에 나가서는 세상에 법 없이도 살 사람처럼 친절하게 행동하고 웃는 남자들이 왜 집에만 들어오면 표현에 인색한지 스스로 되짚어봐야 하지 않을까. 주부들을 대상으로 앙케트를 한 결과 아내가 남편에게 가장 배신감을 느낄 때는 외도가 아니라, 남편이 자기보다 다른 사람을 먼저 챙길 때라고 한다. 얼마나 많은 유부남들이 내 가족은 안 챙기고 밖에서만 성인군자인 척하고 있으면 이런 결과가 나왔을까 싶다.

어려움을 겪는 게 어디 부부뿐이겠는가. 내가 어렸을 적만 해도 명절은 거의 잔치 분위기에 가까웠다. 삼삼오오 가족을 데리고 고향에 내려와 서로 음식과 안부를 나누며 웃음꽃이 끊이지 않았다. 부엌에서야 부인들이 투덜댔는지는 몰라도, 정성스럽게 차린 제사상 앞에서 가족들이 조상에게 절을 올리고 맛있게 음식을 먹는 모습을 보면 물리적인 피로도 싹 가시는 기분이었다.

그런데 요즘 명절 뉴스를 보면 꼭 빠지지 않는 소식이 있다. 친척끼리의 다툼, 형제간의 칼부림, 심하게는 부모를 패거나 부모 자식 간의 싸움이 죽음으로 번지는 일도 있다. 원인은 아무래도 소통의 문제가 가장 크다. 평소 아무런 대화도 왕래도 없이 살다가 명절이라고 만나니 그동안 하지 못하고 묻어둔 말부터 치밀어오르는 것이다.

"부모님이 저에게 해준 게 뭐가 있어요."

"왜 나만 잘해야 해? 형이 나한테 먼저 그랬잖아!"

드라마의 한 장면처럼 부모와 다투고 돌아서버린 가정의 이야기를 들으면 마음이 아프다. 엄마 혹은 아빠에게 차별받았다고 생각하는 가정부터 사업 실패로 부모의 집을 저당 잡힌 일, 손자를 돌봐주지 않는 부모, 부모를 나 몰라라 하는 자식 등 부모와 자식 사이에 갈등의 골이 깊고 다양하다. 크게 소리를 지르고 과장되게 행동하는 이유는 단

하나, 내 말에 귀 기울여달라는 뜻이다.

조금 덜 산 자녀들에게 당부하고 싶다. 부모는 이제 살날이 길지 않은 사람들이다. 언젠가 드라마에서 가족에 대한 명대사를 들은 기억이 난다. "사람들은 피가 물보다 진하다고 말하지. 아마 그렇기 때문에 남에게 쏟는 것보다 더 많은 에너지와 열정으로 가족과 싸우는 걸 거야."

하지만 장성한 자식이 부모와 눈에 쌍심지를 켜고 다투는 모습은 어딘가 많이 부족해 보인다. 어려서부터 부모의 내리사랑을 받고 자란 시간만큼, 나이 들어 어린아이처럼 고집스러워진 부모를 조금은 이해심 어린 표정으로 바라봐주었으면 좋겠다.

내 친구들 이야기만 들어도 자녀가 보여주는 1초의 실망감이 부모가 헌신한 50년을 공백으로 만든다고 했다. 노후에 맛보는 상실감은 삶의 이유를 다시 따지게 할 만큼 강한 충격으로 다가온다.

힘들 때 엄마의 손을 잡고 "엄마, 조금만 기다리세요." 하며 다정한 말 한마디를 건네보면 어떨까. 물론 그 조금이 10년이 될 수도 있지만, 부모는 그 말 한마디에 희망을 걸고 살아갈 수 있다. 손자가 나에게 잘하는 것보다 내 아들딸에게 잘하는 모습을 볼 때, 흐뭇하고 행복한 것이 부모다. 속에 응어리가 맺혀 있어도 나에게 해준 게 뭐냐고 묻지 않았으면 좋겠다. 그런 말은 사춘기에나 할 수 있는 미숙한 태도다. 부모는 열 달 동안 인내와 사랑, 기다림을 통해 당신을 태어나게 한 존재 아닌가. 아무래도 세상의 모든 자식은 부모에게 '빛'인 동시에 '빚'인지도 모르겠다.

"아빠, 건강하셔야 해요. 저에게는 그게 중요해요. 그렇게 화내시면 몸도 마음도 상하세요. 화나시더라도, 제가 지금 너무 밉더라도 그만 화 푸세요."

아무리 단단하게 얼어붙은 마음도 먼저 말을 건네는 순간 풀어질 수밖에 없다. 그것이 부모의 마음이다. 어쩌면 부모는 우리에게 가장 쉬운 사람이자 가장 어려운 사람일지 모른다. 가장 쉽고도 어려운 관계, 그 관계를 부드럽게 조율할 수 있는 사람이야말로 성숙한 인격체가 아닐까. 나에게 가장 관대한 부모와도 제대로 지내지 못하는 사람이 사회에서 대체 무슨 일을 할 수 있단 말인가.

부모가 자식에게 쏟는 사랑이 당연하지 않은 것처럼, 회사에서 선후배와 동료 간에 오가는 충고와 에너지 역시 당연하지 않다. 내가 아는 T는 절대 직장 후배들에게 일의 노하우를 알려주지 않기로 유명했다. 하루는 술자리에서 그에게 왜 후배들을 가르쳐서 실력을 끌어올리지 않느냐고 물었다. 그는 자신이 힘들게 배운 것을 순순히 알려주면 불공평하지 않느냐고 내게 되물었다. 하지만 이미 채워진 와인잔에 새로운 와인이 담길 수는 없는 법. 자신의 경험과 선배의 가르침을 물려주지 않으면, 뒤따라오는 이가 새로운 기회를 갖기란 힘들 수밖에. 이런 유형을 겪고 나면 일을 꼼꼼하게 지적하며 닦달하는 보스나 선배의 고마움이 눈에 들어오기 시작한다.

당연한 것을 당연하지 않게 받아들여서 얻는 이득은 그 외에도 무궁무진하다. 나는 수위, 정원사 등 옥스퍼드 대학의 거의 모든 직원들과 십 년 넘게 아침마다 기분 좋은 인사를 나눈다. 특히 학교를 들고 날 때 정문에서 만나는 수위와는 팔씨름을 하며 큰 웃음으로 하루를 시작한다. 미소가 멋진 그 여성은 늘 "써니, 네가 원하는 건 뭐든 돕고 싶어."라는 말로 나를 뭉클하고 든든하게 만든다.

대학이다 보니 학교 안으로 차를 가지고 들어올 수 있는 사람은 한정되어 있다. 심지어 교수도 자전거를 타거나 걸어 다닐 정도로 차량 통제가 엄격하다. 그런데 보이스 프롬 옥스퍼드는 미디어 관련 일을 하다 보니 무거운 장비를 차로 실어 나를 수밖에 없었다. 날마다 장비를 싣고 학교를 오가야 하는 직원들을 위해 그녀에게 우리 차가 학교 안 사무실까지 들어갈 수 있도록 해주겠냐고 정중하게 물었더니, 타당한 이유라며 흔쾌히 부탁을 들어주었다.

감사하는 마음에 그녀에게 나와 똑같은 무늬의 스카프를 선물했다. 혹여 부담을 느낄까 싶어 한국의 동대문시장에서 산 것이라고 덧붙이니 정말 마음에 든다며 얼굴을 붉혔다. 사실 내가 더 많은 배려를 받았는데 오히려 내게 고맙다고 하니 이마가 뜨끈할 지경이었다. 워낙 각별했던 탓에 그녀가 직장을 옮긴다고 했을 때, 나는 떠나기 전부터 그녀가 그리워 가슴 한쪽이 시큰했다. 이 나이에도 익숙한 사람들과의 이별은 아프고 힘들다. 이제 그녀와 나는 페이스북을 통해 종종 안부 메시지를 남기며 소식을 주고받고 있다. 보이지 않는 곳에서 묵묵히 일하는 사람들일수록 꾸밈없이 자신을 잘 드러낸다는 것, 이렇게 따스한 사람들에게 마음의 문이 먼저 열린다는 사실을 또 깨달았다.

소설가 척 팔라닉은 '나의 모든 부분은 원래부터 있었던 것이 아니다. 나는 모든 지인들의 노력의 집합체다'라고 말했다. 세상에 당연히 일어나는 일은 없는 것처럼 당연한 관계도 없다. 부모 자식이 됐든, 부부가 됐든, 형제가 됐든, 직장동료가 됐든 모든 관계에 적용할 수 있는 원칙은 단 하나다. 바로 잘 주고 잘 받는 것. 세상에 공짜란 없다. 누군가에게 하나를 받았으면 다른 누군가에게 하나를 베풀 줄 아는 넉넉함을 갖춰야 한다. 남에게 차 한잔, 밥 한 끼 살 수 있는 마음의 여유, 그냥 지나쳐버리기 쉬운 일에 고마워하는 마음이야말로 인색한 세상에 시원한 단비가 된다. 그러다 보면 어느 순간 당신은, 세상에 당연한 존재가 아닌 특별한 존재가 되어 있을 것이다.

어쨌거나 결국은
나를 위한 곳이다

:

*삶에서 정말 중요한 것은 당신이 갖고 있는 소유물이 아니라 당신 자신이 누구인가
하는 것이다. — 헬렌 니어링, 《아름다운 삶, 사랑 그리고 마무리》 중에서*

졸업을 며칠 앞둔 날이었다. 오랜만에 옥스퍼드에 위치한 사우나
에 친구들이 모였다. 우리는 종종 사우나에 모여 고단한 학업의 피로
를 달래고 온갖 수다를 토해내며 우정을 다졌다. 일종의 의식인 셈이
다. 공부는 물론 연애상담부터 진로에 대한 고민까지, 수다의 소재는
그야말로 무궁무진하다. 좀처럼 자신의 속내를 잘 드러내지 않는 젊
은 외국인 친구들이 검은 머리의 내게 무엇을 기대하고(혹은 무엇을 발
견했기에) 수다의 동반자로 삼았는지는 아직도 모를 일이다. 지금 생
각해봐도 그저 고마울 뿐이다.

이날의 주제는 당연하게도 졸업과 새로운 출발에 대한 이야기였
다. 다들 지난 한 해 논문 심사에 시달린 탓인지 아쉬운 마음보다는

어느 정도의 후련함과 설렘이 커 보였다. 학교만 졸업하고 나면 신세계가 펼쳐질 거라고, 온갖 축복이 다가올 거라 믿는 것 같았다. 물론 학교를 떠나 본격적으로 사회에 진출해야 하는 현실을 두려워하는 친구도 더러 있었다.

"이 지독한 옥스퍼드에서도 버텼는데, 그깟 사회쯤이야!"

한 친구가 기세등등하게 말했다.

'역시, 멋지다, 내 친구.'

이내 친구들이 내 얼굴을 빤히 쳐다보았다. 내가 뭔가 말해주길 기대하는 것 같았다. '학교를 떠나는 사람들에게 뭔가 조언해달라는 건가? 하긴, 내가 이 친구들보다 사회경험은 더 풍부하니까.'

"얼마 전 예비 사위에게 연락이 왔어."

나는 뭐라 말하는 대신 예비 사위 이야기를 꺼냈다. 내가 친구들보다 더 가진 게 있다면 남편과 자식, 그리고 사위 정도였으니.

"몹시 흥분해서 전화했더라고. 알고 보니 상사 때문에 화가 났대. 자기가 맡기로 한 프로젝트가 있었는데, 갑자기 동료와 경쟁을 시켰다지 뭐야."

모두들 예비 사위의 편이 되어서 흥분하기 시작했다. 졸지에 예비 사위의 상사는 비난의 대상이 됐다. 모르긴 몰라도 귀가 깨나 간지러웠을 듯싶다.

"그런 상사는 당장 해고시켜야 해요!"

"상사보다 회사가 문제인 것 같아요!"

"그래서 뭐라고 사위를 위로하셨어요?"

위로라. 그때 예비 사위에게 필요한 게 과연 위로였을까.

"그냥 쌤통이라고 해줬지 뭐."

나의 대답을 듣자마자, 친구들의 목소리는 더 커졌다. 혹시 딸의 계모가 아니냐고, 사실은 예비 사위를 미워하는 게 아니냐며 농담을 던지는 친구도 있었다. 사실관계를 밝히자면 나는 딸의 친모가 맞고, 사위는 엄청 사랑한다. 결혼도 이미 승낙한 지 오래였다. 그래서 더욱 어설픈 위로를 하고 싶지는 않았다.

"그는 학생이 아니거든. 사회인이고 직장인이야. 며칠 뒤면 우리도 그렇게 될 거고. 언제까지나 학생 대접을 받으며 살 수는 없어. 기대해서도 안 되고. 사회는 학교와 달라. 학교가 세상의 전부는 아니잖아."

졸업을 하고 사회생활을 하다 보면 은연중에 하게 되는 말이 있다.

"학생일 때가 좋았지." 세상은 학생이라는 이유로 우리를 너그러운 시선으로 바라봐준다. 마치 사회가 직접 나서서 보호해줘야 할 대상처럼 생각한다. 세상은 공부하는 사람에게 매우 관대하다. 그러나 우리가 졸업을 하고 사회에 나오는 순간 모든 게 달라진다. 한마디로 국물도 없다. 학교에서 배웠던 모든 내용들이 사회에서 통하는 것도 아니다. 그나마 평등했던 학교생활과 달리 사회는 어느 정도의 차별도 존재한다. 학교가 우리를 수풀에서 키웠다면 사회는 벼랑 끝으로 내몬 뒤 스스로 성장하길 기다린다. 운영원리조차 다르다. 그래서 우리는 학교를 잊고 다시 새롭게 시작해야 한다. 학생 때는 약간의 어리광도 통하지만 사회는 그런 태도를 용납조차 하려 들지 않는다. 어쨌거나 사회는 학교보다 힘들다.

영국에서 소통의 기술에 관한 '데일 카네기 코스'를 수강한 적이 있다. 직장인을 위한 따뜻한 위로와 덕담이 오고 갈 줄 알았는데, 분위기가 전혀 달랐다. 오히려 그 반대였다. 한 참가자는 강연 내내 인상을 쓰고 있었다. 강사는 그러한 그를 위로하기는커녕 자극하기 시작했다.

"당신, 지금 너무 속상하지? 웃기지 마. 당신 일은 별것도 아니야."

이런 고약한 강사가 있나. 가뜩이나 힘들어하는 사람에게. 그 역시 화를 주체할 수 없는지 자리에서 일어나 의자를 강사에게 집어던지려고 했다. 그제야 강사는 미소를 지으며 "정말 오랫동안 쌓였나 보네. 그럼 속 시원히 털어놓아요." 하고 말했다. 그러자 참가자는 갑자기 눈물을 뚝뚝 떨어뜨리며 상사와의 갈등을 털어놓기 시작했다. 그가 막상 의자를 던지고 싶은 대상은 강사가 아닌 상사였으리라.

강사는 다른 참가자들에게 해답을 구했다.

"당신이라면 이 사람을 어떻게 위로할 건가요?"

"저는 복싱을 권하겠습니다. 샌드백에 보스 얼굴을 붙인 뒤 몇 대치고 나면 속이 좀 풀리거든요.”

차가웠던 분위기는 웃음으로 역전되었다. 웃고는 있었지만 참석자 모두 각자 진지한 얼굴이 되어, 회사에서 어떻게 해야 제대로 소통할 수 있는지를 염두에 두고 경청했다.

“그렇게 한 다음 상사를 만나면 오히려 미안한 마음이 들더라고요. 내가 좀 심하게 때린 건 아닌가 해서요.”

다시 폭소가 이어졌다. 강사 역시 웃으며 다음 질문을 던졌다.

“혹시 반대로 부하직원 때문에 힘들면 어떻게 이겨내시나요?”

왜 없겠는가. 상사가 힘들게 하는 것만큼, 아니 그 이상으로 자기 밑의 직원 때문에 힘들어하는 사람도 적지 않다.

“저는 한 ‘꼴통’ 직원 때문에 성경을 베껴 쓰기 시작했어요.”

여기저기서 줄줄이 저마다의 해답을 내놓았다. 십자수를 한다거나, 아이들과 놀아준다거나, 터놓고 이야기를 한다거나…. 강사는 마지막으로 아까 의자를 집어 던지려던 참석자를 가리키며 말했다.

“그럼 당신의 상사는 지금 당신 때문에 성경을 베껴 쓰고 있을지도 모르겠네요.”

신기하게도 그의 얼굴은 그제야 밝아진 듯 보였다.

학교에서는 특정한 목적이 없더라도, 즉 별다른 이유 없이도 인간관계를 맺을 수 있다. 하지만 사회는 그렇지 못하다. 분명한 목적에 의해 관계가 형성된다. 그런데 신기하게도 각자 이유가 있어서 만난 사람들인데, 그 관계를 이어가기가 쉽지 않다. 서로의 의도가 제대로 전달되지 않은 채 시간이 흘러가는 것이다. 이 과정에서 앙금도 쌓이고 갈등도 생겨난다. 그럴 때마다 상대를 탓하며 분노만 늘려가는 건 바람직하지 못하다. 특정한 계기를 만들어 속 깊은 대화를 하는 것도 방법일 수 있지만, 매번 그런 시간을 만들기도 어렵다. 오히려 자신의 억울함과 분노는 스스로 삭이는 게 가장 현실적인 대안일 수도 있다. 그러려면 먼저 상대를 이해하려는 자세가 필요하다. 학생일 때는 먼저 이해해주는 사람들이 많았을 것이다. 여유도 있었을 테고 좋은 게 좋은 거였을 테니까. 하지만 사회에서는 상대의 마음을 사고 싶다면 내가 먼저 다가가야 한다.

우리는 왠지 '시작'에 대한 조바심이 지나친 것 같다. 대부분 처음부터 안정된 환경에서 시작하길 꿈꾼다. 하지만 사회는 신입생을 선호하지 않는다. 생각해보라. 이 세상에 신입생을 선호하는, 신입생이 대접받는 공간은 학교밖에 없는지도 모른다. 사회는 보다 능숙한 사람들을 선호한다. 그래서 근사해 보이고 보수가 높은 자리는 이제 막 졸업한 신입생들에게 쉽게 돌아가지 않는다. 어쩔 수 없이 남보다 빨리 능숙해져야 한다. 현재 밤을 새우면서 일해야 하는 자리라도 내가 성장할 수 있는 기회가 된다면 거부할 필요가 없다.

"지방으로 발령이 났는데 제가 회사를 그만둬야 하는 건지 윗선의 속내를 모르겠어요."

누구나 자신이 원하지 않는 위치에 놓이면 심각한 두려움을 느낀다. 학교 때는 노력만 하면 그나마 내가 원하는 위치에서 생활할 수 있었다. 하지만 사회는 다르다. 내가 원하는 위치가 아닌, 그들이 필요로 하는 위치에 나를 배정한다. 그럴 때마다 사회를 야속하게 바라봐서는 안 된다. '기회'라고 생각하는 게 옳다. 원하던 위치가 아니더라도 그 자리에서 최선을 다한다면 언제든 성장의 기회는 찾아오기 마련이니까.

학교에는 학생을 구제해주는 여러 제도들이 존재한다. 어떻게든 졸업을 시켜주기 위해서다. 하지만 사회는 그렇지 않다. 스스로가 자신을 구제하는 수밖에 없다. '상사가 싫어서', '일이 적성에 맞지 않아서'라는 이유로 직장을 옮기는 것도 한 가지 방법이겠지만, 그것이 현명한 대안은 아니지 않은가. 오히려 어느 정도는 적당한 갈등을 인정하는 것도 대안이 된다. 오히려 나를 발전시키는 재료가 되기도 한다. 똑같은 시금치, 단무지, 당근으로도 맛있는 김밥을 싸는 사람이 있는가 하면, 재료의 부실함만 탓하다 김밥 한 줄 못 싸는 사람이 있다. 연장을 탓하지 않는 자가 진정한 장인이 되는 법이다. 학교든, 사회든 어쨌거나 결국은 나를 위한 곳이다.

졸업식 파티가 있던 날. 나비넥타이와 드레스 차림의 동기들이 환한 표정으로 가족과 학생 관저에 하나둘 모습을 드러냈다. 예비 사위의 얼굴도 보인다. 회사 일도 바쁠 텐데 어찌 이곳까지. 그나저나 프로젝트 경쟁은 잘됐을까. 사위가 나를 꽉 안아주더니 귓속말을 했다.

"장모님, 회사에 들어와서 배우는 게 더 많은 것 같아요."

"다행이다. 프로젝트는 어떻게 됐어?"

"며칠 동안 밤을 새우면서 프로젝트에만 매달렸어요. 제 실력을 확실하게 보여주었죠."

'장하다. 내 사위.'

사회가 아닌 곳에서는 실력보다 정이 앞설 때도 많다. 그만큼 인간적이다. 하지만 사회는 오로지 실력으로만 승부가 가능한 세계다. 자연히 사회에서의 경쟁은 그 어느 곳보다 치열하다. 그 치열함 속에서 우리가 가져야 할 무기는 첫째도, 둘째도 '실력'이다. 때로는 실력이 부족해 어려운 상황에 처할 수도 있다. 처음부터 뭐든 잘할 수는 없으니까. 하지만 그런 과정을 거치는 동안 자기도 모르는 사이에 실력이 쌓여간다. 그 과정이 힘들다고 해서 지금 당장 잘되지 않는다고 비참해하거나 속상해할 이유는 없다. 오히려 내 자신을 바라보며 "잘됐네. 이렇게 배울 게 많단 말이야."라고 생각하면 또 다른 기회가 찾아오기 마련이다.

카메라 렌즈를 통해 보는 세상과 실제 세상은 종종 다르게 보인다. 실제 세상은 렌즈를 통해 바라보는 것보다 더 아름다울 수도 있고, 더 추할 수도 있다. 그래서 사진작가들은 세상을 먼저 확인한 후에 렌즈에 시선을 둔다. 그래야 세상이라는 진실을 더 잘 표현할 수 있기 때문이다.

학교는 우리가 사회를 바라보는 렌즈와 같다. 학교를 통해 바라본 세상이 내가 아는 전부가 아닐 수 있다. 배신감을 느낄 필요는 없다. 카메라 렌즈가 세상의 모든 것을 포착하지 못하듯, 학교도 필연적으로 사회를 모두 보여줄 수는 없는 법이니까. 졸업을 했다면, 사회로 진출했다면 이제 렌즈에서 시선을 떼고 진짜 세상과 만나자. 우리는 이러한 과정을 거치며 직장인이 되고, 사회인으로 자리를 잡아간다. 그렇다고 학교에서 배운 내용들이 사회에서 무의미한 것은 아니다. 오히려 학교에서 배운 진리들을 잊지 않는다면, 세상의 아름다운 모습을 구석구석 더 잘 읽어낼 수 있을 것이다.

듣지 않으면
말할 일도 생기지 않는다

:

지혜는 들음으로써 생기고, 후회는 말함으로써 생긴다. – 영국 속담 중에서

나이를 먹으면 입은 닫고 지갑은 열라는 한국 속담이 있다. 그런데 어느덧 그 입장이 되고 보니 야속한 마음이 반, 인정하고 싶은 마음이 반이다. 인생을 먼저 살아본 경험자로서 다른 길을 어슬렁거리는 후배들에게 뭔가 도움을 주고 싶은 마음, 좀 더 편한 길이 어디에 있는지 자꾸만 힌트를 주고 싶어지는 것이다. 그 힌트를 자식과 손주와 더불어 더 많은 이들과 나누고 싶다. 아는 게 많아져서가 아니라 사람들에 대한 애정이 늘어났다는 것이 정확한 이유일 테지만.

지금처럼 활자와 인터넷 정보가 종횡무진 넘쳐나지 않고 입에서 입으로 사실과 진실이 전해지던 시절, '나이 먹은 이'들의 지혜는 귀한 대접을 받았다. 되짚어보면 '말'이 시간의 기록으로 당당하게 대접

받은 기억이 생생하다. 감나무 아래 평상을 펴고 할아버지와 할머니가 들려주시던 옛날이야기가 그랬고, 장을 제대로 담그는 비법, 달무리가 지면 비가 오고 절기를 따져 과수를 심고 거두던 가계에 전해오는 전설과 물건을 귀하게 여기던 시절이 있었다. 지금이야 남의 집 가보가 얼마의 가치를 가졌는지를 매주 일요일 TV 프로그램에서 감정해주고 있지만. 오랜 전통이나 이야기도 돈의 가치로 매겨지지 않으면 대접받지 못하는 것처럼 말도 예외는 아니다. 안타깝게도 좀 더 먼저 산 사람들의 이야기, 좀 더 오래 산 이들의 이야기가 예전처럼 먹히지 않는다.

그런데 생각해보면 진짜 문제는 '말'이 아니라, 듣는 데 있다. 말하는 사람도 상대의 이야기를 귀담아듣지 않고, 듣는 이도 조언을 제대로 들을 준비가 되어 있지 않으니 대화가 잘될 리 없다.

나는 하루의 피로를 풀기 위해 가끔 사우나에 간다. 사우나에서는 딸보다 어린 친구들을 종종 마주치는데 곧잘 이야기를 나눈다. 특별한 이야기는 아니다. "아까 보니까 싸이 춤을 추던데 너희는 그를 어떻게 생각해?" 워낙 토론하는 게 일상적인 영국인지라 이런 대화가 전혀 어색하지 않다. 그런데 한국 사회에서 한참 어린 친구들에게 비슷한 질문을 하면, 일단 쭈뼛거리며 거리감을 드러낸다. 이 할머니가 무슨 말을 하려고 그러지, 하는 표정으로 한 발짝 물러서는 것이다. 그저 나는 젊은 친구들의 생각을 듣고 싶을 뿐이다. 심술쟁이 할머니처럼 춤추지 말고 공부나 하라고 잔소리하려는 게 아니고. 나는 자주 젊은 친구들과 대화를 나누며 내가 모르던 또 다른 이면이나 세계를 만나고 싶다.

그나마 학교에 근무하기 때문에 입을 닫고 귀를 열면 구석구석 세상을 누비는 청춘들의 근황을 듣기가 상대적으로 수월하다. 솔직히 매우 운이 좋다고 자부한다. 유학생이라면 어떤 아르바이트로 생계를 해결하는지, 댄서라면 누굴 만나 어떤 스튜디오에서 수업을 들었는지, 길거리에서 노래를 부르는 아이가 어떤 오디션을 위해 각고의 노력을 기울이는지, 최근 젊은이들이 관심을 갖는 것이 무엇인지 등 연애담이나 진로 고민 외에도 많은 사연들을 접할 수 있다. 개인적으로는 인기 드라마를 보거나 이슈가 되는 맛집에 다녀와 사진과 글을 남기는 것보다, 세상을 만들어가는 작은 에너지들과 대화하는 시간이 더욱 알차고 건강하게 느껴진다. 최신 유행에 관심을 갖는 것이 나쁘다는 게 아니라, 사람들의 진짜 속내를 들여다보면 생각의 깊이도, 관계의 깊이도 깊어진다. 그리고 자연히 '듣는 힘'이 강해진다.

최근에는 내게도 이런저런 말을 해달라고 청탁이 들어오는 일이 늘었다. 까맣게 염색하지 않아서 희끗희끗한 머리가 왠지 현명하고 점잖다는 인상을 주는 모양이다. 내가 누군가의 요청으로 좋은 말을 해주는 자리에 서보니 잘 들어주는 사람이 더더욱 멋지고 진국으로 보인다. 자기 목소리만 높이는 사람은 멋이 없다. 하나 더, 말을 잘하는 사람은 많지만 잘 들어주는 사람은 흔치 않다. 타인의 이야기를 세심하게 잘 들어주는 재능을 가진 이야말로 어느 자리를 막론하고 반드시 필요한 사람이 아닐까. 그중 한 사람이 주한 전 영국대사 데이비드 라이트 경이다.

세상에 잘 주고 잘 받는 일처럼 행복한 일이 또 있을까. 주고받은 내용이 친절이라면 더없이 기분이 좋을 테고, 물건이라면 오래 기억된다. 화자의 말에 잘 응해주는 청자라면 더더욱 그렇다. 내가 데이비드 대사를 만난 건 1992년 교육방송 EBS TV에서 BBC 영어 프로그램을 진행할 때였다. 처음으로 영어 방송국에서 인터뷰 프로그램이 만들어졌고 내가 인터뷰이를 직접 섭외하고 진행까지 맡은 매우 의미 있는 프로젝트였다. 인터뷰이와 영어로 인터뷰한 모습은 영상으로 편집되어 한글 자막과 함께 TV에 방송됐다. 나는 열의에 가득 차 옥스퍼드 대학 총장, 학장, 노벨의학상 수상자, 영어권 나라의 대사는 물론, 파이낸셜 타임스 특파원 등 언론사 사람들까지 인터뷰를 성사시켰다. 당시 독보적인 영어 프로그램으로 인정받아 언론사에서 많은 관심을 보였고, 한 라디오 방송국에서는 나에 대한 인터뷰를 몇 회에 걸쳐 내보내기도 했다. 이 일은 지금 내가 맡고 있는 보이스 프롬 옥스퍼드를 운영하는 밑거름이기도 하다.

만약 내가 그때 적극적으로 프로그램 기획에 동참하고 책임감 있게 진행하지 않았더라면, 지금처럼 보이스 프롬 옥스퍼드를 진행하는 게 아니라 다른 일을 하고 있을지도 모르겠다. 세계적인 석학들을 만나 옥스퍼드 이야기를 배경으로 여러 주제를 자유자재로 엮어가는 재능을 그때 처음 발견했다. 나는 매번 인터뷰를 준비할 때마다 그 시절의 떨림, 짜릿한 긴장감을 떠올리며 뿌듯함을 느낀다.

1990년부터 1994년까지 주한 영국대사를 지낸 데이비드 라이트 대사와는 1992년에 만나 한영관계와 교육문제 등에 대해 이야기를 나누었다. 영어 프로그램이지만 심도 깊은 인터뷰를 자연스럽게 담아낸 것으로 기억된다. 그는 영국인답게 대화 내내 흐트러짐 없는 어조와 앞뒤 맥락이 정확한 화법을 사용했다. TV 방송이 나간 후에는 책자까지 발간되어, 영국문화원과의 미팅을 마치고 대사에게 책을 전하기 위해 대사관으로 향했다. 그냥 책이나 전하고 가볍게 돌아갈 참이었는데 비서에게서 연락이 왔다. 대사님이 방송을 만족스럽게 평가해 직접 만나고 싶어 한다는 전갈이었다.

철통같은 보안을 뚫고 대사와 마주앉아 방송에 나갔던 내용을 되짚으며 영어교육을 통한 한영관계 발전 등에 대해 담소를 나눴다. 사실 대사와 인터뷰를 진행하던 당시에는 솔직히 무시당하는 게 아닌가 하는 생각도 들었다. 한국은 전화 문화라면 영국은 편지 문화랄까. 영국 대사와 전화로 인터뷰 일정 등을 의논했는데 같은 공간인데도 꼭 비서가 중간 역할을 해주어서 어색하고 불편하다는 생각이 들었다. 훗

날 영국 문화에 익숙해지면서 공적인 일에는 제삼자가 항상 배석하고 병기하는 절차가 필수적임을 알게 되었다. 나 역시 중요한 미팅에서는 항상 동료 교수나 직원과 함께하여 구체적인 사안을 놓치지 않도록 신경을 쓴다. 그러나 그때는 그걸 몰랐기에 나의 말을 잘 들어주지 않았다는 서운함을 느낀 것도 사실이다.

이후 계절이 바뀌고 라이트 대사와 나는 파티장에서 다시 조우했다. 대사관 디너파티에 우리 부부를 초청한 것이다. 지금 생각해보면 굳이 나를 초대할 이유도 없었는데, 대사 역시 나에게 미안함과 고마움을 느끼고 있었던 모양이다. 대사는 주요 VIP를 다수 초대한 자리에서 굳이 나를 자기 옆자리에 앉으라고 했다. 파티 호스트의 옆에 앉는 것은 상징적인 의미가 있다. 초대된 손님들에게 이 사람이 자신에게 얼마나 중요하고 영향력 있는지를 보여주는 일종의 표식이다. 한마디로 영광의 시간이었다. 이동원 전 외무장관 등과 인터뷰에서 하지 못한 토론이 계속될 만큼 파티의 분위기는 흥겨우면서도 진지했다. 역시 굿 리스너는 굿 리더이며, 굿 리더는 굿 스피커라는 생각이 절로 들었다.

또한 내가 조금 언짢았을 수도 있음을 짐작하여 마음을 풀어주는 대사에게 존경의 마음이 일었다. 이분과의 좋은 기억이 아니었다면 지금 영국과 관계된 일을 하고 있을까 싶을 만큼 인상적이었다. 내가 영국에서 영어를 공부하고 국내에 들어왔을 때는 여기저기서 영어강사를 찾는 사람들이 많았다. 자연히 내 조건에 맞는 일만 골라서 하던 참이라 자신감이 하늘 무서운 줄 모르고 올라가던 때였다. 젊어서 혈기가 왕성하면 스스로 겸손해지기가 얼마나 어렵던지. 내가 일할 수 있도록 보이지 않는 곳에서 배려해주는 남편과 부모님은 생각지 못하고 정말 내가 유능하다고 착각할 때, 데이비드 라이트 대사를 통해 '겸손'이라는 단어와 만났다. 진정한 자존감을 갖춘 사람은 겸손의 외투를 자연스럽게 입고 있었고, 그 외투 자체만으로 충분히 멋스러웠다.

리버풀 대학의 총장을 거쳐 벨리얼 칼리지의 신임 학장을 맡고 있는 드러몬드 본 경도 굿 리스너이자 굿 리더로 빼놓을 수 없는 분이다. 허스키한 목소리에 스코틀랜드 사투리를 쓰시는데, 상대방의 의견을 일단 묵묵히 들어준 후 괜찮다 싶으면 전폭적인 지원을 아끼지 않는 행동파다. 흔히 굿 리스너라고 하면 조용하고 과묵한 타입을 떠올리기 쉬운데, 드러몬드 학장을 보면서 나의 이러한 선입견이 틀릴 수도 있음을 느꼈다. 상대방의 말을 잘 들어준다는 것은 무한한 신뢰를 보여주는 행위이자, 함께 일하는 이들을 신바람 나게 만드는 가장 현명한 전략이다.

얼마 전 후배로부터 하소연 아닌 하소연을 들었다. 일을 마치고 집에 들어가면 노모가 딸을 붙들고 늦은 시간까지 과거의 기억을 풀어내느라 잠을 안 재운다는 것이다. 골드미스인 딸을 출근시키고 종일 혼자 집에서 지낼 어머니의 모습이 생생하게 떠올랐다. 홀몸으로 세

자녀를 키우느라 취미라고 해야 기껏 나무상자에 상추나 고추를, 주전자에 콩나물을 기르셨을 어머니에게 준비 없이 찾아온 노년이 얼마나 헛헛할까. 인생의 절반을 넘기면 희한하게도 하루해가 겨울처럼 짧아져 저녁이 금세 찾아온다. 그만큼 외로움도 깊어진다. 아파트에 살면서 이웃과 사담을 나누는 건 이제 옛날이야기가 되었다. 내심 귀여워하는 후배였지만 그날만은 나쁜 딸이라고 핀잔을 주었다.

엄마는 아이가 옹알이를 시작할 때 한마디도 흘려듣지 않고 귀에 담고 눈에 담아 의미를 되새긴다. 반복해 반응하고 웃으며 칭찬을 한다. 그렇게 수십 년 동안 자식을 뒷바라지해온 어머니가 아니던가. 고작 늦은 밤 얼굴에 수분크림 바르고 텔레비전 보면서 두어 시간 이야기 듣는 일이 뭐 그리 피곤해서 문을 닫고 방으로 건너가냐며 후배 어머니 편을 든 것이다.

후배에게 그렇게 말은 했지만 나 또한 오랜만에 전주 어머니에게 전화를 했다. 이모가 깔깔깔 웃으며 언제 한국에 들어오냐고 먼저 안부를 묻는다. 나는 엄마와 이모에게 서로 이야기를 들어줄 사람이 있으니 얼마나 좋으냐며 안부를 전하고 끊었다. 바쁘고 힘들 때, 살면서 실패의 쓴맛을 느낄 때, 또 누군가에게 자랑하고 싶을 때 곁에서 조용히 들어주는 사람이야말로 풍성한 웨딩부케처럼 마음이 아름다운 사람일 것이다.

그러고 보면 내게는 이메일이든 전화든 내 이야기를 잘 들어주는 아들딸과 며느리, 사위가 있으니 복 많은 인생인 것은 분명하다. 요즘 나는 멀리 있는 손자에게 일기로 그날그날 내가 겪은 감동을 남겨야겠다고 마음먹었다. 손자가 크면 내가 해주고 싶은 이야기가 너무 많은데 다 들려주지 못할 상황을 대비하기 위해서다. 그리고 노트 맨 앞에는 이렇게 쓰고 싶다. '너는 이렇게 저렇게 하라고 말하기보다 먼저 잘 들어주는, 신사적인 사람으로 크렴!'

그래서 안 된다는 말 뒤로
숨지 마라

:

현재 위치가 소중한 것이 아니라 가고자 하는 방향이 소중하다. - 올리버 웬델 홈즈

지난봄 런던 옥스브리지 클럽에서 리셉션을 마치고 귀가하던 길이었다. 시계를 보니 저녁 8시였다. 열차를 타고 시외에 있는 딸의 집에 가기로 했는데 아무래도 열차시간이 촉박했다. 사위에게 연락을 하자 함께 만나서 집에 가자는 답이 왔다. 메시지를 받고 나니 기다렸다는 듯 허기가 몰려왔다. 생각해보니 리셉션에서 와인 한잔과 치즈 한쪽 먹은 것이 전부였다. 출출한 속을 채우기 위해 차이나타운으로 들어갔는데 한식당 하나가 눈에 들어와 뜨거운 국물 생각에 성큼 문을 열고 들어섰다. 사장으로 보이는 젊은 남성이 직원들과 편안한 분위기에서 대화를 하고 있었다. 나는 순두부를 시키고 기다리면서 사장과 통성명을 나눴다. 홍 사장이라고 자신을 소개한 그는 40대 중반의 한

2장

국인이었는데 자신이 런던에서 장사를 하게 된 사연을 들려주었다.

그는 한때 잘나가는 정비설비 회사에 다니다가 IMF를 맞아 어쩔 수 없이 퇴직을 했다고 한다. 상황이 상황인지라 취업을 위해 이곳저곳 이력서를 내도 받아주는 곳이 없었다. 고민만 하다 막노동이라도 해야겠다고 결심했는데 고기도 먹어본 사람이 먹는다고 말처럼 쉽지가 않더란다. 허송세월을 보낼 수만은 없어서 적금을 깨서 비행기 값과 한 달 생활비를 챙겼다. 가장 마지막이다 싶은 순간 자신에게 투자하기 위해 짐을 싼 것이다. 어려울 때일수록 새로운 걸 배워야 한다는 생각이 들었다고 하니 보통 사람은 아니었던 모양이다. 29세의 나이에 영국으로 어학코스를 밟으러 온 건 오로지 미혼이라서 낼 수 있는 용기였다. 나처럼 가정주부라는 의무(?)를 마치고 뒤늦게 시작하는 방법도 있지만, 그는 좀 더 빨리 기회를 찾아나섰다.

당시 영국에서는 어학코스를 풀타임으로 수강하는 학생의 아르바이트가 합법적으로 인정되었다. 홍 사장은 학교에 다니며 초밥집에 들어가 일을 배우기 시작했다. 늦은 나이에 낯선 곳에서 일하는 사람에게서는 간절함이 묻어났을 것이다. 그는 건실하게 일한 덕분에 초밥집 사장의 인정을 받아 취업 허가까지 받았다고 한다. 그 후로 사장에게 일을 잘 배워서 영주권도 얻고 지금의 한식당을 열게 된 것이다.

잠깐이었지만 그는 직원들을 살뜰하게 챙기는 것 같았다. 자신의 어려웠던 시절을 기억하기에 아르바이트생들이 편안한 분위기에서 일하는 데 유독 신경을 쓴다고 했다. 자신이 힘들 때 받았던 도움을 다른 사람에게 잊지 않고 나눠주기란 생각처럼 쉬운 일이 아닐 텐데…. 주방을 들여다보니 네팔 사람들이 많았다.

"제가 주방에서 열심히 배운 덕에 여기까지 왔다고 하니, 욕심을 갖고 일하더라고요."

영국 사회는 셰프라는 직업에 굉장한 존경심을 보인다. 그들 역시 큰 자부심을 갖고 자신의 일에 집중한다. 주방을 살피는 내게 네팔인 직원이 친절하고 유창하게 한국말을 붙인다.

"화장실 찾으세요?"

식당을 즐겨 찾는 손님층을 물으니 재력 좋은 중국인들이란다. 여럿이 오면 무조건 양껏 시켜서 하나하나 맛을 보았다가, 나중에 혼자 시간을 내서 오면 갈비탕처럼 맛있는 단품을 하나 시켜먹고 바로 택시를 타고 움직인다고. 런던의 한국 유학생들 이야기에 흠뻑 빠져 있는데, 사위 마이클이 내가 보낸 문자를 보고 차이나타운으로 찾아왔다. 일이 끝나고 피곤할 텐데 굳이 택시를 타고 데리러 와준 정성이 고맙고 반가워 포옹부터 나눴다. 홍 사장과는 다음을 기약하고 헤어졌다.

나는 언제 어느 곳에 가든 그곳에서 터를 잡고 사는 이들과 대화하는 것을 즐긴다. 동시대를 살아가지만 누구 하나 똑같은 생각, 똑같은 행동을 하는 사람은 없다. 꿈을 찾는 사람, 돈을 버는 사람, 지식을 구하는 사람…. 사람마다 최고로 치는 가치가 다르기에 새로운 이들과의 대화는 즐겁다. 저마다 생각의 폭과 해석이 '다르기 때문'이다. 그런데 삶의 한복판에서 흔들림 없이 꿋꿋하게 버티고 살아가는 사람들의 이력을 보면, 한 가지 공통점이 보인다. 무엇보다 타인과 나의 행복을 비교하지 않았다. 그리고 위기에 주저앉지 않았다.

어려움에 처하면 누구나 위축될 수밖에 없다. 생각이 경직되면 원하는 대로 몸과 마음을 이끌어갈 수 없다. 어렵고 힘든 환경에서도 주저앉지 않고 정해진 틀을 훌쩍 뛰어넘어 넓은 세계로 무대를 옮긴 그와 같은 사람들이 좀 더 많아졌으면 좋겠다. 나는 홍 사장을 만나고 돌아오는 길에 소리 없는 응원을 보냈다.

나는 여자니까, 나는 엄마니까, 나는 마흔이니까, 나는 나이 들었으니까. 우리는 살면서 무수한 '룰'을 정해놓는다. 불필요한 룰이다. 날개를 펼 때 자신이 정해놓은 룰은 가장 큰 방해물이 된다. 누구나 여자라서 안 되고, 누구나 스무 살이라서 공부만 해야 하고, 누구나 마흔이라 돈만 벌어야 하는 것은 아니다. 세상의 꽃들이 모두 한 번에 피었다가 한 번에 지지 않듯, 저마다 날개를 펴는 시점은 다르다. 그건 자신의 노력과 결정으로 정해진다. 현재의 일에 열중하면서 스텝을 조금씩 옮기는 것, 자기 무대의 범위를 넓힐 수 있어야 한다.

나는 영국에도 살았다가 한국에서도 살아야 하는 사람이다. 아내였다가 엄마이기도 해야 한다. 할머니이기도 하고 시어머니이며 장모이기도 하다. 맡은 역할이 때와 장소에 따라 달라진다. 돌아보면 대부분 그렇게 살고 있다. 많은 이들이 지금 맡은 역할이 많다는 이유로 무대를 옮기거나 넓히려고 하지 않는다. 무대를 좀 더 큰 곳으로 옮기면 자신에게 더 유리하다는 것을 나는 두 아이의 엄마일 때 알았다. 그래서 영어공부를 열심히 했고, 아이들을 전부 대학에 보낸 후 나의 길을 찾았다. 나중에 주위를 둘러보니 더 어려운 환경에서도 무대를 옮겨 살아가는 사람들이 많았다.

"취업이 너무 안 돼서 속상해요."

영국에서 한국으로 들어가는 비행기 안에서 옆자리에 앉은 젊은 아가씨가 들려준 이야기였다. 취업원서를 수없이 냈는데 내는 곳마다 떨어져 스트레스가 이만저만이 아니라는 그녀의 눈에는 불안이 가득했다. 이야기를 들어보니 유학을 마치고 외국에서 취업을 하고 싶지만 엄두가 나지 않아 국내 기업에 들어가려는 모양이었다. 헌데 그것도 만만치 않다나.

나는 그 학생을 보며 남편의 애제자를 떠올렸다. 남편에게는 중국 출신의 열혈 제자가 한 명 있다. 배움에 대한 열정이 얼마나 엄청난지, 서울대학교 대학원 과정을 마치고 중국 최고의 병원에 마련된 자리를 마다한 여성이다. 그녀는 온 가족이 옥스퍼드로 와서 연구를 잘 마친 뒤 서울대 의대 교수로 자리를 옮겼다. 남편은 바이올린을 하는 딸의 뒷바라지를 위해 영국에 남았고, 동양 사람들의 오랜 숙원인 한국 식당 뱀부를 운영하며 글로벌 부부로 살고 있다. 이제 40대에 들어선 그녀는 자신의 선택을 후회하지 않는다고 했다. 미혼인 옆자리 친구에게 용기가 될 것 같아 아이 엄마인 그녀의 이야기를 들려주었다.

"꼭 한국에서 취업을 해야 하는 게 아니라면, 해외도 한번 두드려 보세요."

자기만의 경쟁력이 중요한 시대다. 이미 한국은 우수한 인재들이 차고 넘쳐 경쟁이 치열하다. 당연히 한국 기업 입장에서는 유학생활을 오래 한 사람보다는 외국어도 잘하면서 한국의 기업문화도 잘 이해하고 적응하는 국내파 인재를 선호할 것이다. 외국에서의 취업이 엄두가 나지 않는다고 해서, 한국 사람이라고 해서, 한국에서만 취업을 고집하는 건 지혜로운 해결책이 아닌 것 같았다.

패션 디자인을 전공했다던 그 아가씨는 단순히 영어만 잘하는 친구가 아니었다. 쾌활하고 이해심이 깊어 보였다. 연락처를 나눠 갖고는 잊고 있었는데 나중에 그녀에게서 연락이 왔다. 나이 든 사람의 말을 귀담아들었던지 영국의 한 의류 브랜드에 취업을 했다고 한다.

"그때 해주신 조언이 큰 도움이 되었어요. 워낙 취업이 힘들다고 해서 겁먹었는데 죽기 살기로 해보니 통하더라고요. 정말 감사합니다."

깊은 골짜기를 앞에 두고 고민하는 대신 행동하는 자세가 필요하다. 우리가 가지고 있는 용기라는 카드는 자꾸 꺼내어 보지 않으면 영영 사라져버릴 수 있다. 용기에도 유통기한이 있다. 그런데 이 유통기한을 모르고 아끼기만 하는 젊은이들을 보면 내심 안타깝다. 넘어져서 무릎이 깨지더라도 다시 일어나면서 우리는 더 단단하고 성숙해진다. 안데스 산맥에 오르려면 안데스 산맥에 오를 만큼의 배짱과 체력, 용기가 필요하다. 이런 재료는 누구에게나 주어지지만 누구나 그 재료를 십분 활용하지는 못한다. 좋은 재료를 갖고도 라면 하나 끓일 줄 모르는 바보가 아닌지 자신을 되돌아볼 일이다.

스포츠 회사를 차려서 원하는 디자인의 운동화를 마음껏 모으겠다던 청년이 있었다. 그는 대학을 졸업하고 독일의 유명 운동화 회사에 인턴으로 지원했다. 청년이 아르바이트를 해서 운동화만 사 모았다면 내 기억에 오래 남지 않았을 것이다. 그는 자신을 주인공으로 만들어줄 무대를 찾아서 또 다른 여정에 올랐다. 현장으로 들어가지 않으면 모든 생각은 망상에 그치고 만다. 꿈과의 거리를 단축하는 것은 각자의 몫이지만, 누군가에게 좀 더 구체적인 방법을 알려주는 건 우리 모두의 책임이다. 나는 경제적 형편으로 넓은 무대를 엄두도 내지 못하는 청년들에게 어학연수와 아르바이트, 해외 인턴십 등에 도전해보라고 늘 이야기한다. 선진국은 교육제도가 워낙 잘되어 있어 발품만 잘 팔아도 학비를 벌면서 공부를 마칠 수 있다. 심지어 비행기 표만 달랑 들고 가서는 해외에서 7년간 의상 공부를 하고 온 이도 본 적이 있다.

얼마 전 옥스퍼드 대학이 주최한 리셉션에 참가할 기회가 있었다.

〈사이언스〉, 〈네이처〉 등에서 활약하는 최고의 편집자들을 비롯해 언론과 관련된 종사자들이 모두 모이는 자리였다. 영국 사람들은 자신의 발전을 위해 네트워크를 쌓는 데 시간을 아끼지 않는 편이다. 런던에서 열린 모임이었고 혼자 가도 되는 자리였지만, 나는 일부러 동료 A를 데리고 갔다. 평소 자신의 의견을 표현하는 데 소극적인 A가 지금 발을 디딘 무대가 어떤 곳인지, 회사 일이 아니어도 네트워크를 만들고 관리하는 능력을 좀 더 구체적으로 배웠으면 하는 마음에서였다.

"A, 우리는 여기서 더 이상 동료가 아니야. 여긴 사교의 장이고 우린 성장을 위해 즐기러 온 거야."

우리는 각자 다른 방향으로 향했고, 내가 들어간 방에서는 재학 중인 학생들은 물론 은퇴한 교수, 현 언론인들의 토론이 열렬하게 이어지고 있었다. 방마다 각기 개성 있는 토론이 이어지는 가운데 뒤늦게 회사가 끝나고 참석하는 신참들도 눈에 띄었다. 나는 그들을 보면서 우리나라 젊은이들을 떠올렸다. 자기만의 무대를 만들기 위해 좀 더 적극적으로 행동하는 이들이 많아지기를, 좀 더 큰 세상을 꿈꾸는 이들이 늘어나기를 응원한다.

3 인생의 절반은
당신이 만나는 사람이다

:

누구나 자기만의 방을 갖고 살아간다. 하지만 방은 혼자 시간을 보내는 곳인 동시에,
누군가와 차 한잔을 나누며 대화하는 공간이다. 사람은 사람과 함께 인생을 나누며
살아간다는 것을. 아니 그래야 한다는 것을 나는 뒤늦게 알게 되었다.

누가 뭐래도
아낌없이 주련다

:

당신을 만나는 모든 사람이 당신과 헤어질 때는 더 나아지고 더 행복해질 수 있도록
하라. ― 마더 테레사

닫혀 있는 문은 답답하게 느껴질지도 모르지만 왠지 모를 안정감
과 안락함을 선사한다. 외부와의 소음을 차단한 채 혼자가 되고 싶을
때 우리는 흔히 문을 닫는다. 물론 밖으로 나가고 싶어지면 문을 연다.
하지만 생각해보자. 문은 나가기 위해 존재하는 것만이 아니다. 누군
가를 내 방으로 들어오게 하는 것도 문의 중요한 역할이다. 나는 종종
하루 스케줄을 마감하면서 오늘 누가 내 방에 들어왔는지 꼽아볼 때가
많다. 내일도 내 방에 더 많은 사람이 머물다 가기를 바라면서.

남아프리카에서 유학 온 인도계 친구인 너리샤는 처음부터 나를
자신의 방으로 초대했다. 솔직히 아직 가까워지지도 않았는데, 그녀
는 망설이지 않고 자신의 형편을 털어놓았다.

"우리 아버지는 남아프리카에서 버스 운전을 해. 우리집은 몹시 가난한데 내겐 책임져야 할 쌍둥이 동생이 있어."

말하자면 그녀는 영국으로 공부하러 올 만한 가정 형편이 절대 아니었다. 그녀가 들려주는 남아프리카의 삶은 그야말로 척박함 자체였다. 눈을 뜨면 오늘 무엇으로 배를 채울지 끼니를 걱정하느라, 공부는 사치에 가까웠다. 하지만 그녀에게는 꿈이 있었다. 혼자 잘 먹고 잘살겠다는 꿈을 뛰어넘어 어떻게든 자신의 고국을 지긋지긋한 가난에서 벗어나게 만들겠다는 간절한 목표였다. 그 꿈에 다가가기 위해 그녀는 죽어라 공부에 매달렸고, 결국 케임브리지 대학으로 유학을 왔다. 그러고는 다시 옥스퍼드 대학에서 박사 과정을 밟고 있었다.

하지만 안타깝게도 옥스퍼드에서는 케임브리지 대학과 달리 전액 장학금을 지급하지 않았다. 어쩔 수 없이 그녀는 은행으로부터 학자금 대출을 받아야만 했다. 게다가 영국 대학은 외국인 학생의 경우 영국 학생보다 수업료를 두 배 이상 내야 한다. 대처 수상의 교육정책 때문이었다. 그녀는 재임 시절 교육예산을 대폭 삭감하는 대신, 외국인 학생들로부터 등록금을 과다하게 받는 정책을 통과시켰다. 그래서 옥스퍼드에서는 그녀의 인기가 형편없이 낮은 편이다. 심지어 교수들의 결사적인 반대로 예정된 명예박사 학위가 취소당한 적도 있다. 그녀가 옥스퍼드 대학 출신임에도 말이다.

공부와 아르바이트를 병행하는 너리샤는 개인 생활을 누릴 시간이 많지 않았다. 심지어 아르바이트로 도서관에서 책을 나르다 허리를 다치기도 했는데, 남아프리카에서 건너온 이 강인한 천사는 한결같이 밝은 미소로 우리를 대했다. 그녀와 함께 있으면 없던 힘마저 솟아나는 기분이었다. 너리샤가 처한 현실은 너무도 힘들어 보였지만 그녀를 동정하는 친구들은 단 한 명도 없었다. 오히려 그녀처럼 씩씩하게 지내지 못하는 자신들을 부끄러워할 정도였다. 너리샤는 힘든 환경에서도 기숙사 대표를 맡을 만큼 리더의 기질을 갖추고 있었다. "나는 남아프리카의 지도자가 될 거야."라는 말을 달고 다녔다.

그러던 어느 날 너리샤가 내게 폭탄선언을 했다.

"나, 대학원 학생회장 선거에 나가기로 결심했어!"

나는 순간 내 귀를 의심했다. '옥스퍼드 회장이라고?' 사회에 진출했을 때 옥스퍼드 대학원 학생회장이라는 경력은 엄청난 자산이 된다. 옥스퍼드에서의 학생회장 업무는 국정 활동쯤으로 생각하면 된다. 회장은 정기적으로 학장을 포함한 교수들과 미팅을 갖고, 학생들에게 필요한 사항을 논의하고 전달하는 역할을 한다. 그런 자리에 너리샤가 도전한 것이다. 그 선언을 들은 친구들은 모두가 놀라움을 넘어서서 당황스러움을 감추지 못했다. 일단 그녀는 여성이었고(옥스퍼드 대학은 135년 전까지 여학생을 받지 않던 보수적인 학교였다), 외국인이며, 경제적으로도 어려웠기 때문이다. 현실적으로 평가하자면 꽤, 아니 아주 많이 무모한 도전이었다. 그렇지만 나는 분위기 파악도 못하고 박수부터 치고 말았다.

'아니, 너리샤만큼 학생회장에 적합한 사람이 어디 있어? 장차 남 아프리카를 이끌 지도자가 될 텐데. 떨어지면 어떻게 하냐고? 어떻게 든 당선시키면 되지. 학생회장이 별건가.' 내 무모한 오지랖과 승부근 성은 어느덧 시동을 걸고 있었다.

그날부터 나는 너리샤를 위해 사비를 쪼개어 선거운동을 돕기 시 작했다. 홍보 피켓을 만들어 교정을 오가는 친구들에게 그녀를 알리 는 일이 주된 업무였다. 내가 킹은 아니지만 킹메이커가 된 듯한, 내 심 뿌듯한 기분이 들었다. 하지만 선거는 만만치 않았다. 상대가 미국 에서 건너온 쟁쟁한 후보였기 때문이다. 지지하는 학생들도 많았거니 와 선거를 돕는 운동원도 우리보다 훨씬 많았다. 더욱이 그는 현 회장 의 지지도 얻고 있었다. 그에 비해 우리는 아프리카인과 동양인이 손 잡은, 소위 비주류 계열에 불과했다. 야당이라 부를 수조차 없는 지극 히 미약한 소수 세력인 셈이었다. 그래서인지 그렇게 강인했던 너리 샤조차 선거를 며칠 앞두고는 마침내 눈물을 보이고 말았다.

"내가 너무 무모했어. 아무래도 떨어질 것 같아. 내 주제에 학생회 장이라니, 그냥 아르바이트나 열심히 할걸."

그녀의 얼굴에서는 친구들에 대한 미안함과 마음고생 한 흔적이 그대로 묻어났다. 뭐라 할 말이 없었다. 내가 그녀에게 줄 수 있는 건

달콤한 쿠키 한 조각 같은 위로뿐이었다.

"걱정하지 마. 지금까지 보여준 씩씩한 모습만으로도 너는 이미 이긴 거나 마찬가지야. 학생회장이라는 타이틀이 중요한 건 아니잖아."

말은 그렇게 했지만 실제로는 가만히 있을 수 없었다.

"옥스퍼드 대학원 학생회장 선거, 알고 있지?"

나는 어깨가 축 처진 너리샤를 대신해 혼자 이리저리 뛰어다니기 시작했다. 아무래도 공부보다 사람들을 선동하는 데 천부적인 재능이 있는 걸까? 우연히 길에서 만나는 친구들에게 이렇다 할 설명도 없이 투표하라고 강요하는(?) 건 기본이요, 선거에 참여하지 않으면 절교할 거라는 애교 섞인 협박이 담긴 문자와 이메일까지, 동원할 수 있는 수단은 전부 동원했다.

선거 당일, 나는 후보자를 대신해 참관인으로 참여했다. 대학원생들에게는 한국에서 건너온 나이 많은 여학생이 하라는 공부는 안 하고 생뚱맞게 선거운동에 열을 올리는 모습이 재미있는 모양이었다. 삼삼오오 나를 구경하러 왔다며 얼굴도장을 찍었다.

"당신 믿고 너리샤 찍어도 되는 거야?"

"왜 협박까지 하고 그래. 나 아르바이트도 미루고 투표하러 온 거 알지?"

"대체 리포트는 다 쓰고 선거운동 하는 거야?"

학창 시절 도통 관심도 없었던 선거에 왜 그리 열성적이었는지는 나도 잘 모르겠다. 너리샤가 학생회장이 된다고 내 인생이 달라질 것도 없었다. 그녀는 자신이 회장으로 당선되면 임원으로 같이 일하자고 제안했지만 이미 나는 정중하게 거절한 상태였다. 선거는 당연하게도 불리했다. 기존의 지지율대로라면. 하지만 비주류 연합의 신기하고 무모한 선거활동에 많은 친구들이 관심을 보이면서 투표율이 전년도보다 엄청나게 올랐다. 그리고 결과는 너리샤의 압도적인 승으로 끝났다.

선거라는 파도가 지나고 다시 평온한 나날이 찾아왔다. 그리고 나는 덤으로 못다 한 공부를 얻었다. 밀린 과제를 해결하느라 매일 새벽 5시에 일어나 학교 도서관으로 직행하는 신세가 되었다. '정상적으로 공부해도 따라가기 어려운 판에 내가 뭘 믿고 이런 무모한 짓을 한 거야.' 아주 잠깐이었지만 후회가 밀려왔다.

그러던 어느 날, 수위실에서 내 앞으로 소포가 와 있다는 연락이 왔다. 터벅터벅 아침 공기를 밟으며 교문으로 걸어가는데 세상에, 교문에 내 키만 한 엄청난 크기의 꽃다발이 나를 기다리고 있었다. 꽃다발 속에는 카드가 살포시 걸려 있었다. '도대체 누구지?' 설레는 맘으로 카드를 열어보니 너리샤의 귀여운 손글씨가 보였다.

'내가 지금 세상에서 가장 사랑하는 써니에게. 사실 회장선거에 나간다고 큰소리는 쳤지만, 나도 내가 가능성이 없다는 건 알고 있었어. 내 편이 되어줄 사람이 많지 않다는 걸 알면서도 도와달라고 했지. 써니가 그런 나를 위해서 선거운동에 나서준 건 정말 기적 같은 일이었어. 나는 네가 얼마나 노력했는지 잘 알고 있었고, 그런 경험은 난생 처음이었거든. 그래서 선거 전날까지 너 때문에 포기할 수가 없었어. 바로 써니, 너 때문에.'

아, 이런. 많은 학생들이 서둘러 등교하던 학교 정문 앞에서 나는 눈물을 쏟고야 말았다. 그리고 정신없이 눈물을 닦으면서 그제야 내가 왜 그리 선거에 열성적이었는지, 그 이유를 깨닫게 됐다. 너리샤가 처음부터 자신의 방으로 나를 초대했기 때문이었다. 그녀는 초라하고 비루하다며 부끄러워했지만, 내가 가본 그 어느 방보다 더 안락했다. 스스럼없이 자신의 현실이나 과거를 터놓는 건 결코 쉬운 일이 아니다. 사람들은 타인에게 자신의 좋은 점만 말하고 싶어 한다. 낯선 사람에게 불행을 드러내놓고 보여주기란 쉬운 일이 아니다. 행여 자신에 대한 평가가 낮아지진 않을까, 혹여나 괜한 동정을 받진 않을까 두려워서다. 하지만 그럴수록 내 방에 누군가가 들어오기는 어려워진다. 정작 더 큰 문제는 인생을 살아가는 동안 스스로 문을 닫고 나오지 않는 것이다.

1988년 남편이 옥스퍼드에 두 번째 연수를 떠나기로 결정했을 때, 기쁘면서도 한편으로는 걱정이 앞섰다. 비용 때문이었다. 아무리 계산기를 두드려봐도 항공료, 체류비, 연수비 등이 만만치 않았다. 남편이나 내 성격상 다른 사람에게 손을 내밀기도 어려웠다. 이러지도 저러지도 못하고 걱정만 하고 있는데, 어느 날 서강대에서 함께 재직하던 안젤라가 찾아왔다. 그녀는 툭하면 눈물을 글썽일 만큼 마음 여린 성격으로 한국에서의 생활을 많이 힘들어했다. 나 역시 옥스퍼드에서 이방인으로 살아본 경험이 있었기에 그러한 그녀에게 유독 마음이 쓰였다. 그녀와 인사동과 동대문 등을 함께 다니며 이런저런 이야기를 많이 나누곤 했다.

안젤라는 옥스퍼드 연수가 결정되었다는 말을 듣고 찾아왔다며 왜 말하지 않았느냐고 대뜸 화부터 냈다. 내가 없으면 한국 생활이 힘들어질까 봐 두려운 걸까. 이제 제법 적응했을 텐데, 의아한 생각마저 들었다.

"나는 너에게 진짜 친구가 아닌가 봐."

"무슨 소리야. 네가 얼마나 소중한 친구인데."

"그런데 왜 도와달라고 말하지 않는 거야?"

그녀는 알고 있었다. 연수비가 만만치 않게 들 거라는 사실을.

"도움을 받는 건 부끄러운 일이 아니야. 네가 혼자가 아니라는 뜻이지. 그만큼 네가 좋은 사람이라는 거고."

왜 어려운데 자신에게 도움을 청하지 않느냐는 얘기였다. 생각해보니 내 방은 그녀에게조차 굳건하게 닫혀 있었다. 그녀가 비집고 들어올 아주 작은 틈조차 보이지 않았다. 자신의 방문을 여는 데는 용기가 필요하다. 자신의 힘든 사정까지 전부 털어놓을 수 있는 용기. 그래서 용기는 초대다. 결국 안젤라의 도움으로 남편은 다국적 기업에서 연수 지원금을 받을 수 있었다. 내가 스스로 연 문이 아니라, 그녀가 성의를 다해 두드려준 문이다. 그래서 나는 다짐했다. 이제는 나의 소중한 사람들이 내 방문을 쉽게 열 수 있도록 하겠다고.

누구나 자기만의 방을 갖고 살아간다. 하지만 방은 혼자 시간을 보내는 곳인 동시에, 누군가와 차 한잔을 나누며 대화하는 공간이다. 사람은 사람과 함께 인생을 나누며 살아간다는 것을, 아니 그래야 한다는 것을 나는 뒤늦게 알게 되었다.

오늘을 위해 사는 사람들은
인생의 어두운 쪽보다 밝은 면에 더 관심을 갖게 된다.
누군가는 그것을 긍정적인 자세라 말하고,
또 누군가는 희망이라고 얘기한다.
지금 이 순간을 사랑하는 사람은 자연히
자기만의 인생을 잘 살아가기 마련이다.

평생 잊지 말아야 할
단 한 사람

:

영원히 슬퍼할 거라는 것이 현실이다. 우리는 사랑하는 사람의 상실을 극복할 수 없으며, 그 상실과 함께 살아가는 법을 배울 것이다. - 엘리자베스 퀴블러 로스 《상실수업》 중에서

남편과 나는 옥스퍼드와 한국을 오가는 내 일 때문에 떨어져 지내지만, 이러한 경험이 처음은 아니다. 과거에도 아이들 공부 때문에 기러기 가족으로 지낸 적이 있다. 딸과 아들 모두 영국에서 사립고등학교를 다녔기 때문이다. 다행스럽게도 옥스퍼드에서 함께 일하자는 제안을 받고 2시간 정도 걸리는 거리에서 아이들을 뒷바라지할 수 있었다. 나는 영국에 머물면서 주말과 방학이면 아이들과 붙어 지냈다. 아이들이 생활하는 고등학교 기숙사에 좋아하는 반찬을 가득 싸서 주말마다 두 시간씩 운전해서 찾아갔다. 남편과는 학회 일로 영국에 들어올 때마다 만나곤 했다. 자연히 아이들을 만나러 가는 일이 가장 큰 즐거움이 되었다.

그런데 하루는 아이들 숙소에 도착해보니 그날따라 아주 사소한 일로 언성을 높이고 있었다. 먼 길을 힘들여 왔는데 엄마 왔느냐는 인사 한마디 없이 자기들끼리 싸우기 바빴다.

"연필을 가져갔으면 제자리에 돌려놔야지."

　사연인즉슨 동생이 누나 연필을 쓰고 돌려놓지 않은 게 화근이었다. 가만히 그걸 보고 있자니 기가 찼다.

"너희들 뭐하는 거니, 엄마가 오늘을 얼마나 기다렸는데."

　어이가 없기도 하고 더 이상 화내기도 싫은 생각에 챙겨간 음식만 놓고는 다시 차에 올랐다. 그리고 운전을 하고 오는 길에 눈물을 펑펑 쏟았다. 타지에 나와서 두 아이가 서로 살갑게 지내도 부족할 판에 서로 생채기를 내며 싸우느라 엄마가 와도 거들떠보지 않는 모습에서 예전의 내가 보였다.

'우리 아버지도 나 때문에 엄청 속상하셨겠지.'

　직장인이 되어서 서울에서 학생인 여동생을 데리고 살 때였다. 아버지는 동생 공부를 챙긴다는 명목으로 일주일에 한두 번씩 서울에 올라오셨다. 내가 결혼한 후에도 아버지의 발길은 끊기지 않았다. 결혼한 큰딸 집에 여동생을 맡겨놓고 모른 척할 성격이 아니었다. 농약을 치지 않고 손수 키운 온갖 야채부터 무공해 과일 등을 전주에서 서울까지 부지런히 실어 나른 아버지 덕분에, 철마다 싱싱한 야채와 과

일을 맛볼 수 있었다.

아버지는 먹을 것을 챙기는 것도 모자라 큰딸과 한 번이라도 더 눈을 맞추기 위해 늘 이른 새벽에 서울까지 오셨다. 하지만 나는 먼 길을 달려온 아버지에게 고생하셨다는 인사도 제대로 못하고 현관을 뛰어나가기 바빴다. 간혹 "아버지, 나 방송국 가야 돼! 지금 늦었어!"라는 말이 전부였다. 평소 말수가 적은 남편이 아버지에게 살갑게 대했을 리도 없고. 사위와 장인이라는 관계상 어려워서라도 편하게 말을 건네진 못했을 것이다. 그럼 아버지는 혼자 거실을 우두커니 지키다가 집으로 내려가셨을 것이다. 다 큰 자식이 그리워서 매번 멀리서 오시는 아버지를 서운하게 해드렸구나, 하는 반성이 뒤늦게야 밀려왔다.

당시 나의 하루는 늘 전쟁 같았다. BBC 영어방송을 메인으로 진행할 때라 절대 촬영에 늦을 수가 없었다. 1분 1초가 아깝도록 바쁘게 돌아가는 생활 때문에 아버지를 챙길 수 없었지만, 내가 막상 그 입장이 되어보니 서운했을 아버지 생각에 마음이 도무지 진정되질 않았다. 흐르는 눈물을 주체할 수 없었다. 애들 학교에서 옥스퍼드까지는 두 시간이나 차를 몰아야 했는데, 절반쯤 달렸을 쯤에는 너무 울어서 시야가 흐려졌다. 그렇다고 차를 멈출 수도 없었다. 아버지의 지극한 사랑을 독차지하면서 "아버지, 감사합니다!"라는 말 한마디를 못한, 나에 대한 원망과 자책이 멈추지 않았다. 이제는 미안함도 고마움도 다 아는데, 아버지만 계시면 되는데….

"성희야, 오늘 가져다놓은 장아찌는 입에 맞든?"

저녁에 돌아오면 내가 먼저 잘 내려가셨냐고 인사를 드려야 하는데 노상 아버지가 먼저 전화를 하셨다. 정신없이 하루 일과를 마치고 나면 냉장고를 열 힘도 남아 있지 않아서 당연하게 여긴 사랑이었다. 그런데 언젠가부터 상황이 역전되어 내가 아버지가 했던 것처럼 아이들을 향해 해바라기식 사랑을 하고 있다. 받을 때는 몰랐는데 한참이 지난 후에야 일방적으로 받기만 하는 사랑에는 후회와 미안함이 남는다는 걸 알게 되었다.

아버지로부터는 사랑뿐 아니라 많은 것을 물려받았다. 나는 거리낌 없이 수위 아저씨와 팔씨름을 하고 날씨와 건강을 물으며 안부를 챙길 만큼 친화력이 좋은 편이다. 낯선 사람들과 금세 가까워지는 내 모습에 적지 않게 당황스러워하는 사람들이 있는데, 이런 모습은 순전히 아버지의 영향이다. 아버지는 전쟁 후 어렵게 사는 이웃과 '함께 나누는 삶'을 몸소 실천해온 분이다. 길에서 만난 걸인들을 집으로 데려와 밥을 차려주는 건 보통이고, 늘 양로원을 따로 챙기셨다. 이제는 고향에 계신 어머니 혼자 자식들이 드리는 용돈을 모았다가 떡을 해서 양로원에 보내신다. 누구나 어려워서 가난이 흠이 되지 않았던 시절, 굶어 죽는 일이 낯설지 않았던 시절, 생색 한 번 내지 않고 꾸준히 사람들을 챙기던 아버지의 넉넉함이 어린 마음에도 존경스러웠다. 연필 세 자루가 있어도 변변한 학용품 하나 없는 옆자리 짝꿍과 나눠 쓰는 게 어디 그리 쉬운 일이던가. 상대에게 무엇이 부족한지, 어떻게 나눠야 하는지를 알기란 쉽지 않다.

내 인생에서 정지 화면처럼 머물러 있는 순간이 있다. 1990년 나는 서강대학교 재직 중 논문을 마무리하기 위해 겨울방학을 활용해 영국 래딩대학으로 향했다. 아버지는 딸자식이 외국에 나가서 공부한다는 사실만으로 무척 기뻐하며, 쌈짓돈을 모아 살며시 건네주었다. 하지만 아버지의 강인했던 삶은 내가 영국으로 떠난 지 사흘 만에 갑작스런 교통사고로 생을 다하고 말았다. 가족들은 아버지의 부고를 내게 알려야 할지 한참을 고민했다고 한다. 핸드폰도 없고 이메일도 여의치 않은 시대였다. 겨우 부고를 알린다 해도 장례 일정에 맞춰서 귀국하긴 어려울 테니 차라리 편안한 마음에서 논문이나 잘 끝내기를 기도하자. 어쩌면 그것이 고인의 뜻이리라. 가족들의 뜻은 자연히 그렇게 모아졌다.

결국 가족은 내게 아버지의 죽음을 알리지 않았다. 간간이 통화할 때도 모든 사실을 숨겼다. 천성적으로 거짓말에 서툰 어머니는 나와 전화하기를 슬슬 피했다. 고맙게도 한국에 홀로 머물러 있던 남편이 장례와 모든 일을 책임졌다. 내 친구들에게까지 직접 연락을 해서 고인의 마지막 가는 길을 외롭지 않게 해주었다.

내가 아버지의 죽음을 알게 된 건, 한국에 귀국한 다음이었다. 겨우 통화가 된 어머니는 단 한마디만 하고는 한참을 우셨다.

"곧 너희 아버지 49재가 다가온다."

그 말을 듣자마자 아버지를 보낸 슬픔과 그 소식을 알리지 않은 가족들에 대한 원망이 한데 뭉쳐 눈물이 터져버렸다. 아버지의 영정 앞에서 "당신 때문에 내가 영국까지 와서 공부하는데 이렇게 빨리 가시면 어쩌시냐."라며 며칠 내내 우느라 일어나지 못할 정도였다.

나는 아버지의 죽음에서 한참을 벗어나지 못했다. 유학 중인 아이들 때문에 다시 영국으로 돌아가긴 했지만 마음은 항상 아버지의 곁에 머물렀다. 아버지를 떠올릴 때마다 가슴이 아팠고 나에 대한 원망은 커져만 갔다. 뭐 그리 대단한 일을 한다고 머나먼 곳까지 와서 마지막을 지켜드리지 못했을까. 지독한 그리움과 함께 자책감은 오래도록 사라지지 않았다.

나는 결국 눈물을 멈추지 못한 채 히드로 공항을 지나 어둠이 내린 옥스퍼드 거리까지 차로 내달렸다. 내가 차를 운전하는 건지, 차가 나를 운전하는 건지도 모르는 상황이었다. 갑자기 경찰차 한 대가 내 차를 막아서더니 경찰관 한 명이 내렸다.

"당신 속도위반…."

고압적으로 나를 꾸짖으려던 경찰관은 갑자기 머뭇거렸다. 내 얼굴을 뒤덮은 눈물 때문이었다.

"당신 괜찮아요? 무슨 일이죠?"

그 순간 나는 상대가 누구든 내 마음을 털어놓고 싶었지만, 생각대로 말이 나오질 않았다. 그저 간신히 한마디만 내뱉었을 뿐.

"아버지가 그리워서요."

경찰관은 고맙게도 내 짧은 말에 담긴 깊은 슬픔을 이해했다. 그러고는 운전대에 얼굴을 파묻은 채 울고 있는 나를 묵묵히 지켜봐주었다. "이러면 당신 아버지가 더 슬퍼할 테니 집으로 갑시다. 위험하니 우리 차를 천천히 따라와요."

집까지 안전하게 에스코트하겠다는 경찰관의 선의였다. 거부할 힘조차 내게는 없었다. 정신은 여전히 아득한 상태였다. 경찰관이 다가와 차의 라디오를 켤 것을 권했다. 음악이라도 들으면서 마음을 가라앉히라는 세심한 배려였다. 라디오에서는 내 슬픔을 아는지 모르는지 '만약 당신이 지금 내 곁을 떠난다면'이라는 가사로 시작하는 음악이 흘러나오고 있었다. 슬픈 선율이 절정에 다다를 때쯤 거울 속 내 얼굴이 눈에 들어왔다. 얼굴은 눈물로 엉망진창이 되어 있었다.

'아버지가 하늘에서 지금의 나를 보면 어떤 생각을 하실까. 슬픔을 주체하지 못하고, 낯선 경찰관에게 의지해서 운전하는 이 바보 같은 모습. 어린 시절 그 누구보다 귀하게 키운 딸이 스스로를 이토록 하찮게 여기다니, 얼마나 마음이 쓰릴까.'

나는 집으로 돌아가 냉장고를 열고 들어 있던 음식들을 모조리 꺼냈다. 그러고는 수저 한가득 음식을 떠서 무작정 입속으로 밀어 넣었다. 눈물이 들어간 탓인지 무척이나 짰고, 뱃속은 너덜너덜해지는 기분이었지만, 그제야 아버지에게 자신 있게 말할 수 있게 됐다.

"저 잘 살게요. 밥도 씩씩하게 먹고 일도 더 열심히 할게요. 아버지가 예뻐하셨던 그 모습 그대로 살게요. 지켜봐주세요."

'아버지는 딸의 가슴에 묻힌다'는 말이 있다. 나는 박사 논문을 쓰는 내내 아버지 생각을 참 많이도 했다. 힘들고 지칠 때면 창밖을 바라보며 아버지와의 좋은 추억을 떠올리면서 명상을 하곤 했다. 내 논문 첫 페이지에는 아버지의 이름과 함께, 이 논문을 아버지에게 바친다고 쓰여 있다(외조를 아끼지 않은 남편의 이름을 넣지 않은 것이 걸렸지만 양해를 구하자 흔쾌히 이해해주었다). 논문을 아버지에게 바친다고 쓰고 나니 조금이나마 위로가 되었다. 간혹 아이들에게 서운함을 느끼거나 아버지를 떠나보낸 계절이 되면 아버지에 대한 그리움과 후회로 마음 한쪽이 더욱더 쓸쓸해진다. 그때마다 넘치는 사랑을 갚지 못해서 죄송하다는 기도로 죄스러움을 대신한다. 우리 모두에게 부모님의 사랑은 평생 두고두고 갚아야 할 빚이 아닐까.

배우자를 고르다는
생각은 버려라

:

중요한 것은 사랑을 받는 것이 아니라 사랑을 하는 것이었다. - 서머싯 모옴

"요즘 남자들은 멋대가리가 없어요!"

리타는 멀리서 봐도 눈에 확 띌 만큼 매력적인 옥스퍼드대 학생이다. 워낙 인기가 많아서 남자 때문에 고민할 일은 없어 보이는 친구인데, 하루는 내 방에 찾아와 남자들에 대한 품평을 시작했다. 결론부터말하자면 남자가 되어서는 왜 그리 패기가 없냐는 불만이다. 패기는둘째 치고 활기조차 없다나. 자세한 사연을 들어보니 자기를 좋아하는 남자가 고백은 하지 않고 눈치만 보는 게 영 답답한 모양이다. 아마 리타도 그가 마음에 있는 것 같았다. 아닌 게 아니라 젊은 친구들을 보면 점점 여자 앞에서 지나치게 온순해지는(?) 것 같다. 애들 말로 소위 상남자는 아니어도 남자만의 박력이 있으면 좋을 텐데. 나와

서른 살 넘게 차이 나는 리타지만 연애에 대해서는 죽이 척척 맞았다.

"조금 못생기면 어때요? 당당하게 데이트 신청하는 남자가 더 용감하고 멋지지 않아요?"

문득 서울에서 만난 한 남학생이 떠올랐다. 그는 얼마 전에 여자친구와 헤어졌다며 힘겨운 얼굴을 하고 있었다.

"헤어졌어요. 제가 그 애를 행복하게 해줄 수 없을 것 같아서 먼저 헤어지자고 했어요. 저는 아직 취업도 못했고, 가진 것도 없고….."

"이런 바보, 처음부터 다 갖춘 사람이 어디 있니? 그 애가 조건부터 따졌다면 너를 애초 만나긴 했겠니?"라고 호되게 나무라고 싶었지만 일단 참았다. 그러기엔 너무 기죽은 얼굴을 하고 있어서였다. 도대체 왜 그렇게 기죽은 남자들만 넘쳐나는 걸까.

나는 요즘 친구들이 좀 더 자신감을 가졌으면 좋겠다. 적어도 사랑 앞에서만큼은. 돈이 좀 없으면 어떤가. 소위 말하는 '비전'이 없으면 어떻고. 너무 완벽한 남자보다 조금 모자란 남자가 매력 있지 않은가. 다만 이것만은 부족하면 안 된다. 당당함. 그리고 때로는 무모해 보이는 용기와 박력.

"멘스과입니다."

남편과 나는 어머니 친구의 중매로 선을 봐서 만났다. 나보다 일곱 살이나 많아서 만나기 전부터 그리 호감이 가진 않았다. 게다가 공군

군의관 대위로 복무 중인 '군인'이었다. 의대에서 뭘 공부했냐고 물으니 '멘스과'라는 정체불명의 학과를 대며 혼자 크게 웃는 게 아닌가. 알고 보니 심장생리학 전공이었는데 농담을 한답시고 그렇게 표현한 것이다. '이걸 어쩐다. 그래도 웃어줘야겠지.' 종종 자신이 매우 유머러스하다고 착각하는 남자들이 있다. 그래도 나는 그 썰렁한 유머에 합격점을 줬다. 웃겨서가 아니라 나를 웃기려고 한 노력이 가상해서.

하지만 정작 맞선을 본 후 남편은 일주일 동안 연락이 없었다. 아니 내가 그렇게 열심히 웃어줬는데 애프터가 없다니, 화가 나기보다는 조금 당황스러웠다. '내가 왜 이 남자에게 이런 대접을 받아야 하지.' 첫선을 봤는데 퇴짜맞았다는 생각에 자존심이 많이 상했다. 그런데 남편은 일주일 후 새벽 6시에 전화를 걸어서 다짜고짜 만나자고 했다. 나름 들은 게 있었는지 내 속을 좀 태운 뒤에 접근하면 먹힐 거라 생각한 것이다. 요즘 표현대로 하자면 '밀고 당기기'다.

그 후 남편은 3개월 내내 나를 불러냈다. 요즘 세상이 매우 험악하니 남자가 지켜줘야 한다는 명분을 들먹이며 데이트를 요구했다. 밤에는 택시로 데려다주고 통금에 걸려 파출소에서 밤을 새우기도 여러 번이었다. 이 남자가 왜 이럴까, 연애에 도가 튼 바람둥이는 아닐까 싶어서 남편의 동창과 친하게 지내는 대학 동기에게 평판을 물었다.

"그 사람 순둥이래. 성격도 조용하고 책만 본다는데."

순둥이가 마음에 드는 여자를 만나서 애쓰는 모습이 기특하고 고마웠다. 게다가 남편은 데이트 때마다 비싼 음식을 사주었다. 내가 돈이라도 낼라치면 호통을 치며 가게 밖으로 쫓아냈다. 군의관 월급으로 그 정도는 부담하기 어려울 텐데 나중에 알고 보니 가불까지 하며 데이트 비용을 충당했다고 했다. 그래서인지 결혼 후 몇 개월은 월급날 빈손으로 집에 들어왔다. 이 쓰라린 기억 때문인지 나는 연애를 하는 후배들에게 항상 데이트 비용만큼은 남녀가 함께 부담해야 한다고 강조하고 또 강조한다. 잘못하다가는 나중에 여자가 다 뒤집어쓸 수도 있으니.

남편과의 연애는 우여곡절 끝에 순조롭게 진행되었지만, 결혼은 또다른 현실이었다. 게다가 남편은 시누이 넷에 시동생 하나인 넉넉지 못한 집안의 장남이었다. 군 제대 후 진로도 미정이었다. 조건만 보면 남편감으로는 마이너스였다. 자신은 단 한 번도 인정하지 않았지만. 하지만 어쩌겠는가. 이 남자의 무모함과 박력에 이미 빠져버린걸.

프러포즈를 받아주니 남편은 고마워하기는커녕, 자기 부모님께 좋은 점수를 못 받으면 헤어질 수도 있다고 엄포를 놓았다. 어이가 없었지만 그런 부분도 마음에 들었다. 내가 선택한 결혼이었지만 솔직히 기운이 빠진 건 사실이었다. 가난한 시댁 살림으로는 결혼반지를 준비하는 것조차 만만치 않았다. 나중에 알았는데 그런 내가 처량해 보였는지 친정아버지가 몰래 남편을 불러 자신이 돈을 댈 테니 우리 딸 반지만은 최고급으로 해주자고 슬쩍 제안하신 모양이었다. 하지만 남편은 절대 그럴 수 없다며 고집을 부렸다. 결혼 비용만은 자기가 책임지겠다는 고집이었다. 결국 나는 시아버지의 반지를 녹여 만든 금목걸이와 남편이 돈을 모아 준비한 반지에 만족할 수밖에 없었다. 하지만 그런 모습마저 나를 사로잡았다. 나를 평생 책임지겠다는 그의 각오를 읽었기 때문이다. 여자는 그러한 남자에게는 언제든 넘어갈 준비가 되어 있다. 정작 남자들은 이 사실을 모르는 것 같지만(얼마 전에는 이 금목걸이를 장롱에서 발견하고 돌아가신 아버님을 생각하며 울컥 눈물을 흘렸다. 젊었을 때는 몰랐는데 가치를 매길 수 없는 커다란 선물이었음을 나이가 들어서 깨달았다. 나중에 손자가 커서 사랑하는 여자를 데려오면 살며시 손에 쥐여줄 생각이다).

그렇다면 왜 이렇게 요즘 남자들은 기가 죽었을까. 생각해보니 범인은 우리 여자들이었다. 예전에야 사회적 시스템 때문에라도 남자들 어깨에 힘이 들어갈 수밖에 없었을 것이다. 그러나 점차 여자들이 사회에 진출하면서 남자들의 입지는 점점 좁아졌다. 어쩔 수 없이 여자들이 할 일이 또 하나 생겨났다. 내 남자를 성장시키는 임무. 내가 원하는 남자란 애초부터 없다. 내가 원하는 남자로 만들어야지.

"나는 당신이 우물 안 개구리로 보여요."

결혼 13년차에 남편에게 한 말이다. 남편은 군의관으로 제대한 다음, 1년 동안 무보수로 근무한 후에 서울대 의대 전임강사가 됐다. 말이 교수지 경제적으로 어려울 수밖에 없었다. 그러다 1979년 옥스퍼드 대학에 연구원으로 부임했고, 2년 만에 귀국해서는 정식으로 서울대 교수가 되었다. 그러나 당시 우리나라 대학 형편은 참으로 열악했다. 실험에 쓸 기자재도 부족했고 연구비가 제대로 지급되는 일도 거의 없었다. 남편도 차츰 그러한 생활에 지쳐갔다. 어떨 땐 좋아하는 연구마저 힘들어하는 것 같았다. 연애 때 보여줬던 그 야망은 어디로 갔단 말인가. 나는 보다 못해 나름대로 자부심 강한 서울대 교수에게 '우물 안 개구리'라는 직격탄을 날렸다.

남자는 쉽게 만족하는 동물이다. 더 높은 곳을 바라보게 하려면 끊임없이 동기 부여를 해줘야 한다. 혼도 내고 어르기도 하면서. 현명한 여자의 삶은 피곤하다.

"당신은 한국에서 잘나가는 교수라고 생각할지 모르지만 과연 남들이 볼 때도 그럴까요?"

자존심이 상했으리라. 하지만 그 정도에 자존심이 꺾일 남자라면 내가 선택하지도 않았을 것이다. 남편은 구겨진 자존심을 회복하고자 영국심장재단British Heart Foundation의 지원을 받아 옥스퍼드 대학으로 다시 연수를 떠났다. 발표 논문도 늘어나고 연구 실적도 인정받게 되자 남편의 어깨는 다시 하늘을 향해 비상하기 시작했다. 종종 내게 "이래도 내가 우물 안 개구리냐?" 하며 으스댔다. 나는 내 도전장을 찢지 않고 받아들인 남편이 고마워 신나게 칭찬해줬다. 남편도 나를 종종 딸 같다며 놀리지만, 나 역시 속으로는 덩치만 큰 '큰아들'처럼 생각한다. 아무래도 부부는 서로를 자식처럼 아끼면서 돈독해지는 모양이다.

내게 두 번째 남자는 내 아들이다. 그러나 이 친구도 아버지를 닮아 성격이 온순해서 불안했다. 자기 가정을 책임질 배짱은 있을지 걱정도 됐다. 부모가 되면 자식은 언제나 걱정거리인가 보다. 그런 나의 착각을 아들이 무참하게 깨버린 행복한 사건이 있다.

어느 날, 영국에 있던 내게 아들이 전화를 걸어왔다. 마치 전쟁터에 나간 장수마냥 결의에 찬 목소리였다.

"저 평생의 반쪽을 만났어요. 반대하지 마세요. 엄마가 만약 반대하시면 전 평생 장가 안 가고 혼자 살 거예요!"

'그래, 내 아들이면 이 정도 박력은 있어야지. 이제 너에 대한 걱정은 끝이다.' 사진을 보니 아들이 배짱으로 밀어붙일 만한 여자처럼 보였다. 모든 점이 마음에 들었다. 솔직하게 고백하자면 아들보다 나아 보였다. 신부 측 집안에서 밀진다고 생각하진 않을까.

"그래, 아가씨 쪽 부모님께 허락은 받았니?"

남자는 경주마처럼 주어진 목표만 향해 달려간다. 더 크고 먼 것을 미처 내다보지 못한다. 그것도 매력이라고 생각하자.

"지금 당장 부모님께 허락을 받아보렴."

방법을 가르쳐줘도 행동에 옮기기가 어려울 때가 있다. 아들이 다시 착하기만 한 목소리로 "걔네 아버님, 비엔나로 출장 가셨다는데요."라고 하는 거다. "바보야, 그건 기회야. 어서 가서 장인어른이라고 부르며 절부터 드리렴. 그게 바로 남자의 박력이야."

결혼식 날 나는 며느리가 된 그 아가씨의 손을 꼭 잡았다. 내가 전부는 못 가르쳤으니 이제 네가 잘 가르쳐달라는 의미로. 며느리는 내 마음을 알겠다는 듯 살며시 미소를 지었다. 저쪽에서는 사돈이 "비엔나까지 허락받으러 찾아온 내 사위!" 하며 자랑스럽게 안아준다. 아들아, 너는 이미 점수를 따고 장가간 거란다.

얼마 전, 너무 예쁜 커플의 결혼식에 다녀왔다. 나는 신부 측이 아니라 신랑 측 손님이었다. 신랑은 국내 최고 언론사의 기자였는데 내 마음에 쏙 드는 친구였다. 몇 년 동안 탈북자들을 비롯해 험난한 상황을 취재하느라 갖은 고생을 다하면서도 엄살 한 번 안 부리고 순박한 미소만 지었다. 그를 아는 사람들은 모두 최고라고 치켜세울 정도로 인품도 탁월하다. 유일한 단점이라면 이성에 대해 무관심하다는 거였다. 그는 자기와 살면 고생할 게 빤한데 어느 여자가 좋아하겠느냐며 결혼은 이미 마음을 접었다고 밝혔다. 매번 늦게라도 결혼해야 한다, 좋은 신부감을 소개시켜 주겠다, 연애하게 되면 지원사격도 해주겠다고 꼬드겼지만 절대 흔들리지 않았다. 왜 일이나 인생에는 치열하게 도전하는 남자들이 이성 앞에서는 소극적으로 변하는지 알다가도 모를 일이다.

그런데 어느 날 그에게서 연락이 왔다. 사실 그가 몇 개월 전부터 옥스퍼드 대학에서 공부하고 싶다는 의사를 밝혀서 이에 대한 준비가 차근차근 진행되던 상태였다. 그런데 갑자기 유학을 취소하겠다며 대신 누군가를 소개하겠다고 만남을 청해온 것이다. 만나기도 전에 무언가 기분 좋은 예감이 들기 시작했다. 어떤 여성을 데려올지 궁금해서 약속 날짜만 기다렸다. 일밖에 모르던 문학소년이 유학을 포기하면서까지 사랑을 택하다니.

"저희는 탈북 아동을 위해 봉사하다가 목사님 주선으로 만났어요. 서로 기대도 안 하고 만났지요. 데이트라 할 것도 없고 그냥 비 오는 날 우산도 없이 버스 정거장까지 같이 걸으면서 이야기한 적이 있어요. 그러다 버스가 올 때쯤 갑자기 사귀자고 하는데 조금 당황스러웠어요. 너무 수줍게 얘기해서요. 용기도 없어 보이고."

예비 신부는 해맑게 웃으며 내게 자신의 연애일기를 구술하기 시작했다. 역시 자신 없이 행동한 건 내 예측대로였다. 하지만 여자는 현명했다. 조금만 더 자신에 대해 알아보고 대화해보자며 다음 약속만 잡고 헤어졌다. 승낙은 안 했지만, 가능성을 남겨둔 행동이다. 여자가 남자에게 줄 수 있는 가장 큰 선물은 가능성이다. 남자는 가능성이 보이면 다가오는 동물이니.

"두 번째 만났는데 저를 위해서라면 영국 연수를 포기하겠다고 대뜸 말하더라고요. 다른 걸 다 포기하고 저와 결혼하겠다는데 어떻게 거절하겠어요."

신랑은 부끄러운 표정을 지었고 신부는 살짝 미소를 지어 보였다. 그녀는 신랑에게 편안한 안식처처럼 보였다. 일과 삶에 지친 신랑은 그녀의 미소에서 편안함을 느꼈으리라. 그 미소에서, 그리고 그녀의 빛나는 눈빛에서 읽을 수 있었다. 이성 앞에서 소극적이기만 하던 남자를 천생연분의 배우자로 바꿔놓은 비결을.

남자는 평생을 자기의 수호천사를 찾아다닌다. 자신을 보듬어주고 미소 지어주는. 내 남자를 원한다면, 무엇보다 수호천사가 되어줄 수 있는 자세가 필요하다. 물론 그럴 가치가 있는 남자인지 확인하는 게 먼저겠지만. 멋대가리 없는 남자들에게 이제 진짜 멋을 가르쳐주자. 눈치 보지 않고 다가올 수 있도록 가능성을 열어 두면서. 알겠니, 리타야.

'때문에'가 아니라
'덕분에'로 사는 삶

:

"당나귀와 함께 걸어서 여행하면서 깊은 교류를 가진 사람은 결코 예전의 자신으로 돌아갈 수 없습니다. 당나귀에게서 받은 감동을 평생 동안 품고 가게 되지요."

– 앤디 메리필드, 《당나귀의 지혜》 중에서

인생에 관한 가장 오래된 질문은 아마도 "왜 사느냐?"일 것이다. 사는 건 언제나 만만치 않다. 특히 고통스러운 순간에 처했을 때마다 우리는 왜 사는지에 대해 고민할 수밖에 없다. 내가 보이스 프롬 옥스퍼드를 통해 만난 사람들에게 가장 많이 하는 질문도 왜 사는지에 관한 것이다.

"도대체 무엇 '때문에' 그토록 열심히 사시는지요?"

놀랍게도 공통된 답변이 반복적으로 돌아왔다. 대부분의 석학들은 무엇 '때문에'가 아니라 무엇 '덕분에' 산다고 대답했다. 또한 자신을 위해 사는 사람들은 찾아보기 어려웠다. 반면 나 아닌 누군가를 위해 사는 사람들이 대부분이었다. 옥스퍼드대의 피터리스 질갈비스 EU 초빙교수는 "배워라! 창조하라! 나눠라!"의 세 가지 명령어로 인생의 목적을 정리했다. 그중에서도 가장 중요한 항목은 '나눠라'임을 강조했다.

"무언가를 배우고 새로운 경험을 함께한 사람들을 내 삶에 끌어들여서, 서로 가진 것들을 공유하고자 하는 욕구가 솟아오를 때 진정한 행복을 느낍니다."

이기적이 아니라 이타적으로 살아갈 때 삶의 목적이 뚜렷해진다는 의미일 것이다. 옥스퍼드대에서 동양학을 가르치는 로버트 메이어 교수는 리처드 도킨스의 유명한 주장을 응용해 다음과 같은 인생철학을 전했다.

"인생은 이기적인 내 자신과 끝없이 싸우는 전쟁터입니다. 그 싸움에서 이길 수 있는 유일한 전략은 우리 스스로 이타적인 존재가 되는 겁니다."

여기서 인간의 본성이 이기적인지, 이타적인지에 대한 논쟁은 무의미할 것이다. 하지만 후천적으로 주어진 인생에서 이타적으로 살아야 한다는 사실은 그 누구도 부정할 수 없는 분명한 진리가 아닐까. 엑서터 칼리지 프랜시스 케언크로스 학장은 기독교, 불교, 힌두교, 도교, 조로아스터교 등 전 세계 대다수 종교에 등장하는 황금률을 연구해오면서 가장 오래되고 분명한 철학을 찾아냈다.

"남에게 대접을 받으려거든 내가 대접받고 싶은 대로 남을 대접하라."

행복은 내가 얻는 게 아니라 상대가 내게 베푸는 선물인 것이다. 나는 우연한 인연으로 행복을 선물받은 사람을 알고 있다. 이 역시 보이스 프롬 옥스퍼드를 통해서 맺어진 인연이다.

하루는 보이스 프롬 옥스퍼드 사무실에 1억 원을 후원하고 싶다는 전화가 걸려 왔다. 우리 콘텐츠를 잘 보고 있다는 감사의 말과 함께. 고마운 나머지 그 주인공들을 찾아가 직접 인사라도 하고 싶은 마음이 들었다. 대체 어떤 사람들이 자선단체도 아닌 곳에 선뜻 거금을 후원하는지 궁금하기도 했다.

그렇게 만난 이들이 워벅 부부다. 그들의 집은 부유함과는 거리가 멀었다. 대도시도 아니고 대저택도 아니었다. 아주 작고 검소한 시골 주택에 불과했다. 일흔이 훌쩍 넘은 부부는 보풀이 눈에 띄는 스웨터를 입고 이가 빠진 컵을 쓰고 있었다. 아내의 손에서는 그 흔한 액세서리 하나 찾아볼 수 없었다. 알고 보니 이 부부는 이미 옥스퍼드에서는 알 만한 사람들은 다 아는 명사였다. 그들이 옥스퍼드 졸업생이라서가 아니다. 벨리올 칼리지와 옥스퍼드인터넷연구소를 비롯해 이미 옥스퍼드 대학에 큰 공헌을 했기 때문이다. 그래서 옥스퍼드 측에서는 '파운데이션 펠로우Foundation Fellow'로 그들을 추대하기도 했다. '파운데이션 펠로우'란 학교에 크게 공헌한 사람들에게 주어지는 존경의

칭호다.

남편의 이름은 마이크고 아내의 이름은 로즈마리였다. 나는 로즈마리에게 직접적으로 물었다. 남들보다 큰 부자도 아닌 것 같은데 어떻게 선뜻 이렇게 많은 돈을 기부할 수 있느냐고. 노후를 즐기기 위해서라도 돈이 필요할 텐데.

나는 은퇴 후 하고 싶은 일이 무척 많았다. 그 계획들의 대부분은 제대로 노는 내용으로 채워져 있다. 은퇴 후 돈이 많이 필요할 것 같아 남(편) 몰래 비자금을 준비해보려고도 생각했다. '나이 들은 것도 서러운데 돈까지 없으면 초라하잖아.' 당시까지 내가 했던 생각이다.

"글쎄요. 저희는 이미 충분히 인생을 즐기고 있어요. 1년에 한 번씩은 이렇게 손을 꼭 잡고 휴가도 다니고요. 막상 살아보니 돈이 그리 많이 필요하지 않더라고요."

로즈마리는 싱긋 웃으며 말했다. 돈에 얽매이지 않는 삶이라, 다소 경제적 관념이 부족한 건 아닐까. 아니면 지나치게 소탈한지도. 아, 내 생각의 그릇은 너무 작았다. 너무도.

"마이크는 독일 출신의 유대인이에요. 나치 정부가 정권을 잡았을 때 그의 가족은 맨손으로 영국에 건너왔지요. 마이크는 공부를 하고 싶어서 어린 시절부터 아르바이트를 지겨울 정도로 했어요. 학교에 장학금이란 제도가 없었다면, 누군가 자기에게 도움을 주지 않았다면 그는 지금도 아르바이트를 하고 있을 거예요."

아마 독자들은 이 상황에서의 내 표정을 상상할 수 있을 것이다. 당혹스러움을 넘어선 감동스러움이라고나 할까. 어떤 이유에서든 고개를 절로 숙이게 되는 존경심이 내 가슴을 채웠다. 자신이 받았던 장학금의 혜택을 더 많은 액수로 후배들에게 돌려주는 노부부의 마음이라니.

"다른 이유가 없답니다. 우리가 행복해지고 싶어서예요."

그들이 시골의 작은 집에서 행복할 수 있었던 이유는 돈이 많아서가 아니었다. 돈을 제대로 쓰고 있었기 때문이다. 사람들은 간혹 돈이라는 물질을 탐욕과 동일시한다. 하지만 돈을 어떻게 쓰느냐에 따라 얼마든지 행복을 만들 수 있다. 감사와 존경의 마음에 몇 번이나 고개를 숙이는 나에게 그들은 또 다른 사람을 소개시켜주었다. 자기들은 그녀와 비교도 안 될 거라며.

그렇게 만난 게 스테판 셜리 여사였다. 그녀는 직업 자체가 '기부 자선사업가'였다. 그녀를 만나기 전에는 이런 직업이 있는지조차 몰랐다. 그녀는 엄청난 사업가적 능력을 발휘해 1980년대에 이미 2500억 원의 재산을 벌어들였다. 놀라운 건 그녀가 부모에게서 한 푼의 재산도 물려받지 못했다는 사실이다. 그녀 역시 마이크와 마찬가지로 독일 도르트문트에서 태어난 유대인 소녀였다. 다섯 살 때 여권은 물론이고 돈 한 푼 없이 부모 곁을 떠나서 영어 한마디도 못하는 상황에서 홀로 영국에 정착했다. 당시 유대인들 중에는 유럽을 떠돌아다니는 어린아이들이 많았다고 한다. 부모들이 아이만이라도 살리려고 나치 정권에서 도피시켰기 때문이다. 셜리 여사는 스물아홉의 나이에 단돈 6파운드로 비즈니스를 시작했다. 당시 영국은 여성의 사회적 지위가 무척 낮았고, 특히 비즈니스는 남자들만의 세계였다. 여성이 은행 구좌를 만들려면 남편의 동의가 필요할 정도였으니. 그녀는 어쩔 수 없이 남자인 척하려고 스티브라는 가명을 사용할 수밖에 없었다. 하지만 어느 정도 사업이 안착되자 본래의 이름을 되찾아 자신이 여성 사업가임을 당당하게 내세웠다. 이에 그치지 않고 취업이 힘든 여성들에게는 입사의 문을 활짝 열어주었다. 사업은 순항을 계속했지만 그녀의 인생마저 순탄하게 흐른 건 아니었다. 자폐증을 앓던 외아들이 한밤중의 발작으로 세상을 떠난 것이다. 운명은 어떻게 이토록 가혹할 수 있을까.

"그 수많은 고통 덕분에 제가 비로소 행복해질 수 있었지요."

고통 '때문이' 아니라, '덕분에'였다. 그녀는 자신의 인생에 놓였던 수많은 고통 덕분에 세상을 돌아보게 됐다. 그리고 지금까지 전 재산의 65%를 다른 사람들과 나눴다. 직원들에게 주식을 나눠주고, 외아들을 기리며 자폐아 학교를 세웠고, 옥스퍼드인터넷연구소를 비롯한 수많은 교육기관에 재산을 기부했다.

"저는 다른 사람을 위해 돈을 쓸 때 행복해진다는 사실을 실감하

행복은 '누구보다'가 아니라
'누구와 함께' 할 때 생겨난다.
당신은 지금 누구와 함께
행복이라는 행운을 찾아 나서고 있는가.

게 되었어요. 나눌 수 있다면 우리는 얼마든지 지금보다 훨씬 행복하게 살아갈 수 있답니다."

그녀의 두 번째 목표는 남아 있는 35%를 더 뜻깊은 곳에 쓰는 것이다. 그렇게 그녀는 고통 '때문에'가 아닌, 고통 '덕분에' 행복해지는 법을 배웠고 실천하고 있다. 그녀를 만난 날, 내게도 인생의 롤모델이란 게 생겼다. 그 주인공은 당연하게도 그녀이리라.

나 역시 보이스 프롬 옥스퍼드 덕분에 많은 인생의 스승들을 만났다. 거기서 만난 대부분의 사람들이 '때문에'가 아니라 '덕분에'로 사는 모습을 보여주었다. 어느 노교수는 "다른 사람들에게 기쁨을 줄 수 있을 때 인생의 행운은 찾아온다."며 자신의 애틋한 로맨스를 들려주기도 했다. 그에게 인생 최고의 행운은 아내였다. 그녀는 안타깝게도 젊은 시절부터 우울증을 앓았는데, 사랑에 빠진 그에게 그깟 우울증은 장애물의 축에도 끼지 못했다. 그는 소박하면서도 야심 찬 프러포즈를 했다.

"당신의 우울증을 내가 고쳐줄 테니, 결혼해주겠어?"

그러나 아내는 결혼 후에도 몸이 좋지 않았기에, 항상 침대에서 생활해야 했다. 그는 20년 넘도록 부인의 병수발을 들면서도 세계적인 학자가 됐다. 하지만 그의 입에서 한 번도 자신의 삶을 불평하는 이야기를 들은 적이 없다. 사랑하는 아내가 그의 인생과 함께했기 때문이다. 대신 그는 항상 아내 덕분에 행복하다고 되뇌며 다닌다. 표현하지 않고 가슴 속에 고마움을 묻어두는 것만큼 어리석은 인생이 있을까. 고마운 사람에게 고마움을 표현하는 것도 행복의 비결일 것이다.

내가 만난 수많은 학자들 역시 자신이 지식을 전하고 나눌 때 가장 행복하다는 것을 확인해주었다. 프린스턴 대학의 피터싱어 교수는 "최선을 다해 세상을 돕는다면 그 과정에서 행복이 찾아온다."는 메시지를 전했다. 센클레어 옥스퍼드 영어교육학부장인 로리 쿠퍼랜드 역시 "사회에 기여해라. 그리고 구성원들에게 베풀어라. 당신이 노력을 쏟으면 쏟을수록 더 많은 것을 얻을 수 있다."라는 행복의 비결을 들려주었다.

스탠포드 교육대학원의 부학장인 폴김 역시 자신의 재능과 사회를 제대로 연결하는 인물이다. 그는 인터넷과 모바일 등을 활용해 배움의 기회가 적은 나라에 교육 프로그램을 전파하고 있다. 그는 세상을 더 나은 환경으로 만드는 데 가장 필요한 것은 '교육'이라고 믿고, 자신의 재능을 아낌없이 발휘했다.

"기술을 활용해 교육의 지리적, 물리적 장벽을 허물고 싶어요."

'덕분에'로 사는 삶의 방법에 또 어떠한 것이 있을까. 보이스 프롬 옥스퍼드를 통해 만난 많은 사람들이 특히 '기회'의 제공을 강조했다. 자신이 사랑하는 사람, 부족함을 느끼는 사람에게 기회를 선사하는 것만큼 보람된 일은 없다는 뜻이리라.

옥스퍼드 경영대학원의 콜린 메이어 교수는 다음과 같은 말을 했다.

"다른 이들의 잠재력을 알아내어 돕는 것이야말로 행복해질 수 있는 가장 좋은 방법입니다."

하버드대 경영대학원의 교수를 역임했던 투파노 교수 역시 "자기 자신에게 투자하라! 그리고 다른 사람에게도 투자하라!"라는 황금율을 제시했다. 그렇다. 어쩌면 자기 자신에 대한 투자야말로 자신을 사랑하는 가장 솔직한 방법일 것이다. 내가 행복해져야 내 주변의 사람들, 특히 가족에게도 행복의 엔돌핀이 전해질 테니까.

한국계 영국인인 옥스퍼드 대학병원의 유진 박사는 그런 자신의 철학을 실천으로 옮겼다. 보이스 프롬 옥스퍼드를 통해 의대 선배들의 의료 노하우를 영상 콘텐츠로 전하는 프로그램을 만든 것이다. 이 영상 콘텐츠에는 책을 통해서는 접할 수 없는 의학 지식들이 담겨 있다. 그는 진료 때문에 바쁜 상황에서도 휴일과 쉬는 시간을 이용해 우리와 함께 촬영을 계속하고 있다.

"제가 의대생일 때는 이런 수업이 따로 없었어요. 그래서 병원에서 처음 환자를 대했을 때 당황스러웠지요. 물론 인턴과 레지던트 시절에 훈련을 거치지만, 좀 더 세심하게 배웠더라면 하는 아쉬움이 들었습니다. 후배들만은 이런 시행착오를 거치지 않게끔 하고 싶은 생각에서 마음이 맞는 친구들과 팀을 짜서 이 일을 계획하게 되었습니다."

자신들이 고생해서 배운 내용, 공들여 자기 것으로 만든 노하우를 후배들에게 아무런 대가 없이 전달하는 모습, 자신들이 겪은 고생을 후배들이 되풀이하지 않도록 하겠다는 속깊은 마음에 어찌 박수를 보내지 않을 수 있겠는가. 더 놀라운 것은 촬영을 마친 그들의 얼굴이다. 끼니를 거르고 촬영한 후 식은 피자 한쪽으로 배를 채우는 그들의 표정에는 여전히 행복한 미소가 남아 있었다.

살면서 한 번이라도 다른 사람보다 행복해지고 싶다는 생각을 한 적이 있을 것이다. 나 역시 마찬가지다. 하지만 지금은 그것이야말로 부질없는 욕심임을 잘 안다. 행복은 '누구보다'가 아니라, 누구와 '함께할' 때 생겨나기 때문이다. 당신은 지금 누구와 함께 행복이라는 행운을 찾아 나서고 있는가. 더 많은 사람들이 당신 덕분에 행복하기를, 당신 또한 그 덕분에 행복을 만끽하기를 바란다.

예비 시어머니 사용설명서

아가야. 결혼식을 앞두고 하루하루 설렘과 기대 속에서 밤잠도 제대로 못 자는 너의 예비 시어머니란다. 갑자기 편지를 받으니 많이 당황스럽지? 이해해. 나 역시 한참을 고민하다 굳게 마음먹고 쓰는 거란다.

전화를 걸거나 직접 만나서 해도 될 텐데 굳이 편지까지 쓰다니 조금은 어색할 수도 있을 것 같네. 엄씨 집안의 문화라고 생각해주렴. 아니다. 곧 가족이 될 너에게 거짓말하면 안 되겠지. 솔직히 고백할게. 오래전부터 내가 만든 우리 가족의 문화야.

너도 잘 알다시피 우리 가정은 기러기를 넘어 철새란다. 세계 곳곳으로 자주 이동하면서 살아. 너의 시누이는 영국에 살면서 자주 덴마크에 가고, 너희 시아버지는 영국과 서울을 오가며 살지. 자연히 서로 함께하는 시간도 줄어들고 얼굴 볼 기회도 많지 않단다. 하지만 가족인데 서로 얼마나 보고 싶고 궁금하겠니. 그래서 이렇게 항상 이메일로 소통하지. 그렇다고 대단한 내용을 쓰는 건 아니야. 신문에서 재미난 기사를 보면 바로 링크를 걸어서 보내거나, 친구에게 들은 유머를 보내는 식이야. 곁에 오래 못 있어주는 탓에 택한 방법인데, 오히려 같이 사는 것보다 더 많은 대화를 나누는 것 같아. 네 예비 시아버지와 네 예비 남편, 둘 다 원래는 무뚝뚝한 스타일이잖니. 그런데도 이상하게 이메일로 대화할 때는 그렇게 수다스러울 수가 없단다. 예전에 부자만 서울에서 산 적이 있었는데 그렇게 티격태격 싸웠다고 하더라. 그런데 둘이 따로 떨어져서 이메일로 대화할 때면 아주 죽이 잘 맞지 뭐니. 이해하렴. 남자들이란 알다가도 모를 종족이니까. 너의 예비 시아버지는 종종 어려운 정치 기사까지 보내서 나를 당혹스럽게 만든단다. 뭔가 아는 척하고 싶은 그 마음, 너그럽게 이해해야지 어쩌겠니. 나는 너의 예비 시아버지 건강이 걱정스러워서 종종 건강정보를 보내곤 해. 알고 있는지 모르겠지만, 너의 예비 시아버지가 한때 크게 아팠거든. 그때 생각만 하면 아직도 마음에 걸리는 게 많아. 지금은 걱정하지 마렴. 엄청나게 건강하니, 아마 손주들 결혼까지는 문제없이 볼 수 있을 거야.

　너에게 보내는 첫 번째 편지라서 쓸데없이 서두가 길었던 것 같네.

나이가 들면 말에 두서가 사라지나 보다. 이것 역시 너의 이해를 바란다. 내가 왜 너에게 갑자기 편지를 쓰게 됐는지 궁금하지? 시어머니가된다고 생각하니 기대와 설렘도 컸지만 묘한 두려움이 생기더라. 내가과연 좋은 시어머니가 될 수 있을지 걱정도 되고. 그래서 너에게 부탁을 좀 해야겠다는 생각이 들었어. 나를 부디 좋은 시어머니로 만들어달라는 간곡한 부탁이란다. 그러기 위해서는 나에 대한 설명이 필요하겠지. 그래, 이 편지는 네가 나를 어떻게 다뤄야 할지 미리 알려주는예비 시어머니 사용설명서란다. 철없는 시어머니를 만난 네 복(?)이라고 생각하고 잘 들어주렴.

아가야. 내가 많이 부족한 건 부인할 수 없는 사실이야. 하지만 배우는 건 참 잘한단다. 원래 많이 부족한 사람들이 배움에 대한 욕심은많은 법 아니겠니. 사실 나는 좋은 시어머니가 되기 위한 공부를 미리시작했단다. 내 주위에서 좋은 시어머니로 살아가는 분들을 만나서 하나 하나 보면서 배우고 있어. 대표적인 인물로 네 시누이의 시어머니가 좋은 선생님이야.

사부인은 오랫동안 CEO로 지낸 여걸이지. 겉으로는 많이 엄하고무서울 것 같은데 전혀 그렇지 않더라고. 하루는 내가 딸의 집을 방문하게 됐어. 그런데 아침에 일어나보니 이 여걸 양반이 손수 식사 준비를 하고 있지 뭐니. 덴마크에서 직접 잡아온 연어 요리를 올리고, 예쁜 냅킨으로 식탁까지 꾸미면서. 아니, 그런데 내 딸이 안 보여서 찾아보니 아직 꿈나라에서 헤어나오지 못하고 있지 뭐니. 너무 창피해서 내 얼굴이 다 화끈거렸단다. 아무리 편한 사이라고 해도 시어머니인데. 그래서 딸을 깨우려는데 조용히 말리시더구나.

"좀 더 자게 내버려두세요. 24시간 내내 자도 피곤할 거예요. 제가 대신 준비할 테니 편하게 앉아 계세요."

그러면서 신나게 요리를 하는 거야. 자기는 현재 은퇴한 사람이고, 며느리는 워킹맘이니까 당연히 그래야 한다는 거지. '나도 내 며느리를 위해 아침식사를 차려줄 수 있을까?' 싶더라. 일단 한번 기대해보렴. 시어머니가 차려주는 아침을.

우리는 말로는 가족이 최고라고 하면서도, 실제로는 배려보다 원칙부터 앞세우는 것 같아. 며느리는 무조건 밥을 해야 한다는, 그런 것들 말이야. 평소 가족이 아닌 다른 이들에게는 예의 있고 배려 깊게 행동하면서 정작 가족에게는 많이 소홀하지. 그래서 말인데, 나와 네가 바꿔보자꾸나. 아마 내가 조금 더 잘해야겠지만.

그리고 아가야. 이건 정말 비밀인데, 나를 다루는 최고의 방법은 칭찬이란다. 어렸을 때부터 나는 칭찬으로 비행기를 태워주면 우주 끝까지 날아가곤 했지. 만약 나에게 원하는 게 있다면 잠깐의 칭찬으로 해결할 수 있을지도 몰라. 한 번은 아들을 전화로 혼내고 있었을 때였어. 나는 영국에 있고 네 예비 시아버지와 예비 남편이 서울에서 둘만 살 때였지. 하도 사이가 안 좋다고 해서 전화로 둘 다 따끔하게 혼내려고 하는데 갑자기 네 예비 남편이 이러더라.

"아버지에게 어머니는 신용카드 같은 존재래요."

지갑에 돈 한 푼 없어도 든든한 신용카드 같은 존재라나. 그래서 영국에서나 서울에서 혼자 살더라도 절대 불안하지 않다나. 정말 그런 의미로 신용카드라는 말을 했는지 미심쩍긴 하지만, 칭찬이라고 하니 기분은 참 좋더라. 내가 혼내야 한다는 사실조차 잊어버렸지. 갑자기 기분이 좋아져서 네 예비 시아버지에게 이번 한 번만 눈감아줄 테니 사고 싶은 거 있으면 사라는 메일을 보냈단다. 비싼 와인 몇 병을 덜컥 산 탓에 나중에 카드값 내느라 고생 좀 했지만.

가족이란 멋진 풍경화가 담긴 액자가 아닐까 싶어. 멋진 풍경화처럼 여러 번 봐도 질리지 않는 존재지. 하지만 오랫동안 방치하면 액자에 먼지가 쌓일 테고, 유리가 깨질 수도 있고, 액자가 점점 뒤틀릴지도 몰라. 가보가 애물단지로 전락하는 거지. 그래서 액자는 관리를 잘해야 해. 먼지도 닦아주고, 제대로 중심 맞춰 걸어주고, 유리가 깨지면 갈아주고. 가족도 마찬가지란다. 멋진 풍경화를 오래오래 감상하려면 정성을 들여야 하지 않겠니.

가족은 또 화초와 같단다. 아무리 정성을 들여도 세찬 비바람 한 번에 꺾여 나가는 법이지. 네가 앞으로 만들 가정이 항상 안락하고 아름다울 수만은 없을 거야. 때로는 다툴 일도 생기고 상처를 주고받을 수도 있음을 기억하렴. 내 아들이 조금 부족해도 시어머니인 내가 AS를 해줄 수는 없단다. 너희 부부 스스로 헤쳐나가야 해. 아무리 거센 비바람도 이겨낼 수 있는 건강한 화초를 가꾸어보렴. 결혼생활에는 사랑이 아닌 의지와 이해가 필요하다는 걸 잊지 말고. 써놓고 나니 괜한 잔소리가 아닌지 걱정된다. 부디 네가 잔소리꾼 예비 시어머니조차 안아줄 수 있기를 바란다.

그리고 마지막으로 네게 두 가지 부탁이 있단다. 첫 번째는 결혼식 날 네가 울지 않았으면 좋겠다. 네가 누구보다 아름다운 신부가 되길 바라는 마음에서야. 네가 울면 나도 울 것 같고. 네가 울지 않기를 바라면서 내가 따로 멋진 선물을 준비했단다. 며칠 전 사부인이 예단비를 보내셨는데, 아무래도 이건 내게 필요 없는 돈인 거 같아. 그래서 반은 다시 보내드렸는데, 나머지 반은 네가 따로 저금해두면 어떻겠니? 남자에게만 비자금이 필요한 건 아니란다. 오히려 여자가 더 필요하지. 그래서 내 두 번째 부탁은 이메일로 너의 계좌번호를 보내주는 거란다. 그럼 이제 그만 편지를 마쳐야겠다. 종종 이메일로 대화를 나누기를 기대해도 될까?

　　　　　　　　　　　　－ 어서 빨리 '예비' 자를 떼어내고 싶은

　　　　　　　　　　　　　　　너의 시어머니로부터.

결혼 전 나는 지금의 며느리에게 심사숙고 끝에 편지를 썼다. 당시 나는 두 가지 고민에 휩싸여 있었다. 우선 사돈이 딸을 끔찍하게 아낀다는 사실을 듣고 나서부터 고민이 시작되었다. 아들을 장가보내는 것도 아쉬움이 큰데, 딸자식 시집보내는 마음이야 어련하겠는가. 사돈처녀가 1년 단기 유학을 떠날 때도 사돈 마님은 눈물을 엄청 흘렸다고 한다. 결혼식 날 며느리가 눈물을 흘린다면 부모님 마음은 오죽할까 싶어 내 마음이 미리 아렸다. 나도 딸 가진 부모지만 우리 집과는 분위기가 사뭇 다를 것 같았다.

두 번째는 사돈이 보내온 예단비 때문이었다. 주변에서 결혼을 앞두고 예단 문제로 얼굴을 붉히는 걸 보면서 굳이 예단을 주고받을 필요가 있을지 의문이 생겼다. 나는 딸의 결혼 때도 사소한 국가 기념품을 교환하는 정도로 간소하게 끝냈다. 그래서 바로 돌려주려 했는데 괜한 오해가 생길 수도 있겠다 싶어서 한참을 고민했다. 그러다 한편으로는 좋은 기회라는 생각이 들었다. 이번 참에 내가 어떤 사람이고, 어떤 생각을 갖고 살아가는지를 편지로 쓰면 어떨까. 더불어 며느리가 만들어갈 가정에 대한 축사도 보내주고 싶었다. 진심은 통하는 법이니까.

이 편지를 보낸 후의 이야기를 하자면 다음과 같다.

며느리는 친구들에게 내가 예단비를 비자금으로 돌려준 사실을 엄청나게 자랑했다며 답장을 보내왔다. 물론 계좌번호를 잊지는 않았다.

하지만 결혼식 날 울지 않을 자신이 없다며 미안해했다. 그래도 선물은 받고 싶다는 귀여운 속마음도 잊지 않았다. 결혼식 날 며느리가 울기는커녕 너무 방긋방긋 웃는 바람에 오히려 사돈에게 미안했던 기억도 난다.

나의 시어머니 롤모델인 덴마크 사부인은 절친한 페이스북 친구로 지내고 있으며, 가족행사 때마다 우리 남편의 댄싱 파트너로 화려한 춤을 선보인다. 세월이 흐른 지금, 며느리는 나보다 더 이메일을 선호한다. 손자 사진과 동영상을 첨부해 이런저런 사연들을 적어 보내기도 하고, 때로는 자신이 만든 음식 사진을 보내서 군침 돌게 만들기도 한다. 결혼한 첫해 발렌타인데이에는 손수 초콜릿을 만들어 남편은 물론 시아버지에게까지 선물해 큰 점수를 땄다. 이런 며느리에게 감동하지 않을 시아버지가 있을까. 내가 생각지 못한 부분에서 언제나 나를 놀라게 하는 며느리를 볼 때마다 참으로 고마울 따름이다.

마지막으로 와인을 무척이나 좋아하는 남편은 일 년에 한 번 정도 특별한 편지를 보낸다. "같이 있으면 있어서 좋고, 떨어져 있으면 또 떨어져 있어서 좋은 사람이여."라는 서두로 시작하는. 무척 탐이 나는 와인을 발견했을 때마다 보내는 메일이다.

욕심부리지 않는
부모로 산다는 것

⋮

하늘에서 황금비를 내린다 해도 욕망을 다 채울 수 없다. – 《법구경》

서울공대 사무실에 나왔다가 오랜만에 윤재륜 교수와 자리를 가졌다. 보이스 프롬 옥스퍼드에서는 지식의 교류를 위해 서울대학교 글로벌 공학교육센터와 손잡고 서울대 공대생들을 위한 교육 비디오 제작 프로젝트를 진행한 적이 있다. 그는 초창기부터 이 일을 맡아온 총책임자로 내게 매우 중요한 보스이기도 하다. 평소 강직한 선비와 같은 인품으로 직원들의 존경을 한몸에 받는 분이다. 직원들을 대하는 모습을 보니 아이들은 얼마나 잘 키울까 싶어 평소 어떤 부모인지, 무엇을 강조하는지 물어보았다.

"단순합니다. 주로 양보와 최선을 강조하는 편입니다."

누가 마음을 상하게 하면 속 끓이지 말고 그냥 양보하라고 가르친

단다. 나는 왜 재능이 없는지 탓하기 전에 주어진 환경에서 최선을 다하라는 당부와 함께.

"일을 하다 보면 동료는 물론이고 가족과도 뜻대로 풀리지 않을 때가 많아요. 그때 주로 쓰는 방법이 최선과 양보인 거죠. 참고 기다리면 어느 순간 일이 순리대로 되더라고요."

"교수님, 그럼 부모가 가장 신경 써야 할 부분이 뭐가 있을까요?"

"욕심을 버리는 일이 가장 중요합니다. 가정에서도 직장에서도 '사심'을 버리지 않으면 늘 실수가 생겨요."

맡은 일에 욕심을 부리는 건 좋지만 절대 사심을 가져서는 안 된다는 말이었다. 그는 '최선'에 이어 '절제된 생활'을 강조했다. 실제 윤 교수와 프로젝트를 진행하면서 느낀 부분이기도 했다.

자녀문제와 관련된 에피소드가 하나 있다. 나는 남들이 꺼려하는 일에도 쉽게 나서는 편이다. 호기심과 모험을 즐기는 성격 덕분이다. 반면 다른 사람들이 심각하게 여기는 문제는 그리 진지하게 바라보지 않는다. 내가 아들딸은 물론 학교 친구들과도 스스럼없이 지낸다는 소리를 들었는지 어느 날 한 학부모가 나를 찾아와 하소연을 했다.

"아들녀석 얼굴만 떠올리면 밤에 잠이 안 오고 회사에 가도 일이 손에 잡히지 않아요."

영국에 아들을 혼자 유학 보냈는데 마음고생이 심하다고 했다. 학교를 빼먹는 건 기본이요, 불량한 친구들과 어울린다는 것이다. 결국 한국으로 데려왔는데 여기서도 교장 선생님이 전학을 권했다고 했다. 이유 없이 동급생을 때리고 부모의 권위에 맞서는 아이 때문에 가정의 불화가 심각했다. 찬찬히 이야기를 들어보니 아이가 아니라 부모의 문제였다.

"제가 한번 만나보겠습니다."

다니는 학교에 강의하러 가는 걸로 하고, 내가 그곳에 도착하면 아이가 마중을 나오게 해달라고 부탁했다. 도착해보니 머리를 노란색과 초록색으로 물들인 꽃미남이 정문에서 나를 기다리고 있었다. 나는 아이의 부모에게 방학 동안 아이를 옥스퍼드로 데리고 가서 지도해보겠다고 했다. 나는 J를 차에 태우고 드라이브를 하며 산책을 다녔다. 그리고 많은 대화를 나눴다.

"정말 열 받는 일이 그렇게 많니? 똑같은 말이라도 널 화나게 하는 말이 있지? 얘기해볼래?"

"매일 공부하래요. 공부 소리만 들으면 지긋지긋해요. 누가 그걸 모르나요. 공부도 내가 하고 싶을 때 해야 잘되는 거 아니에요? 그리고 왜 똑같은 말을 매일 하는지 모르겠어요."

중학생 아이들은 똑같은 말을 듣는 것을 지겨워한다. 더러는 학교와 부모님이 짜고 자신을 골탕먹인다고 오해하는 아이들도 있다.

내가 영국에 와서 처음으로 에세이를 배울 때 가장 가슴에 새긴 원칙이 있다. 중복되는 말을 피하라는 것. 가령 앞에 study라는 단어를 썼는데 다음 줄에서 다시 study를 쓰면 감점이 됐다. study를 썼으면 그 다음 줄은 work를 쓴다. 그리고 다음에는 구체적으로 어떤 work인지를 서술한다. 영국에서는 어려서부터 다양한 어휘를 사용해 글을 쓸 것을 강조한다. 매일 학교와 가정에서 공부하라는 말을 되풀이하니 얼마나 지겨웠을까.

"엄마는 책에 손도 안 대면서 나한테만 공부하래요."

나는 J의 부모에게 공부하라는 미션을 준 대신, 아이에게 절대 공부하라는 말을 하지 못하게 했다. 나는 아이와 대화하는 내내 부모와의 좋은 추억을 상기시키는 데 주력했다. 결정적으로 부모 자식 간에 쌓였던 앙금을 풀고 나니 J는 다시 공부를 하고 싶다고 했다. 그는 영국의 명문 사립고등학교로 진학한 지 얼마 되지 않아 수학 왕이 되었다. 그리고 영국의 수재들만 간다는 대학에 들어갔다.

J의 부모는 아이의 교육에 대해 지나치게 경직된 사고를 가지고 있었다. 나 역시 그런 시행착오를 거쳤다. 아이들을 영국 학교에 보내고 처음 학교에서 담임 선생님을 만난 그때를 아직도 잊지 못한다.

"당신 아이는 행복한가요?"

선생님이 무심코 던진 한마디가 굉장한 파장을 일으켰다. 내가 미처 체크하지 못한 부분이었다. 아이가 원해서 영국까지 보내긴 했지만 막상 적응을 하지 못해서 힘들어했다. 아이가 행복해야 원하는 목표까지 스스로 달려갈 수 있다는 것을 실감했다. 다행스럽게 아이들은 IMF와 부모의 어려운 사정을 겪으면서 마음을 다잡았다. 처음부터 무엇이든 잘하는 사람은 없다. 꿈은 클수록 좋다는 말도 있지만 목표를 무리해서 잡지 않는 것도 중요하다. 옥스퍼드 공대의 김종민 교수는 아들에게 초등학교 1학년 때는 성적 10점, 5학년 때는 50점, 중학교 1학년에는 70점, 중학교 3학년 때는 90점이라는 식으로 조금씩 목표를 높여주었다고 한다. 공부만 강조하는 건 아닌지 내심 걱정했는데 아들이 잘 따라주어서 고마운 마음이 들었다고 했다.

아이는 무조건 힘으로 밀어붙인다고 되지 않는다. 부모가 토양이라면 아이는 씨앗이다. 단단한 콘크리트를 뚫고 나올 수 있는 씨앗은 세상에 없을 것이다. 씨앗을 키우려면 토양은 부드럽고 적당히 수분을 머금고 있어야 한다.

영국에서는 고등학교를 졸업하면 1년간 혼자 세계를 여행하며 어른으로 홀로서기를 준비한다. 넓은 세상을 여행하며 때로는 아름답고 때로는 매서운 자연을 경험하고, 다양한 사람들을 만나며 내적으로 성숙을 꾀하는 시간을 갖는다. 아들 역시 그런 시간을 가질 참이었는데, 뜻하지 않게 여행 대신 옥스퍼드 대학에서 1년을 생활하게 되었다. 영국에서는 대부분의 학생들이 문과와 이과를 두루 공부한다. 고등학생이면 진로에 대해 아직 뚜렷한 결정을 내리기 어렵다는 판단에서다.

대학 원서를 내는 순간까지 선택의 자유가 주어진다. 5곳에 입학원서를 낼 수 있고, 조건부 합격통지를 받은 후 충분한 시간을 갖고 2개의 대학을 선택할 수 있다. 그다음 시험 성적에 맞는 학교에 입학한다. 대학에 가서도 이과와 문과는 여전히 공존한다. 다양한 과정이 있는데 공통적으로 인문학과 과학을 함께 공부할 수 있다. 대학원 과정에서도 물리와 철학을 함께 공부하는 학생들이 많다.

전공을 정하기 전 아들은 많은 갈등을 겪었다. 이미 의과대학을 가기로 예정되어 있었지만 마음의 준비가 되어 있지 않은 것 같았다.

"엄마, 아버지가 하시는 의학도 좋지만 개인적으로 심리학을 공부해보고 싶어요. 아니, 아무래도 천문학이 좋겠어요."

에구. 누가 그 엄마의 그 아들 아니랄까 봐. 나 역시 심리학에서 영문학으로 전과한 경험이 있던 터라 가급적 아들이 원하는 걸 전부 경험하도록 해주고 싶었다. 그래서 옥스퍼드 대학에서 1년 동안 원하는 과목의 특성과 가능성을 타진할 시간을 주기로 마음먹었다. 평생을 좌우할 선택이 될 수 있으니 돌다리도 두드려보고 건너라고. 남들보다 조금 늦어도 좋으니 충분히 고민할 시간을 주고 싶었다. 남편이 옥스퍼드에서 연구원으로 근무할 당시의 지도교수에게 조언을 구했고, 과학 실험실에서 프로젝트의 허드렛일을 도울 기회를 얻었다. 이후 아들은 심리학, 천문학 수업을 두루 경험하며 자신이 어떤 전공에 더 적합한지 스스로 고민하는 시간을 가졌다. 실제 수업을 들어보더니 전공을 바꾸고 싶다는 처음의 생각은 까맣게 잊어버렸는지 결국 원래 계획대로 의학을 전공하고, 졸업 후 1년간 과학 실험실에서 보낸 시간을 경력으로 인정받았다.

자식이 인생에서 중요한 결정을 할 때 부모가 지나치게 개입하는 것은 좋지 않다. 이미 양쪽 모두 성인이기 때문이다. 이것은 되고, 저것은 안 되고, 이쪽으로 가면 지름길이고, 저쪽으로 가면 헤매게 된다는 식의 해답을 미리 쥐여주는 것은, 어쩌면 자식의 인생에 대한 월권일 것이다. 엄마가 아닌 인생의 선배로서 후배에게 조언을 하듯 조금은 객관적인 자세를 취해보자. 그리고 내가 도와줄 수 있는 범위 내에서 조용히 해결점을 찾은 후 아이가 스스로 선택할 수 있는 시간을 갖게 하자.

스코틀랜드의 역사가 녹스는 적의를 품는 상대에게는 영향을 미칠 수 없다고 했다. 부모 자식이라 해도 잔소리나 참견을 하는 순간 좋은 영향과는 거리가 멀어지게 되어 있다. 아끼고 애틋한 관계일수록 한 발짝 떨어져 바라보는 자세를 가져보자. 그 거리를 잘 유지하고 조율해야만 사랑의 감정도 더 오래 지키고 가꿔갈 수 있다.

4 내 삶을 더
사랑하고 싶은 이들에게

:

인생에서 가장 중요한 임무는 지금을 제대로 된 순간으로 만드는 게 아닐까. 시간
이란 놈은 내가 어루만지고 가까이 두어야 내 것이 된다. 그러기 위해서는 아껴두
기만 해선 안 된다. 하고 싶은 게 있다면 지금 시작해야 한다. 앞으로 살아야 할 인
생이 아니라 지금 '이 순간'을 즐겨야 한다. 이것이야말로 한 번뿐인 인생을 제대로
살아갈 가장 좋은 방법일 것이다

한 번뿐인 인생,
오늘을 살아라

:

삶은 미루는 것을 허용하지 않는다. 기쁨은 누릴 수 있을 때 붙잡아야 한다.

– 새뮤얼 존슨

인생은 순간과 순간이 모여 이루어진다. 지난날을 떠올리면 굵직한 사건들만 생각날지 몰라도, 큰 사건이 아니라 소소한 순간들이 모이고 이어진 게 인생이리라. 순간의 연속인 인생을 살다 보면 종종 잘못된 선택을 내리기도 한다. 순간적으로 저지른 사소한 실수다. 하지만 순간의 실수는 간혹 나비효과처럼 인생 전체에 커다란 영향을 미친다. 그 변화는 우리를 행복처럼 평온한 호수로 이끌기도 하지만 때로는 엄청난 슬픔의 강으로 인도하기도 한다. 얼마 전 나 역시 그랬다. 순간적으로 인생의 작은 실수를 범했고 그로 인해 주체 못할 눈물을 흘리고 말았다.

제임스 마틴은 옥스퍼드 대학 900년 역사상 가장 많은 기부를 해온 인물이다. 그는 《21세기의 의미》, 《미래학 강의》 등 104권이나 되는 방대한 저서들을 남긴 미래학자다. 1978년에 출간된 《선으로 연결된 사회》는 퓰리처상 후보에도 올랐다. 1970년대에는 컴퓨터와 인터넷 사회를 놀라울 정도로 정확하게 내다보았고, 9·11테러를 1980년대에 예측했다. 그는 할리우드 스타처럼 호화롭고 멋진 삶을 산 것으로도 유명하다. 발도 넓어서 자신이 제작하는 비디오에 유명 할리우드 배우를 내레이션으로 참여시킬 정도였다. 옥스퍼드 대학은 그의 이름을 따서 통섭, 융합, 미래학 등을 연구하는 옥스퍼드 마틴 스쿨을 만들었고, 최근까지도 엄청난 연구 결과물을 쏟아내고 있다.

유명세나 화려한 이력과 달리 제임스 마틴은 무척 따뜻하고 친절했으며 겸손했다. 언제나 내게 자신이 준비한 책이나 다큐멘터리를 평가해달라며 보내올 정도였다. 보이스 프롬 옥스퍼드에도 상당히 협조적이었다. 기꺼이 자신이 쓴 책을 다큐멘터리로 만들었고 우리가 제작한 콘텐츠를 보고는 "Great Work!"이라는 기분 좋은 찬사를 보내주었다.

그러던 2013년 3월이었다. 제임스 마틴에게서 한 통의 이메일이 왔다. 당시 나는 중국에 머물고 있었다.

"옥스퍼드로 가는 길에 뉴욕에 들릴 수 있겠어요?" 상대에게 부담을 줄까 웬만해서는 그런 말을 꺼내지 않는 그였기에 무슨 일인지 의문이 들었지만 가질 못했다.

그를 만나고 싶은 마음이 없었던 건 아니다. 하지만 잔뜩 쌓여 있는 스케줄 때문에 도저히 시간을 낼 수가 없었다. 아니, 이것조차 변명이리라. 사실은 오래 비행과 일정으로 심신이 지쳐 있었고 마음만 먹으면 언제든 만날 수 있을 거라 믿었기에 그의 제안을 거절했다. 그러고는 잡다한 일들에 발목이 잡혀 그와의 만남을 까맣게 잊고 있었다. 3개월이라는 시간이 흐른 후, 동료에게서 한 통의 전화가 걸려 왔다. 제임스 마틴 박사가 수영 중 심장마비로 사망했다는 소식이었다. 나는 쏟아지는 눈물을 주체하지 못하고 앉은자리에서 그대로 소리 내어 한참을 울고 말았다. 그가 초대했을 때 미국에 가지 못한 내 자신을 몇 번이고 책망했다. 중요한 프로젝트를 논의하고 마지막 순간을 후회 없이 기억할 수 있었는데, 나의 게으름이 막아섰다.

우리는 순간의 중요성을 잊고 산다. 멀리 내다보고 대단한 꿈이 있어야만 좋은 인생을 사는 거라 착각하고, 순간을 충실하게 사는 데 서투르다. 하지만 보이스 프롬 옥스퍼드에서 만난 세계의 석학들은 오히려 거창한 미래보다 눈앞에 주어진 순간을 더 소중히 여겼다. 옥스퍼드 의대 부학장인 데이비드 패터슨과 인터뷰를 마쳤을 때였다. 그에게 마지막 질문으로 꿈이 무엇인지를 물어보았다. 뭔가 엄청난 이야기를 기대하면서.

"제 꿈은 라사냐를 맛있게 만드는 거예요."

그의 대답은 소박했다. 이어진 그의 이야기에서는 나도 모르게 미소를 지을 수밖에 없었다.

"이번 주말에는 브리스톨 대학에서 공부하는 딸을 만나러 가요. 아이가 내가 요리한 라사냐를 먹고 싶다지 뭐예요. 제게 가장 중요한 꿈은 딸을 만족시킬 라사냐를 만드는 겁니다."

멋지고 화려한 인생보다 딸과의 소박한 저녁식사가 그가 꿈꾸는 가장 행복한 순간이었다.

얼마 전 마거릿의 집을 방문할 기회가 있었다. 그녀는 옥스퍼드 근교에서 오랫동안 하숙을 운영하는 친구로, 옥스퍼드에 유학 오는 외국인 학생들에게 제2의 엄마이자 이모 같은 존재다. 마거릿은 아일랜드의 작은 시골 출신인데 우연히 소녀 시절 옥스퍼드에 오게 되었고, 이곳의 전경에 반해 영어교사로 정착했다. 그리고 댄스파티에서 에디를 만나 결혼했다. 둘의 결혼생활은 행복했으며, 하숙생들은 그녀의 행복한 가정이 만들어낸 특별한 공간에서 항상 안락함을 느꼈다.

그날 내가 그녀의 집을 서둘러 찾은 건 다른 이유가 있었다. 솔직히 말하자면 좋은 일은 아니었다. 마거릿의 남편인 에디가 소장암에 걸렸다는 소식을 들었기 때문이다. 두 부부에게, 무엇보다 에디에게 힘이 되어주고 싶었다. 그런데 예상외로 에디의 얼굴은 매우 편안해 보였다. 오히려 평소보다 건장해 보이기도 했다. 나는 이제 둘 다 하숙을 그만두고 조용히 은퇴하는 게 어떻겠냐고 권했다. "이제 일보다는 휴식이 필요한 나이잖아." 하지만 마거릿은 고개를 저으며 계속해서 하숙생을 받을 거라고 말했다.

"에디는 이제껏 해왔던 것처럼 살고 싶어 해. 계속해서 학생들과 대화하고 싶어 하고, 학생들 방에 문제가 생기면 수리하고 싶어 하고."

이 부부에게 행복은 '저기'가 아니라 '여기'였고, '다음'이 아니라 '지금'이었다. 지금이야말로 그들에게는 가장 행복한 순간인 것 같았다. 나는 이들처럼 지금의 행복을 만끽하고 있는지 의문스러웠다.

문득 옥스퍼드 대학 엑서터 칼리지의 프랜시스 케언크로스 학장이 떠올랐다. 그는 보이스 프롬 옥스퍼드를 설립할 때도 적극적인 지원을 아끼지 않았고, 프로그램을 시작할 때도 가장 먼저 인터뷰를 해주었다. 서울대와 협력해 그의 강의를 콘텐츠로 만든 적도 있는데, 강의료를 본인의 이름도 아닌 내 이름으로 엑서터 칼리지에 기부하는 아량과 센스를 발휘했다. 그녀는 옥스퍼드를 졸업하고 〈이코노미스트〉의 편집장을 역임한 저널리스트 출신으로, 옥스퍼드 대학 엑서터 칼리지의 700주년 기념행사에 《해리포터》의 저자인 조앤 롤링을 직접 섭외할 만큼 인맥도 화려했다. 한국에 방문했을 때는 한옥에 머무르면서 연신 감탄을 아끼지 않은 친한파 영국인이었고, 학생들에게도 매우 인기가 높았다. 학생들과 대화하는 시간을 가장 기쁜 일로 칠 만큼 열정적인 교수이기도 하다. 그 누구보다 화려하고 열정적으로 보였지

시간이란 놈은 내가 어루만지고 가까이 두어야 내 것이
된다. 그러기 위해서는 아껴두기만 해선 안 된다.
시작할 게 있다면 지금 시작해야 한다. 즐겨야 할 우리의
인생은 앞으로가 아니라 지금 이 순간이다.

만 그의 인생 역시 마거릿 부부와 크게 다르지 않았다. 그는 오랜 시간 익숙한 공간에서 반복된 삶을 사는 것이 얼마나 행복한 일인지를 잘 알고 있었다.

"대학은 참 경이로운 곳입니다. 저는 언제나 이곳에서, 지금 이 순간 새로운 것들을 발견하고, 새로운 생각을 하고, 새로운 사람들을 만나서 깨달음을 얻지요. 그게 바로 인생의 행복입니다."

지금 이 순간을 사는 사람에게 행복은 멀리 있지 않다. 행복은 무조건 화려하고 좋은 데서 오는 게 아니라, 오히려 익숙함과 반복된 삶 속에 존재하는 게 아닐까.

세계적인 의학 및 과학기술 분야의 출판 미디어 그룹 엘스비어의 지영석 회장 역시 '지금'을 즐기고 '오늘'에 충실한 사람 중 하나다. 그는 아메리카 익스프레스에서 수억 원의 연봉을 받으며 안정적인 삶을 살다가, 존경하는 멘토인 잉그람을 따라 말단 직원으로 잉그람 마이크로라는 회사로 옮겼다. 하지만 책과 교육에 대한 열망을 지우지 못하고 거기서도 책과 관련된 업무를 맡게 되었다. 당시 아내는 그에게 "당신이 하고 싶은 일을 하세요. 그게 더 중요하지요."라는 말로 소리 없이 강한 응원을 보냈다고 한다. 아내의 격려에 힘입어 경력을 쌓은 그는 랜덤하우스 사장을 거쳐 결국 아시아인 최초로 국제출판협회 회장 자리에까지 올랐다. 매출액만 3조 5천억인 세계 최대의 출판사를 경영하는 그의 삶은 지금도 24시간 내내 바쁘게 흘러간다. 1년 중 거의 300일을 출장으로 보내는 살인적인 스케줄을 소화할 정도다. 놀라운 것은 그렇게 바쁜 와중에도 사람들이 보내는 이메일에 바로바로 답을 해준다는 점이다. 아마 내가 아는 이들 중에서 모든 일을 가장 빨리 행동에 옮기는 사람일 게다. 그런 그가 보이스 프롬 옥스퍼드와의 인터뷰에서 가장 먼저 한 말은 다음과 같았다.

"저는 이 세상에서 가장 운이 좋은 사람이에요."

설마 지영석 회장이 단지 운이 좋아서 고통을 이겨내고 영광스러운 위치에 올랐을까.

"진짜 행복은 지나온 과거나 앞으로 펼쳐질 미래보다 현재에 달려 있습니다. 현재는 행복한 미래의 기반이 되거든요. 인생에서 가장 중요한 건 현재를 즐기는 것입니다."

많은 이들이 지나치게 자신의 미래에 저당잡혀 산다. 불확실한 미래의 행복을 위해 현재의 행복을 포기하기도 한다. 오늘 좀 더 부지런하면 내일 좀 더 편안해질 거라는 막연한 기대감에 앞만 보고 달린다. 그러나 무엇보다 중요한 건 현재의 행복이고, 오늘의 삶이다. 지영석 회장은 인터뷰를 마친 후 흐뭇한 미소를 지어 보이며 현재의 삶을 축복했다.

"바로 이 순간 마음에 맞는 분들과 대화하는 것 자체가 큰 행운 아닐까요?"

우리에게 인생의 전성기는 언제일까. 나이 든 사람들은 청춘의 시간을 되짚어가면서 답을 찾는다. 반면 젊은 사람들은 언제나 인생의 '다음'에, 앞으로 전성기가 찾아올 거라고 기대한다. 하지만 유명한 성악가 출신이었다가 지금은 모든 사회적 지위에서 은퇴한 내 친구 낸시는 이런 답을 내놓았다.

"요즘 나는 여덟 살 된 손녀딸에게 피아노를 가르치고 있어. 그리고 정원에서 꽃과 나무를 가꾸지. 지금 이 순간이 이렇게 행복한데 어떻게 전성기가 아닐 수 있겠어?"

케임브리지 대학에서 불어를 전공한 20년지기 친구인 이사벨은 옥스퍼드의 대표적 명소인 '로즈하우스'의 이벤트 담당자로 일하는 싱글맘이다. 넬슨 만델라와 빌 클린턴 등 세계적 명사들이 거쳐 간 기관에서 중책을 맡은 데다 싱글맘 역할까지 해야 하니 하루가 결코 녹록치 않다. 이사벨은 집을 나설 때마다 거울을 바라보며 자신에게 주문을 외운다고 한다.

"오늘이 어제보다 더 예쁘네."

왜 아니겠는가. 그녀에게 자신이 가장 아름다운 날은 언제나 오늘이다. 그녀의 전성기는 언제나 지금 이 시점일 테니. 자신을 사랑할 줄 아는 사람에게 인생의 전성기는 앞으로 다가올 게 아니라 이미 주어진 것이다. 현재present는 인생이 준 가장 중요한 선물present이다.

우리는 앞날을 계획하고 준비하며 살아야 한다고 배우면서 자라왔다. 준비하고 계획하는 것이 그리 만만한 일은 아니어서인지 준비와 계획, 포기를 되풀이한다. 아, 나만 그런가? 여하튼 그런 내게 2006년 노벨경제학상 수상자인 에드먼드 펠프스 교수의 메시지는 아직도 생생하게 기억날 만큼 놀라웠다.

"저는 계획 같은 건 세우지 않아요. 일이 닥쳤을 때 해결책을 찾기도 바쁜데 언제 계획까지 세워요."

안토니 케니 경은 옥스퍼드에서 오랜 시간 철학을 가르쳐왔고, 벨리올 칼리지 학장과 옥스퍼드대의 부총장을 역임한 인물이다. 사람들은 영국의 여왕한테 작위까지 받은 그를 안토니 케니 경이라 부른다. 그 역시 펠프스 교수와 비슷한 지혜를 건넸다.

"하루하루 닥치는 대로 사는 게 인생이죠."

보이스 프롬 옥스퍼드를 통해 만난 세상의 석학들은 대부분 단순한 인생철학을 갖고 있었다. 인생을 어렵게 바라보지 않았다. 거창하고 특별한 의미를 부여하려는 데 오히려 기를 쓰고 반대했다. 지나치게 소박하다고 느껴질 만큼 현재의 행복에 만족하며 살아가고 있었다. 심지어 오늘밤 잘 자는 것이 나의 유일한 꿈이라고 밝힌 이도 있다. 그렇게 그들은 오늘을 살아간다. 내일이 아닌. 내일은 허상이며 중요한 건 바로 지금 이 순간이라는 마음으로.

오늘을 위해 사는 사람들은 인생의 어두운 쪽보다 밝은 면에 더 관심을 갖게 된다. 누군가는 그것을 긍정적인 자세라고 말하고, 또 누군가는 희망이라고 얘기한다. 지금 이 순간을 사랑하는 사람은 자연히 자기만의 인생을 잘 살아가기 마련이다.

브루스는 70대의 나이에 옥스퍼드 대학에서 댄싱 코치로 일하고 있다. 어느 날 그에게 마티아스가 찾아왔다. 마티아스는 옥스퍼드에서 물리학 박사과정을 밟으며 독일 학생회장을 맡고 있었다. 그는 자신의 춤 실력이 부족하지만 1년 후에는 댄싱대회에 참가해 메달을 따고 싶다며 브루스에게 도움을 청했다. 그의 계획을 듣던 브루스는 '인생9단'에 걸맞은 제안을 내놓았다.

"네가 메달을 따길 원한다면 지금 시도해야지! 1년 후는 누구도 보장할 수 없어. 존재하지 않는다고 보면 돼."

생각보다 우리가 사는 인생은 길지 않다. 옥스퍼드인터넷연구소 소장인 빌 더튼 교수는 자기 삶의 철학을 '인생은 짧다'는 한 구절로 정리했다. 그리고 길지 않은 인생이기에 더더욱 제대로 살아보겠다는 마음으로 하루를 즐긴다.

시간이란 놈은 내가 어루만지고 가까이 두어야 내 것이 된다. 그러기 위해서는 아껴두기만 해선 안 된다. 하고 싶은 게 있다면 지금 시작해야 한다. 앞으로 살아야 할 인생이 아니라 지금 '이 순간'을 즐겨야 한다. 이것이야말로 한 번뿐인 인생을 제대로 살아갈 가장 좋은 방법일 것이다.

더 많이 넘어져야
더 많이 배운다

⋮

돌아보면 나는 항상 넘어지면서 배웠다. 물론 학창 시절 내 자리는 2분단 마지막 줄이었노라고, 성적이 반에서 중간도 가지 못했다고 말하면 사람들은 내 말을 곧이듣지 않는다. - 대니얼 고틀립, 《마음에게 말 걸기》 중에서

나는 가끔 과거의 '나'와 대화를 나눈다. 여고생 시절의 나를 만나 꼭 안아주기도 하고, 철모르던 시절 저질렀던 아주 작은 실수에 서로 얼굴을 붉히기도 한다. 때로는 작은 벤치에 홀로 앉아 미래를 고민하는 과거의 내게 다가가 "너무 걱정할 거 없어. 잘될 거야."라며 슬며시 격려해준다. 가끔 현재의 내가 답답한 상황을 맞았을 때는 가장 열정적인 모습으로 살아가는 과거의 나를 만나 에너지를 얻는다. 어쩌면 나와 가장 가까운 친구는 추억 속에 존재하는 과거의 나인지도 모른다.

하루는 이제 막 새댁이 된 과거의 나를 만났다. 그녀는 매우 불행하다는 얼굴로 양파와 마늘을 까고 있었다. 눈가에 살짝 눈물이 맺힌

채. 양파와 마늘이 그렇게 매운 걸까?

"뭐가 그렇게 힘들어?"

나의 질문을 받자마자 그녀는 왈칵 눈물을 쏟아낸다. 서러움의 눈물이다. 시집살이가 그렇게 힘든 거니, 아님 아무에게도 털어놓을 수 없는 너만의 비밀이라도 있는 거니.

"저는 너무 불행한 거 같아요."

잊고 있었다. 지난 시절의 내가 인생을 불행하다고 생각했을 줄이야. 항상 밝게 웃던 모습만 기억했는데.

"그리고 사람들에게 너무 미안해요."

뭐가 그렇게 미안한 거니, 혹시 주변 사람들에게 미안한 거니? 너도 참. 사람에게 폐를 끼친다는 거에 너무 미안해할 필요 없어. 사람들은 서로 폐를 끼치기도 하고 도움을 주기도 하면서 살아가니까. 그게 바로 사람 사는 맛이란다. 이런 말로 위로해주고 싶지만 현재의 나는 그저 묵묵히 그녀의 얘기를 듣기만 한다.

과거의 나를 떠올리면 그저 얼굴이 화끈거릴 뿐이다. 결혼을 하기 전까지 나는 정말 세상 물정에 어두웠다. 뭔가를 말하기 전에 부모님이 알아서 모든 걸 풍족하게 챙겨주셨으니까. 특별히 집이 넉넉해서라기보다 워낙 큰손녀에 대한 애정이 남달랐던 할아버지 덕분이었다. 오빠와 남동생들이 모두 나를 통해 용돈을 챙길 만큼 첫 손녀, 첫 딸에 대한 집안의 사랑이 절대적이었다.

그런 내게 부족한 것은 바로 인내심이었다. 한 번도 무엇을 간절하게 기다려서 얻은 기억이 없던 내게 결혼생활은 세상이 녹록지 않다는 진리를 알려주었다. 결혼을 했으니 일단 시댁의 가풍을 따라야 했는데 살림에는 영 소질이 없었다. 시부모님이 특별히 큰며느리라고 아껴주셨지만 마음이 어려웠고, 살림이 손에 붙지 않아 그릇을 많이 깼다. 시간이 지나 제법 새색시 티가 났지만 여전히 와이셔츠 한 장 깔끔하게 다리는 데도 애를 먹었다.

지금이야 집에 경사가 있으면 식당을 예약하면 되지만 당시 집안의 잔치는 무조건 집으로 손님을 초대해 왁자지껄 떠들며 한 상 차려서 먹는 걸 미덕으로 쳤다. 첫 딸을 임신했을 때 내게 떨어진 프로젝트는 시아버지의 환갑잔치였다. 지금 같으면 요령이 생겨서 쉽게 해결했을 텐데, 새색시에게 백여 명의 손님을 집에서 치르는 일은 만만치 않았다. 더구나 배는 만삭에 가까워서 결국 과로로 쓰러지고야 말았다. 시누이 결혼식 때도 음식을 집에서 전부 장만했는데, 잔치 때만 되면 어머니는 흙이 붙은 파를 몇 단씩 부엌에 던져두고 사라지셨다. 요즘도 재래시장에서 뿌리에 흙이 많이 묻은 파만 보면 눈물을 줄줄 흘리던 그때가 기억난다. 마늘, 양파, 파는 아무리 까고 또 까도 양념에 끝없이 들어갔다. 파 한 단 다듬는 데도 원하는 결과를 내기 위해 참고 기다리는 과정이 필요하다는 걸 차츰차츰 알아가던 철부지였다.

나는 1979년 9월, 영국의 작은 병원에서 기도를 드리고 있는 과거의 나를 또 찾아 나선다. 처음 영국에 도착했을 때만 해도 그녀는 매우 신이 난 얼굴이었다. 처음 도착한 날에는 작은 욕조에 누워 "이제 내 세상이 시작될 거야!"라고 밝게 소리칠 정도였으니까. 남편은 노블 교수가 지휘하던 옥스퍼드 대학의 실험실에서 연구를 시작했고 그녀는 영어공부를 시작했다. 신바람 나는 일들의 연속이었으리라. 그런데 갑자기 왜 낯선 나라의 병원에서 기도를 드리게 되었을까.

"불행한 일이 생겼어요."

다시 그녀는 불행이라는 단어를 얘기했다. 건강에 아무런 이상이 없던 남편이 갑자기 쓰러진 것이다. 우유만 마셔도 토할 정도로 음식을 제대로 넘기지 못했다. 병명은 장결핵이었다. 남편은 갑자기 격리 대상자가 되었고, 그녀는 마스크를 쓰고 간호해야 했다. 누구의 도움도 받을 수 없는 먼 곳에서 닥친 어려움이었다. 아이를 맡길 곳조차 없었다. 심지어 언젠가는 아이들이 숨바꼭질을 한다며 사라져 애를 태우기도 했다. 그녀는 한 가정의 실질적 가장이 되었다. 나는 또 다시 그녀를 꼭 안은 채 진심을 다해 얘기한다.

"참 다행이야."

미안한 말이지만 과거의 내가 힘들었기에, 많이 넘어지고 부딪혔기에 다행이라고 생각한다. 나는 결혼 후에야 부모님이 나를 너무 귀하게만 끼고 사셨구나, 그동안 몰랐던 걸 한 번에 배우는구나, 하고 깨달았다. 당장 영국에서 한국으로 돌아갈 때까지 남편과 어린 자식들을 안전하게 보호해야 한다는 책임감이 산처럼 높아만 갔다. 다행히 남편은 옥스퍼드 병원에서 3개월간 입원 치료를 받았고, 나머지 3개월 동안 집에서 요양한 뒤 완치가 되었다. 십년감수 정도가 아니라 평생을 감수한 일이었다. 병을 앓고 난 뒤 남편은 달라져 있었다. 더 이상 자신이 아프면 안 된다는 각오라도 했는지 끔찍할 정도로 자기 몸을 챙긴다. 부엌 근처에는 얼씬도 안 하던 사람이 그 후부터는 스스로 건강식을 요리해 먹을 정도다.

결혼을 통해 처음 맛본 생활고와 고국이 아닌 이국땅에서 남편의 병수발을 든 경험이 내게는 인생의 전환점이 되었다. 누구에게도 뒤지지 않을 강인한 생활력을 갖게 한 것이다. 남편한테 또 언제 어떤 일이 닥쳐도 아이들을 책임지겠노라고 나와 약속했기에, 매일 라디오에서 나오는 뉴스를 녹음해놓고 듣고 또 들으며 영어를 익혔다. 빨간 볼펜 가득한 영어 에세이를 쓰고 또 쓰면서 네이티브 스피커 수준의 영어 실력을 갖추려고 노력했다. 1981년에 귀국한 후에는 영어 강사로 활동하게 되었다. 철부지 어린 신부와 영영 작별을 고한 것은 물론이다. 아마 그 일이 아니었다면 아직도 경제적 어려움이나 가장으로서의 책임감을 100% 실감하지 못했을 것이다. 나는 그날부터 아이들 교육부터 집 장만까지 아끼고 아끼며 매사에 허리띠를 졸라맸다. 남편 역시 일하는 아내를 위해 점잖은 선비의 품위를 지키면서도 내가 하는 일을 잘 지켜봐 주었다.

사람은 많이 넘어질수록 면역력이 생긴다. 불행을 많이 겪을수록 운이 좋다고 생각해야 한다. 어려움을 겪지 않았다면 내가 행복한지도 몰랐을 것이다. 내가 불행이라 생각했던 것들도 사실 아무것도 아니었다. 나보다 더 아파하고, 불행한 사연들을 가진 사람들이 많다. 한 번은 한없이 부끄러웠던 적도 있다. 댄스페스티벌에서 만나 친구가 된, 항상 유쾌해 보이던 영국인 연주자는 나중에 알고 보니 입양아 출신이었다. 미혼모인 엄마가 경제적 사정으로 아이를 포기한 것이다. 그럼에도 매사에 싱글벙글 행복한 그가 너무도 신기했다. 하루는 궁금증을 참지 못해 실례를 무릅쓰고 어쩌면 그렇게 밝을 수 있냐고 물으니, "우리 엄마가 만약에 미혼모라는 고통을 이기지 못하고 저를 포기했다면 세상 구경을 할 수 없었을 거 아니에요. 그리고 제가 잘 클 수 있도록 수녀원까지 보내주셨잖아요."라는 답이 돌아왔다. 그는 엄마에게 버림받은 순간이 가장 불행했기에, 이제 자기 인생에서 더 이상의 불행은 없지 않겠냐며 환하게 웃어 보였다.

세상을 살아가면서 그냥 오는 시련은 없다. 큰 고비나 시련을 겪은 후에 생각해보면, 모든 것이 부족한 걸 깨닫고 노력하라는 메시지였음을 뒤늦게서야 느끼곤 한다.

당시에는 왜 내게 뒤늦은 시련을 주시나 불평했지만 그 또한 다행이었음을 이제는 너무도 잘 알고 있다.

이 글을 쓰는 지금, 나는 영국의 한 병원에서 홀로 기도하던 1979년의 나를 다시 찾아가 힘껏 안아준다. 그리고 말한다. "고마워. 투정할지언정 한 번도 도망치지 않아서…."

사라져버린
'진짜 나'를 찾는 법

:

현재의 나는 꼭 내가 살아온 만큼의 과거가 만들어낸 정직한 결과물이다

– 이노우에 히로유키

젊은 시절을 돌이켜보면 나는 오랫동안 '성장'에 대한 일종의 강박관념을 갖고 살아온 것 같다. 성장이라는 계단을 부지런히 걸어 올라가야 성공의 문턱에 좀 더 가까이 갈 수 있다고 생각해왔다. 아주 잠시라도 성장의 기회에서 배제되지 않도록 나를 극한으로 내모는 일도 마다하지 않았다. 이러한 '성장 강박관념'의 피해자가 나 혼자였다면 문제가 없었을 텐데, 안타깝게도 내 주변 사람들조차 희생양으로(?) 만들어버린 기억이 있다.

대학교에 입학하면서 나는 전주에서 서울로 유학을 오게 됐다. 그리고 나의 부족함을 미처 깨닫기도 전에 때 이른 가장의 역할을 맡았다. 여동생과 남동생이 입시 준비로 나와 서울에서 함께 살게 된 것이

다. 한 번은 남동생이 당연하게 거쳐야 할 사춘기의 파도에 휩쓸렸을 때였다. 가만 놔두면 알아서 해결했을 것을, 나는 혼자 흥분해서 이리 저리 해결책을 찾아 나섰다. 심리학과 교수를 찾아가 사춘기 청소년의 일탈에 대해 조언을 구하기도 하고, 남동생의 담임 선생님을 찾아가 학부모 자격으로 상담까지 받았다. 정말 온갖 극성이란 극성은 다 부린 것 같다. 견디다 못한 동생이 고향집으로 도망을 가자, 당장 전화를 걸어 서울로 올려보내라며 주제넘은 호통을 치기도 했다. 결국 남동생은 많은 이들이 지켜보는 터미널에서 여러 번 이마를 얻어맞아야만 했다.

피아노를 전공한 여동생은 한층 더 엄하게 대했다. 피아노 연습을 조금이라도 게을리하면 주저하지 않고 손바닥을 때렸다. 교육자로 치자면 헬렌켈러의 다정한 설리번 선생이 아니라, 베토벤의 무서운 아버지에 가까웠던 모양이다. 한 번은 비싼 구두를 산 여동생을 혼내느라 집안 전체를 뒤집어놓았는데, 동생은 하루아침에 희대의 사치스러움으로 비난을 산 마리 앙투아네트 취급을 받고야 말았다. 물론 여동생의 눈에 나는 팥쥐처럼 보였겠지만.

내가 그렇게 행동할 수 있었던 것은 그들의 미래와 성장을 위해서라는 명분 덕분이었다. 동생들이 불안하지 않은 미래를 마주할 수 있다면, 어른들 기대에 부응할 수 있다면, 몇 배 더 엄격해지는 건 문제도 아니라고 생각했다. 무엇보다 내 동생들이 사회적 야망이 없다는 사실을 몇 번이고 질책했던 것 같다.

이토록 성장에만 집착했던 내가 홀가분해진 것은, 결혼 후 태어난 두 아이와 세상에서 만난 지혜로운 스승들 덕분이었다. 나는 아이를 낳고 키우면서 스스로 내면을 이해하려는 노력이 있어야만 인간이 성장할 수 있다는 사실을 실감했다. 스스로 성장할 기회도 주지 않고 부모의 잣대에 맞춰 프로그램을 만드는 것은 백해무익이라는 지혜도 얻을 수 있었다.

힐러리 브라운 박사와 마이클 브라운 교수는 우리 부부의 오래된 친구다. 두 사람 모두 옥스퍼드에서 정년을 보장받은 의대 교수였다. 그런데 부부는 어느 날 갑자기 미련 없이 교수직을 버리고 스코틀랜드로 이사를 갔다. 내성적인 성향의 남편은 정원을 가꾸고 집안일에 전념했으며, 외향적인 부인은 스코틀랜드에서 관광가이드라는 직업을 택했다. 심지어 관광가이드라는 직업은 비정규직이었다. 왜 그들은 보장된 미래를 버리고 불안정한 삶을 택한 것일까. 대답은 아주 단순했지만 부정할 수 없었다. 아니, 박수를 쳐주고 싶은 마음이 앞섰다.

"지금이 더 행복하거든요."

그들은 더 이상 자신들이 의대에 기여할 수 있는 게 없다는 생각이 들었다고 했다. 정년보장이라는 특혜를 받으면서까지 학교에 머무르는 건 오히려 세상에 대한 예의가 아니라고 믿었다. 그래서 안정적인 삶과 개인의 행복 대신 자신에게 맞는 자리를 찾아간 것이다. 그들은 이렇게 말했다.

"돈, 명예, 권력으로 인생을 평가하지 말아요. 행복은 우리가 발을 딛고 있는 곳에서 찾아야 하니까요."

보이스 프롬 옥스퍼드에서 만난 세계적 석학과 리더들 중에서 인생의 목표로 성공과 야망을 거론한 사람은 누구도 없었다. 소위 자기계발서라고 불리는 책들에서 흔히 볼 수 있는 내용을 그들과의 인터뷰에서는 좀처럼 접할 수 없었다. 오히려 많은 석학들은 성공과 야망만 조준하는 과정에서 필연적으로 사라진 '진짜 나'를 먼저 찾아야 한다고 말했다.

보리스 존슨 런던 시장을 만났을 때도 마찬가지였다. 그는 자전거로 출퇴근을 하면서 시민들과 적극적인 소통에 임할 만큼 스스럼없고 구수한 인품의 소유자다. 그의 이름을 인터넷에서 검색하면 하품하는 모습이 가장 먼저 나올 정도로 소탈하고 격이 없다. 그는 인생의 기준에 대한 자신의 생각을 이렇게 전했다.

"자신이 옳다고 생각하는 인생을 사세요. 모든 판단의 기준은 그 누구도 아닌 자기 자신이 되어야 합니다."

밀라노 의대 다리오 프란시스코 교수 역시 그와 유사한 주장을 했다. 아주 디테일한 조언이었다.

"타인의 충고를 곧이곧대로 받아들이는 것도 위험합니다. 자기 기준에 맞게 가려서 받아들이십시오. 특히 나이 든 사람의 충고라 해도 좋은 것만 추려내서 간직해야 합니다."

인생은 결국 자신을 찾아가는 끝없는 여정이다. 우리는 모두 인생의 어느 방향으로든 나아갈 수 있는 선택권을 가지고 있다. 물론 세상이 우리의 행보를 막을 수도 있을 것이다. 하지만 사방이 막혀 있다 해도 무의미한 것은 아니다. 갈 수 있는 길, 가지 못한 길 모두 의미를 갖는다. 그 과정에서 자기만의 기준을 찾는다면.

존 모이니한 전 PA 컨설팅 회장은 대학 졸업 후 갈 곳을 찾지 못했다고 한다. 대학 시절에 너무 게을렀고 공부보단 노는 데 충실했기 때문이다. 더욱이 록그룹 밴드에서 활동하고 디스코 파티에 다니느라 그를 받아주는 회사가 별로 없었다. 결국 그가 선택한 행보는 MIT 대학원이었다. 공부를 피해 놀다가 또 다시 공부의 길에 들어선 것이다. 그런데 놀라운 일이 벌어졌다. 갈 곳이 없어 선택한 길이었는데 대학원에서 공부하는 재미를 깨달아버린 것이다. 인생은 이래서 참 오묘한 것 같다. 그가 더 일찍 공부의 즐거움을 알았더라면 더 빠른 길을 찾을 수 있었을까. 그는 보이스 프롬 옥스퍼드와의 대화에서 그런 가정마저 부정했다.

"후회 없이 놀았기 때문에 후회 없이 공부도 할 수 있었던 게 아닐까요? 제가 원해서 부지런히 논 거니까 후회할 수도 없고요."

그의 조언은 계속되었다.

"자신이 원하는 곳이라면 일단 참여하세요. 자격이 부족하다고, 지금 상황이 어렵다고 망설이지 마세요. 만일 누군가에 의해 억지로 참여해야 할 상황이라면 눈치 보지 말고 떠나도 좋습니다. 결국 그 행동들이 당신의 인생 점수를 높여줄 것입니다."

나만의 삶에 충실하려면 어떤 태도가 필요할까? 우선 UCLA대학교 정보학부 학부장인 크리스틴 보그먼 교수는 지나치게 미래지향적인 태도를 갖는 데 우려를 표한다.

"어떤 이들은 다음 달, 내년 그리고 10년 후 먼 미래까지 너무 집착해요. 큰 그림을 그리는 것도, 긴 안목을 갖고 인생을 내다보는 것도 바람직하지만 거기에 너무 집착할 필요는 없겠지요."

미래적 가치만 이야기하다가는 자칫 현재 내가 살고 있는 인생의 가치를 방관하기 쉽다는 얘기일 것이다. 지금 어떤 삶을 살든 그 안에서 나를 찾아야 한다. 중국 소주 산업공단의 베리 양 회장은 이런 조언을 건넨다.

"당신이 지금 하고 있는 일부터 즐기세요. 지금 몰두해야 하는 일에서 먼저 흥미로운 점을 찾으세요. 새로운 일이 아니라 지금의 일에 적극적으로 나서야 합니다."

우리는 간혹 기존과 다른 새로운 일을 벌여야만 설렘을 느낄 수 있다고 착각한다. 일상적으로 반복되는 일에 쉽사리 싫증을 느끼고, 숨막히는 수레바퀴의 삶이 아니냐며 한심하게 바라보기도 한다. 하지만 매일 똑같아 보이는, 반복되는 일상에도 '나'는 분명히 존재한다. 성공도, 행복도, 야망도, 성장도 바로 그곳에 나와 함께 존재하는 것이다.

지구에 60억 명의 인구가 있다면 60억 개의 인생이, 60억 개의 역사가 존재한다고 봐야 한다. 영화 속 도플갱어처럼 동일한 인생을 사는 사람은 없다. 저마다의 삶의 방식이 존재할 것이고, 그것은 타인의 평가 대상이 될 수 없다. 윤리적 기준에 어긋나지 않는 한 모두들 자신의 기준에 맞춰 행복하게 살면 그만이다. 성공과 행복의 기준은 내가 세운 것이어야 한다. 우리는 얼마나 자기 자신을 만족시키는 삶을 살고 있는가. 나를 만족시키지 못한 야망은 욕심일 뿐이다. 반대로 우리는 나의 만족을 위해 타인이 가진 삶의 기준을 부정하고 있는 건 아닌지 고민해봐야 한다. 누군가를 이해한다는 것은, 그가 가진 삶의 기준이나 방식을 이해할 때부터 시작된다. 이 태도는 서로의 행복을 보장하는 '배려'의 시선이기도 하다.

얼마 전 남동생과 여동생에게 지난날 내가 저지른 엄혹한(?) 행동들에 대해 사과했다. 그런데 나의 기억과는 전혀 다른 진술이 이어졌다. 여동생은 "언니가 내 손바닥을 때린 건 한 번뿐이었어. 비싼 구두를 샀다고 잔소리를 했는지 몰라도, 나는 이미 도망가서 들은 일이 없는 걸." 하며 기억을 되짚었다. 남동생은 "터미널에서 내 머리를 쥐어박은 건 사실이지. 그런데 아주 살짝 때렸는데."라고 진술했다. 혹시 내 잘못을 덮어주기 위해 사실을 축소한 건 아닐까. 그들은 내 어깨를 두드리며 미소를 지었다.

"언니가 원래 사람들에게 싫은 소리를 잘 못하는 성격이잖아. 어린 나이에 가장 노릇하느라 한두 번 싫은 소리 한 게 마음에 걸렸나 보네."

"누나. 우리도 몰래 할 거 다 하고, 놀 거 다 놀고 살았어. 우리가 바보야? 누나에게 끌려다니게."

'아 다행이다.' 나의 불완전한 기억력이 다시 한 번 입증됐지만 오히려 안도의 한숨부터 나왔다. 아무리 오래 살아도 자기 자신조차 제대로 모르는 게 인간이다. 그래서 더욱 신경을 써야 한다. 자기만의 삶을 사는 법에 대해.

단언컨대, 가본 길이 아름답다

:
인간은 끊임없이 선택해나가는 존재이다. - 무어

나는 예전부터 누군가의 삶에서 가장 중요한 지점에 위치하는, 일명 '전환점'이라 불리는 사건에 대해 무척 궁금했다. 전환점이란 인생의 결정적 장면이자, 한 인간의 '지금'을 만든 특별한 계기일 것이다. 내 경우를 되짚어보자면 남편과의 결혼, 두 아이라는 선물을 얻은 축복, 오십의 나이에 옥스퍼드에 입학한 일 등을 인생의 전환점이라 할 수 있지 않을까.

우리가 인생의 전환점을 말하는 것은 더 나은 삶에 대한 소망 때문일 것이다. '인간은 살면서 세 번의 기회를 만난다는데 지금 내 앞의 기회가 성공을 좌우할 수 있을까?' 우리는 무수히 많은 기로에서 선택에 대한 고민에 빠진다. '그럴 때마다 어느 쪽이 좋은지 신이 나

타나서, 아니 누군가 내게 지금 이 사건이 내 인생에 얼마나 중요한지 귀띔해주면 좋을 텐데.'

이런 철부지 같은 생각을 털어놓자 앤드루 그래햄 박사는 말없이 미소만 지었다. 그는 10년 넘도록 옥스퍼드 벨리올 칼리지의 학장을 맡아왔다. 그러다 정년을 한 해 남기고 은퇴를 선언했다. 노교수의 쓸쓸한 퇴장을 보며 나는 아쉬운 마음이 커졌고, 좀 더 많은 이야기를 듣기 위해 보이스 프롬 옥스퍼드와의 인터뷰를 신청했다.

"그러면 좋겠지만, 인생은 계획대로 되는 게 아니잖아요."

그는 자신의 에피소드로 이야기를 풀어나갔다. 경제학자를 꿈꾸던 그는 젊은 시절 영국 정부의 경제자문관으로 일하며 발로그 경이라는 상사를 만났다. 매우 엄한 보스였다. 칭찬보다는 독한 조언을 직설적으로 내뱉는 상사 앞에서 그래햄 박사는 매번 주눅이 들었다고 했다. 그런데 우연한 계기로 그 무서운 상사가 벨리올 칼리지의 경제학 교수로 부임하게 되었다. 그는 어쩐 일인지 그래햄 박사에게도 같은 길을 가자는 제안을 했다. 벨리올 칼리지의 경제학 교수로 지원해보라는 권유였다. 좋은 기회였지만 일단 그래도 될까 하는 갈등이 앞섰다. 지원해보라는 말만 했을 뿐이지 교수가 될 수 있을 거라는 확신이나 보장을 준 것도 아니었다. 괜히 도전했다 실패하면 현재 자기 일마저 놓칠 수 있는 상황. 무엇보다 그는 자신의 상사가 무서웠다. '이 무서운 상사와 앞으로도 같이 지내야 한다는 말이지.' 선택 앞에서 갈등하고 있을 때, 그는 무서운 상사와 단둘이 있게 되었다. 둘이 엘리베이터를 탔는데 갑자기 엘리베이터가 멈춰버린 것이다. 그래햄 박사는 가까스로 건물의 관리실 직원과 연락이 닿아 설명서라도 꺼내서 읽어달라고 재촉했지만, 직원은 당황해서였는지 설명서를 빨리 찾지 못했다. 순간 그래햄 박사는 숨겨왔던 자신의 속내를 드러내고 말았다.

"이 엘리베이터는 내 인생 같구면. 어느 쪽으로 나아가야 할지 어떻게 설명서 하나 없어."

다행히도 수십 분 후 엘리베이터는 다시 작동하기 시작했고, 그제야 그래햄 박사는 상사에게 크나큰 결례를 범했음을 깨달았다. 무안함을 감추고 고개를 푹 숙인 채 돌아서는데, 상사의 따뜻한 목소리가 들려왔다.

"엘리베이터를 위한 설명서는 있었을 거야. 다만 찾지 못했을 뿐이지. 하지만 인생에 원래 설명서 따윈 없어. 처음부터 찾으려 드는 게 잘못된 거지. 왜 자네는 존재하지도 않는 걸 찾으려 하지?"

그래햄 교수는 뭔가 한 대 얻어맞은 기분이 들었다. 그는 이제껏 인생에 정해진 길이, 답이 있을 거라고 생각했다. 그는 결국 미래가 보장되지 않은 교수직에 도전했고, 다행히 밸리올 칼리지에서 일할 수 있게 됐다. 그리고 그 무서운 상사는 이제 가장 좋은 벗으로 남아 있다. 엘리베이터에 갇힌 사건이 그에게 인생의 전환점이, 결정적인 기회가 되어준 것일까? 그래햄 박사는 잠시 생각하더니 고개를 좌우로

저었다.

"아니요. 그렇다고도 볼 수 없어요. 기회라는 건 주어지는 게 아니라 우리가 만드는 거 아닐까요. 윈드서핑을 해본 적이 있나요. 바다가 줄곧 평온하길 바라는 건 헛된 희망이에요. 애초 잘못된 기대죠. 바다에서 바람이 불면 있는 힘을 다해 막아야 하잖아요. 우리 인생에도 무수히 많은 바람이 불어오잖아요. 그때마다 이렇게 쓰러질 수 없지 않느냐는 자세로 부딪혀 싸워야 돼요. 그렇게 끝까지 하다 보면 만들어지는 게 기회죠. 기회는 운이 아닙니다."

그가 엘리베이터에 갇힌 일은 살면서 겪을 수 있는, 무수히 많은 사건 중 하나였다. 훗날 떠올리면 그리 특별하지도, 별나지도 않은 에피소드에 불과했다. 사소한 사건을 인생의 특별한 기회로 만든 것은, 오랜 시간 호되게 그를 담금질하며 눈여겨본 상사의 조언이었다. 그리고 상사 앞에서 빛을 발한 그의 성실함이었다.

삼성종합기술원 전무로 일하다 옥스퍼드 대학의 정교수가 된 김종민 교수는 가장 중요한 삶의 태도를 묻는 질문에 다음과 같은 투박한 메시지를 남겼다.

"앞뒤 따지지 말고 열심히 해라."

지금 자기에게 주어진 상황이 어떠한 결과를 낳을지 예측하는 것만큼 무의미한 일은 없다. 인생은 보험이 아니라 적금이다. 그냥 하루

242

4장

하루 최선을 다해 열심히 무언가를 쌓아가며 살면 된다. 보험처럼 어떠한 목적을 가질 필요도 없다. 열심히 살다 보면 선물처럼 주어지는 게 인생의 기회다. 따라서 선택 앞에서 조급하게 굴 필요도 없다. 때로는 조금 관망하듯 결정을 미뤄도, 느긋하게 인생의 방향을 정해도 좋다. 세상이 빠르게 변해간다고들 하지만 정작 시간이 없어서 대처하지 못할 일은 없다.

샬롯은 옥스퍼드대에서 라틴어를 전공한 친구다. 하지만 막상 공부를 마치자 무얼 해야 할지 막막했다고 한다. 지금까지 자신이 무엇 때문에 이토록 열심히 공부했는지 의문이 들면서 하루아침에 미아가 된 기분에 빠졌다. 여러 회사를 후보로 취업을 준비하는 과정에서도 확신을 갖지 못한 그녀는 결국 대학원에 진학하고 말았다. 어찌 보면 선택의 부담을 피한 도피였을지도 모르겠다. 도피의 삶이 재미있을 리 없다. 그녀라고 별반 다르지 않았다. 하지만 그녀가 지루한 시간을 보내면서도 버틸(?) 수 있었던 것은 마음속 다짐 덕분이었다.

"어찌 됐든 해야 할 일이 있다면 열심히 하자고 마음먹었죠. 하고 싶은 일이 뭔지도 몰랐기에 눈앞의 일에 최선을 다하는 게 당시의 저를 위로할 수 있는, 아니 제가 할 수 있는 일의 전부라고 믿었어요."

그러던 샬롯은 어느 날 뉴스를 보다 충격에 빠졌다. 미국에서 9·11 사태가 벌어진 것이다. 그녀는 대학원 논문 준비로 한 달 전, 바로 그 뉴욕의 현장에 있었다. 그 순간 그녀는 자신이 하고 싶은 일을 깨달았

놓쳐 버린 것과 가지 못한 길에 미련을 갖진 말자. 어차피 다 가질 수 없는 게 인생이고, 모든 길을 갈 수 없는 게 우리의 삶이니까. 대신 가진 것과 가본 길에는 더 큰 애정을 쏟자. 내가 가본 길이, 지금 내가 걷는 길이 더 아름답다는 확신을 가져야 한다.

다. 9·11 이후 미국정부가 대처하는 과정을 보면서 자신의 소명이 무엇인지를 진지하게 고민하기 시작했다. 그녀는 자신의 뜻을 정한 후 부단히 노력했고 BBC 방송사에 입사하여 기자가 되었다(얼마 전에는 국회의원으로 인생의 진로를 바꾸었다). 무엇을 해야 할지 몰라 대학원이라는 도피를 택하긴 했지만 그녀에게는 결코 헛된 시간이 아니었던 셈이다. 인생에 쓸모없는 시간은 없다. 지금 어떤 모습이든 인생은 당신을 쉽사리 외면하지 않는다. 분명 선물을 건네준다. 아무리 사소한 것이라도.

세계적인 전략 컨설팅 회사 '뉴 패러다임'의 창업자이자 토론토 대학교 로트먼 경영대학원의 돈 탭스코트 교수는 다음과 같은 메시지를 제시했다.

"인생의 지혜란 어떤 상황에서든 터득할 수 있는 것입니다."

미국 UCLA대학의 정보학부 학부장인 크리스틴 보그만 교수 역시 비슷한 말을 했다.

"매일매일은 새로운 날이고 새로운 모험이 시작되는 날입니다. 하루를 잘 보내는 것을 목표로 삼아야죠. 그러면 오히려 뜻밖의 기회를 발견하게 될 겁니다."

그렇다. 인생의 특별한 기회는 평범한 하루에서 시작된다. 평범한 하루조차 특별하게 만들려는 노력 아래서 인생은 남다르게 흘러간다.

세계적인 심장수술의 권위자인 데이비드 타가트 박사의 하루는 옆에서 봐도 놀라울 정도로 치열하다. 그에게 수술을 받으려면 족히 몇

달을 대기해야 할 정도다. 하루에 집도해야 하는 수술만 여러 건이 넘는다. 그가 아직 싱글인 이유도 어쩌면 일이 너무 바빠서일지도 모르겠다. 그를 처음 만났을 때 가장 먼저 질문한 내용도 바쁜 하루하루를 어떻게 계획하고 정리하며 살아가느냐는 것이었다. 타가트 박사는 그 질문에 호탕한 웃음으로 답했다.

"제 사전에 미래는 없습니다. 바로 오늘이 제 미래고 나를 행복하게 하는 순간들입니다."

그는 자신이 하는 일을 매우 소중히 여기고 사랑한다. 인터뷰 중에도 몇 번이나 "생명의 중심인 심장을 다루는 것은 내게 큰 축복이다."라며 감사의 기쁨을 표현했다. 그리고 수술을 집도하는 매순간이 매우 소중하기에, 한순간도 허투루 할 수 없다고 말했다. 인생의 전환점이 따로 없었다는 얘기다.

옥스퍼드 마틴스쿨의 학장인 이언 골딘 교수 역시 그런 생각에 동의했다. 마틴스쿨은 옥스퍼드가 내세우는 '통섭'의 산실이다. 에너지와 환경, 윤리문제, 건강과 의학, 기술과 사회 등 서로 상반되어 보이는 다양한 주제들을 연구하는 곳이다. 그 학문의 첨단을 이끄는 골딘 학장이 제시한 메시지는 다음과 같다.

"인생의 기회라고요? 지금 하고 있는 것을 더 열심히 하세요. 그게 전붑니다. 미래는 언제나 불투명하지만 지금 하는 일을 더 열심히 해서, 제대로만 할 수 있다면 자기 미래 정도는 통제할 수 있게 됩니다."

데니스 노블 교수 역시 성공의 조건으로 다음의 두 가지를 제시했다.

"첫 번째는 '계속해라'입니다. 그리고 두 번째 성공의 필요조건은 '계속했다'입니다. 성공은 뭔가 꾸준히 지속했다는 사실을 증명하는 것에 불과해요. 나는 잘사는 비결, 성공의 비결로 이것 외에 다른 것을 생각해본 적이 없어요. 제 경우에도 꾸준히 해왔기 때문에 새로운 '무엇'이 나타났고, 그것이 저를 계속 노력할 수 있게 했습니다."

두 메시지 모두 현명한 대답이리라. 나이가 들어 인생을 굽이굽이 돌아보며 무슨 일이든 안 될 건 없다는 진리를 깨달았다. 다만 내가 안 했을 뿐이다. 내가 놓쳐버린 선택지들은, 내가 가지 못한 길들은 단지 내가 택하지 않았을 뿐이고, 가보려고 용기 내지 못했을 뿐이다. 이제 더 이상 놓쳐버린 것과 가지 못한 길에 미련을 갖진 말자. 어차피 다 가질 수 없는 게 인생이고, 모든 길을 갈 수 없는 게 우리 삶이니까. 대신 가진 것과 가본 길에 더 큰 애정을 쏟자. 내가 가본 길이, 지금 내가 걷는 길이 더 아름답다는 확신을 가져야 한다.

내가 결혼하던 날은 엄청난 폭설이 내렸다. '하필이면 이 좋은 날 눈이 내린담. 손님들이 결혼식에 찾아올 수나 있겠어.' 나는 결혼식 날 날씨가 궂은 것을 원망하기 시작했다. 손님들에게서도 이런 저런 실망과 불만들이 쏟아져나왔다. 그때 아버지가 내 손을 꼭 잡으면서 이렇게 말씀하셨다.

"우리 딸, 결혼해서 잘살겠네. 눈 내리는 날 결혼한 부부는 평생 행복하다는데.”

이제는 아버지의 그 말씀이 뾰로통해진 신부를 달래는 거짓말이었음을 안다. 하지만 조금은 빤한 그 위로는 마치 마법의 주문처럼 들려왔다. 아니, 그렇게 받아들였다. 결혼 후에도 한동안 남편에게 우리가 폭설이 내린 날 결혼해서 이렇게 행복한 거라고 얘기했을 정도니까.

모든 것은 우리가 의미를 어떻게 부여하느냐에 따라 달라진다. 그렇다면 지금 남은 인생, 하루하루를 인생의 전환점으로 바라보는 건 어떨까. 현재 내가 하고 있는 일이 내 삶을 바꿔놓을 결정적인 계기라고 생각해보면 어떨까.

빛이라고는 찾아보기 어려운 영국 옥스퍼드의 새벽녘에 떠지지도 않는 눈을 비비며, 컴퓨터 자판을 독수리 타법으로 두드려가며 지난날의 기억들을 글로 옮기는 이 시간도 분명 의미가 있을 것이다. 의미를 부여하는 순간 작은 바람이 쌓여서 큰 힘이 되어간다. 언젠가 이 글들이 모여 책이 된다면, 그리고 그 책을 읽는 독자가 한 명이라도 생긴다면, 덕분에 그가 자신의 하루를 의미 있는 날로 느낀다면 얼마나 좋을까. 아, 그건 너무 큰 욕심일까.

애초 이해할 수 없는 게
인생이다

⋮

상식이란 18세 이하 젊은이의 마음에 억지로 심어놓은 편견 덩어리이다. – 아인슈타인

살아온 날이 쌓이고, 나이가 들면서 분명하게 자리를 잡아가는 유일한 지혜가 있다. 세상도, 인생도, 사람도 알면 알수록 어려워진다는 사실이다. 이제 세상을 좀 알아간다 싶을 때, 세상은 바로 우리를 배신한다. 언제쯤 인생을 알 수 있을지 매번 질문하지만 답은 언제나 물음표다. 그래서 사는 건 언제나 난해하다. 이 난해한 삶 속에서 우리가 기대야 할 유일한 원칙이 있다면, 세상과 인생, 그리고 사람에 대해 단 한 번이라도 제대로 이해했다고 단정하지 않는 자세일지 모른다.

하버드 대학을 거쳐 옥스퍼드 경영대학원 학장이 된 투파노 교수는 보이스 프롬 옥스퍼드와의 만남을 통해 인생에 대한 다음과 같은 명언을 남겼다.

"인생은 너무 복잡해요. 한마디로 논할 수 없죠."

성공 비결을 묻는 질문에도 그의 섹시한 메시지는 이어졌다.

"성공 비결을 논할 만큼 전 성공하지 못했어요. 누가 자신이 성공했다고 장담할 수 있죠? 인생은 하나의 과정일 뿐이에요. 성공을 논하는 건 거만한 태도입니다."

세상과 인생 그리고 사람이란 존재가 확실치 않은 것임에도, 많은 이들이 이를 끊임없이 이해하고 알고 싶어 한다. 세계적인 금융회사 JP 모건에 근무하는 스물여섯의 알란 첸은 호기심을 참지 못하고 독특한 광고를 신문에 게재했다. 자신의 멘토가 되어줄, 자신에게 인생을 알려줄 사람을 구한다는 내용이었다. 그 멘토에게 시간당 20파운드를 제공하겠다는 조건도 덧붙였다. 남들이 선망하는 회사에 입사한 수재가 저지른 엉뚱한 행동에 웃음이 터졌지만, 그의 얘기를 듣고 나니 마냥 웃을 수만은 없었다.

그는 소위 말하는, 제대로 된 '엄친아'였다. 공부도 잘했고 외모도 꽤 괜찮았다. 더욱이 성격까지도 모난 데 없는, 매우 예의 바른 청년이었다. 중국에서도 수재였기에 영국으로 유학을 와서 별다른 고생 없이 옥스퍼드 대학에 수월하게 입학했고, 남들보다 나은 성적으로 취업에도 성공했다. 좀처럼 단점이 보이지 않는, 그래서 괜한 질투심마저 불러일으키는 친구다. 누가 봐도 그의 삶은 축복에 가까웠다. 하지만 그는 정작 행복을 느끼지 못했다. 오히려 하루하루가 불안했다고 한다.

"어느 날 주위를 돌아보니 제 인생에 진심으로 조언해주는 사람이 없더라고요."

남들에게는 평탄한 삶으로 보였겠지만, 그도 인간인지라 미래가 불안했고 내일이 두려웠다. 누군가 의지할 사람이 있으면 좋을 텐데, 자기 주위에는 그런 존재가 없었다. 누구도 그가 고민을 안고 있을 거라 생각지 못했을 것이다.

그는 결국 자신의 부모님과 비슷한 나이의 여성을 멘토로 만났다. 그 여성은 자기가 살아온 소소한 인생을 들려주는 동시에 첸의 이야기를 빠짐없이 들어주었다. 특별한 해결책도 방향도 없었지만, 첸에게는 그 시간들이 20파운드를 넘고도 남는 가치였을 것이다.

"어차피 우리는 밥을 먹을 때, 옷을 살 때 돈을 지불하잖아요. 저는 인생의 조언에 경제적 대가를 치른 거죠."

책을 읽거나, 사람을 만나는 것도 어찌 보면 지혜를 얻기 위한 여러 방법 중 하나일 것이다. 그렇다면 왜 우리는 인생의 지혜에 허기진 것일까. 마음속 깊이 자리한 실패에 대한 두려움 때문은 아닐까. 시행착오를 겪을 것 같은 불안감 때문은 아닐까. 마치 체인을 바퀴에 두르지 않은 채 눈길을 운전하는 운전자처럼.

몇 해 전 고인이 된 부토 파키스탄 수상이 옥스퍼드 대학을 방문해 강연한 적이 있다. 시행착오에 대한 그녀의 이야기가 매우 인상적이어서 지금도 기억에 남는다.

"시행착오가 두렵다고요? 수많은 시행착오가 모인 게 바로 인생입니다. 우리는 살면서 수많은 시행착오를 저지르지요. 시행착오는 아주 당연한 일입니다. 우리는 수많은 시행착오를 거쳐야 제대로 된 결정을 내릴 수 있어요. 나중이 되어서야 그것이 올바른 것이었는지, 잘못된 것이었는지 판단할 수 있답니다. 당시에는 아무리 고민하고 판단해도 모릅니다. 어떤 게 가장 현명한 결정인지 알 길이 없습니다. 그래서 결정보다 중요한 건 행동입니다. 어떤 결정이든 우리가 얼마나 제대로 실행했느냐에 따라 달라지니까요. 더 많이 결정하고 시행착오를 거듭하세요. 다만 실행을 게을리하지는 마세요."

애초 인생에 정답은 없다는 얘기다. 그럼에도 좀 더 나은 인생을 사는 '기술'을 찾는 이들이 많은 것 같다. 과연 그런 기술이 존재할까. 노벨 화학상 후보에도 몇 번이나 거론된 케롤 로빈슨 교수는 엄청난 수재였다. 열여섯이라는 어린 나이에 세계적인 제약회사에 취직할 정도로 능력이 출중했다. 그녀가 어린 나이에 직업을 갖기로 한 것은 가난한 가정환경 때문이었다. 실험실에서 일하면서 그녀는 돈을 벌었고, 화학에 대한 자신의 열정을 느꼈다. 그렇게 그녀는 무난하고 순탄하게 살아가는 듯 보였다. 그런데 점차 사람들이 자신에게 인간적인 매력을 느끼지 못한다는 사실을 깨달았다. 대체 뭐가 문제일까. 상사는 곤란해하는 그녀에게 다음과 같은 처방을 제안했다.

"너는 세상과 사람을 너무 기술적으로만 분석하려 드는 것 같아. 물론 네가 하는 일이 분석이니 그럴 수도 있겠지만. 때로는 기술이나 공식을 잊어버리고 사람을 대해보면 어때?"

상사는 그녀에게 대학에 다닐 것을 제안했다. 늦었지만 학교를 다시 다녀보라고. 지식을 얻기 위해서가 아니라 지식을 잠시 내려놓기 위해서. 케롤은 그때부터 직장인과 학생의 삶을 병행하며 자신이 가장 행복했던 시절로 돌아갔다. 학창 시절의 화학수업, 그리고 화학 선생님. 그녀가 화학 선생님에게서 배운 것은 지식만이 아니었다. 허무맹랑한 질문을 던지더라도 타박하지 않고 참을성 있게 답해주는 정성, 어려운 지식을 아이들에게 쉽게 전달하고자 단어 하나에도 신경을 쓰는 배려. 그러한 감정들은 기술로 발휘되는 것이 아니다. 그래서인지 케롤은 보이스 프롬 옥스퍼드와의 인터뷰에서 '인생은 기술로 사는 게 아니다'라는 메시지를 남겼다.

하루는 사무실 신입 직원의 표정이 심상치 않아 보였다. 슬쩍 사정을 물어보니 보이스 프롬 옥스퍼드의 창립 에디터 중 한 명인 M 교수에게 상처를 받았다는 것이다. 하긴 그는 만만한 사람이 아니었다. 엄청난 프로의식으로 무장된 사람이라고나 할까. 그는 일 앞에서라면 서슴지 않고 'No!'를 외치며, 잘못된 내용이 있으면 바로 지적하는 스타일이다. 직원의 입장에서는 무서운 상사로 보일 수도 있다. 더욱이 영국인은 타인에게 좀처럼 직설적인 표현을 쓰지 않는다. 그들은 여성의 이에 립스틱이 묻었어도 짐짓 모른 척한다. 남성의 신발끈이 풀렸어도, 바지 지퍼가 열려 있어도 지적하지 않는다. 그게 배려이자, 예의라고 생각하기 때문이다. 그렇게 생각하면 영국이 신사의 나라라고 불리는 것도 당연해 보인다. 그런 문화에서 직설적인 말과 행동이 당연하게 받아들여질 리 없다. 하지만 나는 M 교수의 행동도 또 다른 배려이자 예의라고 생각했다. 그는 이에 묻은 립스틱을 닦게 하고, 신발 끈을 묶게 하며, 바지 지퍼를 올리도록 알려주는 사람이다. 그래서 상대방이 더 이상 웃음거리가 되지 않도록 만들어준다. 내가 그 직원에게 한 말은 그리 길지 않았다.

"일단 M 교수에 대한 네 감정은 아껴두렴."

단지 그가 순간의 감정으로 M 교수를 평가하지 않기만을 바랐다. 분노라는 감정은 아껴둘수록 좋다. 하루를 좋지 않은 감정으로 채우는 것처럼 아까운 일도 없을 테니. 그 둘 사이는 어떻게 됐을지 궁금해 하는 이들이 있을 것 같아 힌트를 줄까 한다. 옥스퍼드 동양학과 로버트 메이어 교수는 살면서 가장 성취감을 느끼는 순간이 언제냐고 묻자 다음과 같이 답변했다.

"원수처럼 지냈던 사람들과 친구가 되었을 때죠!"

얼마 전 명상을 하기 위해 틱낫한 스님이 운영하는 남불의 플럼 빌리지에 가게 됐다. 그곳을 거닐며 이런저런 생각을 정리하는데 노란 승복을 입고 탁구를 치는 어린 승려들의 모습이 눈에 들어왔다. 너무도 귀여워서 그들 옆에 자리를 잡았다. 그러자 한 어린 승려가 나를 보며 귀엽게 웃어 보였다.

"탁구 칠 줄 알아요?"

"몰라도 해보고 싶어요."

그렇게 우리는 땀을 흘리면서 친해졌고, 나는 그에게 승복을 입게 된 이유를 물어보았다.

"인생의 의미를 찾기 위해서요."

아, 인생의 의미. 그토록 오랫동안 찾아 헤맸던 질문. 그에게 답을 찾았는지 물었다.

"아직도 찾고 있는 중이지요."

인생 앞에서 우리는 모두 학자가 아닌 학생이 된다. 의미를 전하는 사람이 아닌 의미를 찾는 사람이 된다. 인생은 그 어떤 전문가도 통달할 수 없는 미지의 영역이다. 그렇게 우리는 정복할 수 없는 인생을 바라보며 살아간다. 온갖 희로애락을 접하면서. 이해하지 못해도 행복한 게 있다면 그것이 바로 인생일 것이다.

우리는 모두 인생이라는 무대 위에 선 무용수다. 이때 한 가지 꼭 기억해야 할 것이 있다. 작은 동작들이 모여서 멋진 춤을 만들어내듯, 수많은 순간이 모여서 인생을 만들어간다는 사실이다. 살면서 중요하지 않은 순간은 없다. 친구를 만나는 것도, 사랑하는 사람과 싸우는 것도, 실패를 겪는 것도 모두 놓칠 수 없는 순간이다. 그런데 주위를 둘러보면 이 사실을 잊어버린 채 춤을 잘 추겠다는 생각에만 빠져 사는 이들이 너무 많다. 그러다 보면 스텝도 꼬이고, 알고 있던 동작마저 잊어버린다. 지금 이 순간을 소중히 여기고 집중해야 '나만의 춤'을 출 수 있다. '나다운 인생'을 살 수 있다.

나를 귀하게 여겨야 하는 이유

외로움이라는 단어를 떠올릴 때마다 드는 생각이 있다. 인간은 결코 혼자라서 외로운 게 아니다. 주변에 사람이 많아도 얼마든지 외로울 수 있다. 오히려 주위에 사람은 많은데 진짜 나를 위해줄 사람이 없으면 더욱 외롭다. 인간이 외로운 이유는 사랑받지 못해서다. 사랑받는 자는 외롭지 않고, 사랑을 느끼지 못하는 사람은 외롭다. 관건은 사랑을 받느냐는 것이다.

인간의 사랑은 두 가지 모습을 띤다. 타인을 향한 사랑과 자기를 향한 사랑. 남을 향한 사랑은 치명적이고 매혹적이지만 한계가 있다. 우선 나를 영원히 사랑해줄 수 있는 사람을 찾기 어렵다. 내가 기대하는 만큼 나를 사랑해주기도 불가능하다. 가장 가깝다는 가족도 내가 원하는 정도의 사랑을 채워줄 수는 없다.

나를 영원히, 그리고 온전히 사랑할 수 있는 사람은 오로지 나다. 오직 나만이 나를 제대로 사랑할 수 있고, 상처 입은 나를 위로할 수 있다. 나를 사랑하라고 해서 개인주의적인 행동을 떠올린다면 오산이다. 내 삶을 사랑하는 데는 여러 가지 방법이 있으니까.

영국 블랙풀에서 해마다 열리는 런던댄스챔피언십에서 앤을 처음 만났다. 블랙풀은 1950년대 바닷가를 낀 휴양지로 유명했던 도시인데, 매년 세계 여러 나라에서 기량을 뽐내기 위해 몰려온 선수들로 인산인해를 이룬다. 영국은 축구, 댄싱, 가든, 골프 등 여러 분야에서 '최초'라는 타이틀을 가진 나라다. 나는 이곳에 '보이스 프롬 옥스퍼드' 자격으로 초청받아서 갔다가 홍콩에서 온 댄서 커플과 함께 식사를 하게 되었다. 이들은 대회에 참석할 때마다 자기 스승의 스튜디오에 묵으며 30회가량 레슨을 받는다고 했다. 축제와 대회에 참석하기 위해 해마다 영국을 찾는 제자들은 스승의 집에서 지내는 것이 일반적이다. 함께 자리에 합석한 싱가포르의 Y라는 친구도 81세 스승의 집에 묵고 있었다.

앤이 바로 그 81세 스승이었다. 그녀는 영국에서 댄스 스튜디오를 운영하며 수많은 댄서를 길러낸 세계적인 안무가이자 지도자였다. 앤의 얼굴은 나이에 걸맞지 않게 유난히 투명했다. 이마에 잔주름은 가득하지만 자연스럽고 당당한 기품이 서려 있어 나도 모르게 그녀의 뺨을 만져보고 싶은 충동이 들 정도였다. 바라보고 있노라면 나이 든 여성이 이토록 아름답고 빛날 수 있다는 사실에 안도감마저 밀려왔다. 나도 저렇게 아름답게 나이 들 수 있을까.

"당신처럼 늙고 싶어요."

나도 모르게 속마음을 털어놓고 말았다. 그러자 앤은 마치 기다렸다는 듯 조금은 생뚱맞은 질문을 던졌다.

"당신이 지금 가장 사랑하는 사람은 누구인가요?"

누구일까. 남편, 엄마, 딸, 아들…. 꼭 한 명을 말해야 하나요? 앤은 고개를 끄덕인다. 지금 가장 사랑하는 한 명을 떠올려보라는 얘기다. "그럼 남편으로 할게요."

그러자 앤은 고개를 젓는다. 그러면 안 된다고. 그러면 내가 겪은 아픔을 너도 겪게 될 거라고. 의아해하는 내게 앤은 자신의 지난날을 이야기하기 시작했다. 그녀의 남편은 자기보다 열 살이나 어린 모델과 사랑에 빠져 이혼을 요구했다. 배신감과 실의에 빠진 그녀는 평생을 함께해온 춤을 그만두었다. 그녀는 한없이 남편을 사랑했지만 정작 자기 자신을 사랑한 적은 없었다. 스스로를 사랑하지 않는 인생은 모래성에 불과하다. 물이 밀려오면 힘없이 쓰러질 수밖에 없다. 그렇게 절망스러움으로 하루하루를 무의미하게 보내던 어느 날, 그녀는 두 딸의 울부짖는 목소리를 듣는다.

"엄마만 보면 내가 힘들어. 나도 세상을 접고 싶어져."

그제야 앤은 불현듯 정신을 차렸다. 상처 입은 두 딸의 모습이 눈에 들어왔다. 내 상처를 핑계로 아이들에게 상처를 입히다니.

"써니, 나는 바로 일어서서 내 자신과 대화하기 시작했어. 그리고 나를 사랑할 방법을 고민했지. 역시 춤이었어. 댄싱은 내가 평생 사랑할 수 있는, 변함없는 연인이야."

배신감과 실의에 빠져 죽을 것 같았던 앤을 일으켜 세운 것은 사랑이었다. 바로 자신에 대한 사랑. 앤은 이제 남은 인생 동안 자신을 충실히 대접할 방법을 알았다고 했다.

우리는 모두 '사랑 그릇'을 하나씩 갖고 태어난다. 말 그대로 사랑만 담을 수 있다. 타인과의 사랑도 가능하고, 자기와의 사랑도 해당된다. 단 그릇에 담긴 사랑이 부족하면 문제가 발생한다. 슬픔과 외로움이 생겨나는 것이다. 그래서 사랑을 꼭꼭 모아 이 그릇에 담아야 한다. 중요한 건 그릇 안에 채워진 타인의 사랑과 자신에 대한 사랑이 적절하게 균형을 이뤄야 한다는 사실이다. 타인을 향한 사랑만 너무 많이 채웠다면, 그 사람이 떠나간 후 그릇은 텅 비어버린다.

'사랑 그릇'이 비워져 있다면 서둘러 채워야 한다. '사랑 그릇'은 위와 비슷해서 많이 먹다 보면 위가 커지는 것처럼, 사랑을 하면 점차 크기가 커진다. 하지만 비워져 있으면 줄어든 위장처럼 점차 작아진다. 그래서 사랑을 많이 받은 사람, 즉 '사랑 그릇'이 큰 사람은 사랑을 표현하고 나눠주는 데 인색하지 않다. 반면 사랑받지 못해서 '사랑 그릇'이 작아진 사람은 주는 데도 인색하다. 사랑을 하는 데도 경험과 학습이 필요하다. 나를 사랑하든 타인을 사랑하든.

우리 시어머니는 치매환자로 세상과 작별을 고했다. 이제껏 내가 본 사람들 중에서 손에 꼽을 만큼 숭고한 인생을 사신 분이자 '사랑'을 몸소 실천하신 분이다. 사람들은 거리에서 폐지를 줍던 초라한 노인네로 기억할지 모르지만, 어머니는 폐지를 모아 번 돈과 자식들이 보내준 생활비를 아껴서 전북대 의과대학에 몇 번이나 기탁했을 정도로 나눔에 적극적이셨다. 이제는 좀 편히 사시라는 자식들의 만류에도 자신의 소명을 굽히지 않았다. 세상이 베풀어준 은혜를 갚고 싶다며 추운 겨울날에 거리로 나가는 것도 마다하지 않았다. 어머니를 보내던 날 그동안 지극정성으로 모셨던 시누이들은 자기들 때문에 어머니가 힘들게 세상을 떠난 것 같다며 좀처럼 통곡을 멈추지 못했다. 나는 앤의 이야기를 들으며 돌아가신 시어머니를 떠올렸다. 나는 이제껏 어머니가 남들을 돌보는 데만 관심을 쏟느라, 자기 자신을 사랑할 기회조차 갖지 못했다고 생각했다. 그런데 생각해보니 아니었다. 자기보다 덜 가진 이들을 돌보는 것이야말로, 어머니가 택한 '나를 사랑하는 방법'이었다. 가끔씩 어머니가 그 일을 더 열심히 하시게 두었더라면 치매에 안 걸렸을 거라는 아쉬움이 들기도 한다.

진천에 사시는 이모는 유독 꽃을 좋아했다. 종종 앞마당에 피어 있는 꽃들과 대화를 나누는 이모를 보면서 피식 웃은 기억도 있다. 처음에는 낯설었지만 시간이 흐르면서 그 모습이 무척 사랑스러워 보였다. 그래서 하루는 이모에게 꽃들과 어떤 대화를 나누는지 물어보았다.

"꽃이 피면, 너 활짝 폈구나 하고 인사하지. 그 옆에 먼저 핀 꽃잎이 떨어지면 너도 떨어졌구나 하고 아는 척하고. 아쉽지만 네가 떨어져야 더 아름다운 꽃이 핀다고도 말해주고."

이모는 꽃을 통해 자신과 대화를 나누고 있었다. 돌이켜보니 이모가 꽃을 심기 시작한 것은 이모부가 세상을 떠나고 나서부터였다. 이모부를 향한 사랑 대신 꽃을 통해 자신을 사랑한 것이다.

나 자신을 들여다보고 대화하기 위해 내가 택한 방법은 명상이다. 명상은 운동이 아니다. 자신을 들여다보고 대화하는 모든 행위가 명상이 된다. 가부좌를 틀고 할 수도 있겠지만, 걸으면서도 가능하다. 나는 길을 걷다가도, 시끄러운 지하철 안에서도 15분 정도씩 명상을 한다. 처음 명상에 빠져들었을 때는 아침저녁으로 반드시 한 시간씩 규칙적으로 명상을 하기도 했다. 내가 대단히 외로웠을 즈음이었다.

얼마 전 한국에서 고속버스를 타고 지방에 갈 일이 있었다. 지인의 결혼식에 가는 길이었다. 지방 국도를 오랜만에 달려보는 데다 좋아하는 이의 갑작스런 결혼식이라 괜히 더 설레었다. 그런데 토요일

오전에 출발하다 보니 교통체증이 심각했다. 설레던 기분은 이내 사라지고 나도 모르게 짜증이 일었다. '대체 얼마 만에 한국에 왔는데 이 소중한 시간을 길에서 보낸담.'

습관처럼 눈을 감고 명상의 시간을 가졌다. 명상을 한다고 차가 뚫릴 가능성은 전혀 없지만, 그날 신부와 신랑이 될 사람들의 얼굴을 떠올렸다. '아, 내 소중한 사람들.'

결혼식에 참석하기 위해 영국에서의 바쁜 스케줄도 내팽개치고 부리나케 달려온 나를 칭찬해줬다. 나는 참 의리 있는 사람이란 말이야. 저절로 행복한 미소가 흘러나왔다. 그러자 옆자리에 앉은 지인의 목소리가 들려온다. 차가 밀려서 적잖이 짜증 난 목소리다. 몇 분 전의 나처럼.

"무슨 좋은 일 있으신가 봐요?"

나는 잠시 눈을 뜨고, 미소를 지으며 대답했다.

"그럼요. 제 인생과 사랑에 빠졌거든요."

아름답게 지는 법을 배워라

⋮
자신의 어떤 행위가 실패한 경우, 실패했기 때문에 더욱더 그 행위에 대해 계속해서
경의를 갖게 된다. – 니체, 《이 사람을 보라》 중에서

"써니, 지금이라도 늦지는 않았다고 생각해서 왔어요. 환영해주실
거죠?"

멕시코 문화부장관을 지낸 사이사가 3개월짜리 어학코스를 밟겠
다고 옥스퍼드에 왔을 때, 참 대단한 사람이라는 생각이 들었다. 말이
쉽지 일반 회사원이 아닌 경영자가 자리를 비우기란 쉽지 않다. 막중
한 책임을 져야 하는 입장에서 얼마나 큰맘을 먹고 왔을지 보이는 게
있었다. 출판사를 경영하다 문화장관으로 발탁되어 국제무대에서 활
약하던 그녀는 공직을 떠나 큰 프로젝트를 구상하고 있다고 했다. 회
사 대표쯤 되면 영어 잘하는 인재를 채용하면 되는데 굳이 중요한 업
무를 관두고 영국으로 온 것이다. 그녀는 아주 어려서부터 영국으로

유학을 오고 싶었는데 가정 형편상 꿈을 미뤄야 했다. 자기계발에 누구보다 적극적인 그녀였지만 외국어만큼은 뜻대로 되지 않았던 모양이다. 업무로 만나는 클라이언트의 대부분이 영어를 쓰기에 직접 협상에 참여하지 못하는 부분이 늘 안타까웠다고. 문득 어려서 영문학에 관심이 있던 자신을 떠올린 그녀는 중요한 컨퍼런스 참석도 미루고 영국행 비행기에 올랐다고 했다. 말은 그랬지만 그녀도 결심이 쉽지는 않았던 모양이다.

"솔직히 오기 쉽지 않더라고요. 오십이 넘어서 이렇게 배짱 좋게 움직일 수 있는 여건의 사람이 얼마나 되겠어요. 이 나이에 창피하게 어학연수 간다고 소문도 못 내고 말이죠. 박사인 써니가 이런 고충을 얼마나 아실까."

오, 천만에. 나는 차고 넘치게 공감한다. 내 언어에 대한 갈증은 철저히 생계형 영어부터 시작됐다. 처음 남편을 따라 옥스퍼드에 도착해서 칼리지 영어코스에 다니면서 나 자신과 했던 약속이 지금도 기억난다. 몸져누운 남편의 처방약을 사기 위해서라면 서바이벌 영어에 돌입해야 한다고 결심했다. 식당에 취직해 설거지하는 것보다 하루하루 버티는 일이 급박했다. 돌아보면 그때 내게 했던 약속, '오늘'을 살기 위해 했던 노력이 나를 여기까지 오게 한 것 같다. 코스를 모두 끝내고 한국으로 돌아와서는 다시 대학원에서 영어영문학을 공부했다. 이후 대학과 방송에서 영어강사로 8년간 활동하면서 집을 장만하고 아이들을 가르쳤다. 배운 재주로 열심히 벌어서 내 도리를 다한 셈이다. 내가 거의 유일하게 나에게 점수를 주는 대목이다. 예로부터 내려오는 부지런한 한국 여자의 근성이 내게도 있었던 것이다.

사이사는 옥스퍼드 대학에서 특강을 들을 당시, 분위기는 아주 좋았지만 못 알아듣는 부분이 많았다며 마음 놓고 공부할 수 있는 지금이 행복하다고 했다. "내가 아는 유일한 것은 내가 아무것도 모른다는 사실뿐이다."라는 소크라테스의 말이 있다. 나는 그녀에게 적어도 자신이 영어를 잘 못한다는 사실을 알고 있으니, 소크라테스보다 낫다는 덕담과 위로를 해주었다. 그녀는 화려한 경력과는 달리 옷차림도 수수하고 검소했다. 중학교 때부터 부모님의 영향으로 항상 다른 사람을 먼저 배려했고, 가지고 싶은 것이 있어도 다른 사람에게 양보하는 습관을 갖고 있었다. 그녀가 부모님의 형편을 고려해 유학을 빨리 마음에서 지웠을 거란 예상이 어렵지 않았다. 항상 다른 사람을 먼저 배려하다 보니 좋은 물건이 있으면 이건 누구에게 어울릴까부터 생각하는 사람이라, 미루어둔 일을 결국 만학의 기쁨으로 누리게 된 것이다. 사이사는 예상보다 1년 2개월이나 더 연장해서 원하는 공부를 양껏 하고 귀국할 예정이다. 나는 자신이 영어에 약하다는 사실을 부끄러워하지 않고 언제나 즐거운 얼굴을 하는 그녀가 늘 당당하고 멋있어 보였다.

영어를 가르치다 보면 학생들보다 성인반이 몇 배는 더 어렵게 느꺼진다. 학생들은 자신이 원래 영어를 잘 못한다는 마음으로 수업에 들어오기에 틀려도 굳이 자책하진 않는다.

하지만 성인들, 사회인들은 다르다. 그들은 이미 학창 시절에 영어를 배운 적이 있다. 그러한 경험이 오히려 커다란 장애물로 다가온다. 조금만 틀려도 "내가 이 정도도 모른단 말이야?" 하는 자책의 표정이 역력하다. 자책은 때로 포기로 이어진다. 시간이 지날수록 수강생이 몇 명 남지 않는, 급속도로 줄어드는 풍경이 낯설지 않다.

오랜 시간 성인들을 대상으로 영어를 가르치다 알게 된 사실이 하나 있다. 실제 커리큘럼이 끝나고 놀랄 만한 성과를 낸 수강생들을 조사한 결과였다. 그들 모두 처음에는 수업의 15% 정도밖에 이해하지 못했다고 했다. 하지만 수업을 못 알아듣는다고 낙심하지 않은 수강생들은 시간이 흐를수록 성장해 나갔다. 그래서 나는 첫 수업에서 반드시 다음과 같은 당부를 한다. "영어를 못 알아듣는다고 좌절하지 마세요. 한국어로 하는 수업도 10분이 지나면 집중력이 떨어지기 마련입니다. 여러분은 영어를 못하는 게 아니라 아직 충분히 영어에 노출되지 않았을 뿐입니다. 수업의 5%만 내 것으로 만들어도 대성공입니다. 처음부터 너무 욕심내지 마세요."

하지만 아무리 자신감을 불어넣어도 자신에 대한 기대치를 낮추는 것은 좀처럼 쉽지 않다.

완벽이란 태양과 같아서
보이기는 하지만 잡히지 않는다.
어찌 보면 완벽한 인생을 추구한다는 것은
실패를 정해놓고 시작하는 도전이나 마찬가지다.

"완벽하고자 하는 강박관념 때문이에요."

센클레어 옥스퍼드 영어교육학부장인 로리 쿠퍼랜드의 말이다. 그는 2013년에 서울대에서도 강의를 하여 호평받은 세계적 영어교육 전문가다. 그의 주장대로 세상은 언젠가부터 '완벽'에 대한 판타지에 빠져 있는 것 같다. 여기저기서 완벽한 세상, 완벽한 인간이 되는 것을 목표로 만들어놓았다. 하지만 완벽이란 태양과 같아서 보이긴 하지만 잡히지 않는다. 어찌 보면 완벽한 인생을 추구한다는 것은 실패를 정해놓고 시작하는 도전이나 마찬가지다. 그는 우리 스스로 완벽에 대한 판타지를 깨야 한다고 주장한다.

"경쟁사회에서 완벽주의에 빠지는 건 스스로가 건강하지 못하다는 증거입니다. 누구도 우리에게 완벽을 요구할 순 없어요. 완벽은 오히려 해롭거든요."

완벽하고자 하는 목표는 그 누구도 아닌, 자기 자신이 만든 것에 불과하다. 지금처럼 자고 일어나면 많은 것이 달라지는 경쟁사회에서 영원한 승자는 존재할 수 없다. 시간이 지나면 승자의 월계관을 누군가에게 넘겨주어야 한다. 인생은 애초 완벽하지 못한 길이기에 우리는 수시로 실패의 정류장을 만난다. 하지만 이 정류장은 주차장이 아니다. 머무는 곳이 아니라 잠시 쉬었다 가는 곳이다. 최대한 빨리 다시 길을 떠나야 한다. 아직 갈 길이 멀지 않은가. 그렇게 실패를 감당해야 오래, 멀리까지 갈 수 있다. 자신이 얼마나 부족한지를 깨닫는다면 실패의 순간마저 사랑해야 한다. 실패는 곧 기회이기 때문이다.

나는 종종 짓궂은 인터뷰어라는 평을 듣는다. 보이스 프롬 옥스퍼드를 통해 만난 석학들 앞에서 그들의 빛나는 성과를 듣기도 바쁜 마당에, 오히려 참혹한 실패에 대해 캐물을 때가 더 많아서다. 솔직히 고백하자면 나는 성공한 사람보다 실패한 사람에게 애착이 간다. 개인적으로 성공보다는 실패를 더 많이 겪어서일까.

"실패는 인생에서 당연한 거야. 자기에게 실망하는 것도 당연하지."

밀라노 의대 교수인 다리오 프란시스코 교수는 실패에 대한 내 질문에 아주 당연하다는 듯 미소를 지었다. 그는 실패 후 '실망'이 뒤따르는 건 아주 자연스러운 일이라고 덧붙였다.

노블 교수는 아름답게 지는 법에 대해 이렇게 말했다.

"실패 앞에서도 긍정의 힘을 찾아내야죠."

그는 긍정이야말로 실패와 패배 앞에서 위력을 발휘하는 무기라고 덧붙였다. 나는 그런 긍정의 힘을 내 친구 헬렌에게서 발견했다. 그녀는 런던 대학교를 졸업하고 정부에서 장학금을 받아 서울대에서 공부하게 된 친구였다. 타지에서 홀로 생활하는 바람에 처음에는 외로움을 많이 탔다. 창밖을 멍하니 쳐다보는 일도 비일비재했고, 유학 초기에는 사람들과의 대화에도 끼지 않았다. 하지만 어느 시점이 지나면서부터 표정이 달라졌다. 말수도 늘어나고 웃음도 많아졌다. "나, 한국말 잘해요."라고 너스레를 떠는 건 기본이었다. 집으로 초대했을 때는 "밥상이 만원이다."라는 엉뚱한 표현으로 우리를 한바탕 웃게 만들었다. 언젠가 한국에서는 남자의 생식기를 '고추'라고 부르기도 한다고 알려주었더니, 남자들이 많은 곳에서 "어우, 고추가 너무 많아요."라는 말로 우리를 당황하게 만들었다. 나는 항상 웃는 얼굴로 변한 그녀가 사랑스럽고 궁금한 나머지 어떻게 그렇게 갑자기 긍정적으로 변했는지 물어보았다.

처음 그녀는 어색한 한국말을 하는 게 조심스러웠다고 한다. 자신이 실수할까 봐, 그래서 한국인들이 무시할까 봐 두려웠다고. 그런데 어느 날 한국 학생들이 영어를 하는 것을 보고 깜짝 놀랐다. 지나치게 완벽한 발음과 문법을 구사하려는 태도 때문이었다. 실제 많은 한국 사람들이 영어를 할 때 혹시 발음이 촌스럽진 않을까, 어순이 틀리진 않을까 겁을 낸다. 영어는 핵심 단어의 높낮이만 제대로 구사해도 소통에 무리가 없다. 굳이 완벽하게 구사하지 않아도 된다. 세계 어느 나라를 가도 우리나라만큼 외국어 발음의 정확성을 따지고 드는 나라는 드물 것이다. 어느 순간부터 헬렌은 그런 한국인들이 귀여워 보이고, 사랑스럽게 느껴졌다고 한다. 어설프게라도 열심히 한국어를 쓰면 한국인들이 자신을 사랑해줄 거라는 믿음도 생겼다고 했다. 헬렌은 타국에서 홀로 힘들어하는 대신 건강한 실패의 길을 택했다. 그리고 나를 비롯한 수많은 한국인 친구들을 얻었다.

나와 함께 일하는 레이 교수는 인생의 실패가 많을 수밖에 없는 이유에 대해 다음과 같이 말한다.

"인생은 늘 복잡합니다. 그래서 일어나는 모든 일들에 대해 예측하고 조정하기란 불가능하죠."

우리는 늘 완벽하게 미래를 예측하고 자신의 인생을 조정하려 하지만, 좀처럼 뜻대로 되지 않는다. 인생은 너무 복잡하다. 예측하지 못한 상황에서는 성공보다 실패에 발을 들이기 쉽다. 성공이 당연한 게 아니라 실패가 당연하며, 승자가 소수이고 패자가 다수인 게 당연하다.

하지만 실패의 잔근육 하나하나는 남다른 의미를 갖는다. 이기고 지는 문제는 스스로 결정할 수 없지만, 우리가 좌우할 수 있는 것도 있다. 바로 상황에 따른 적절한 태도다. 성공했을 때의 태도와 실패했을 때의 태도. 이제는 멋지게 실패하는 법을 배워서 아름다운 패자가 되는 데 익숙해져야 하지 않을까. 이왕이면 아름답게 지는 것이 좋은 법이다.

나만의 인생을 추어라

이 책은 내게 또 하나의 도전이었다. 그리고 책을 쓰는 동안 또 하나의 도전을 시작했다. 아마추어 볼룸댄싱 금메달에 도전장을 내민 것이다. 메달을 따려고 춤을 배운 건 아니었지만 은메달까지 따고 나니 슬슬 욕심이 생겼다. 결국 원고를 탈고한 후부터 금메달을 목표로 삼고 본격적인 춤 연습에 돌입했다. 그런데 나이가 육십을 넘으니 몸이 생각처럼 움직여주질 않았다. 화려한 동작도 척척 해내는 젊은 친구들을 바라보고 있으면 조금씩 뒤처지는 기분이었다. '하필 이 나이에 괜한 메달 욕심에 빠져서는….' 후회가 밀려왔다. 나도 모르게 춤을 추는 일이 지겨워지고 있었다. 어느 날 오늘은 그만 해야지, 하고 조용히 짐을 싸서 나오려는데 지도교사가 다가와 싱긋 웃으며 말했다.

"너무 생각이 많네요."

춤은 몸으로 반응하는 것이지 머릿속에서 구현되는 것이 아니다. 그런데 내 춤에는 생각이 너무 많이 담겨 있었다. 메달을 따고 싶다는 그놈의 욕심, 결과로 보여줘야겠다는 지나친 의욕이 문제였다. 경쟁자들에게 질까 봐, 대회에서 떨어질까 봐 나도 모르게 몸이 움츠러들었던 것 같다. 지도교사는 내 표정을 보더니 웃으며 물었다.

"메달을 원하세요, 아니면 즐겁게 춤추길 원하세요?"

나는 기어들어가는 목소리로, 그렇지만 짐짓 아무렇지도 않은 척 메달은 하나도 중요하지 않다고 말했다. 사실 대답하는 동안 다시 생각해보니 그런 것 같았다. 그러자 그는 활짝 미소를 지으며 내게 '막춤'을 춰보라고 제안했다.

"금메달보다 더 중요한 건 춤추고 싶다는 마음, 의지입니다. 내 삶을 신나게 살고 싶은 열정이기도 하고요. 먼저 눈을 감고 몸을 마음대로 움직여보세요. 그리고 원하는 대로 춰보세요."

지도교사의 치료법은 간단했다. 효과는 바로 나타났다. 더 이상 다른 사람들보다 춤을 잘 추고 못 추고는 중요하지 않았다. 내가 춤을 추는 이유는 춤을 추고 있으면 행복했기 때문이다. 행복하지 않다면 더 이상 춤을 출 이유는 없었다. 그렇게 생각하자 몸도 마음도 가벼워졌다. 결국 나는 왈츠에서 퀵스텝, 탱고, 폭스트롯까지 무려 네 종목에서 금메달리스트가 되었다. 예상치 못한 결과였다. 나는 이 소식을 모교인 옥스퍼드대 엑서터 칼리지의 프랜시스 케언크로스 학장님께 제일 먼저 알려드렸다. 항상 내게 힘을 주신 학장님은 쉬지 말고 계속 전진하라며 과분한 칭찬의 메시지를 보내왔다.

"What terrific news! You are a great role model for younger women with your energy and elegance!(정말 멋진 소식이야. 성희의 에너지와 우아함은 분명 젊은 여성들의 롤모델이 되기에 충분해)"

춤을 추는 동안, 그리고 난생처음 춤 때문에 스트레스를 받으면서 나는 춤과 인생이 많이 닮아 있다는 생각을 했다. 우리는 모두 인생이라는 무대 위에 선 무용수다. 남들보다 더 잘 보이는 자리에 서고 싶고, 남들보다 더 멋진 동작을 보여주기 위해 애쓰는.

이때 한 가지 꼭 기억해야 할 것이 있다. 작은 동작들이 모여서 멋진 춤을 만들어내듯, 수많은 순간이 모여서 인생을 만들어간다는 사실이다. 살면서 중요하지 않은 시간은 없다. 친구들을 만나는 것도, 맛있는 음식을 먹는 것도, 사랑하는 사람과 싸우는 것, 실패를 겪는 것도 모두 놓칠 수 없는 순간이다. 그런데 주위를 둘러보면 이 사실을 잊어버린 채 춤을 잘 추겠다는 생각에만 빠져 사는 이들이 너무 많다. 그러다 보면 스텝도 꼬이고, 알고 있던 동작마저 잊어버린다.

지금 이 순간을 소중히 여기고 집중해야 '나만의 춤'을 출 수 있다. 자기만의 인생을 살 수 있다. 부디 이 책이 '나만의 인생'을 만들어가

에필로그

는 작은 계기가 되었으면 하는 바람이다.

이 책을 쓰는 동안 많은 지원을 아끼지 않은 모교의 은사님들, 보이스 프롬 옥스퍼드의 동료들, 서울공대와 글로벌공학교육센터 동료들, 이학준 기자를 비롯한 미디어 분야의 친구들에게 많은 빚을 졌다. 이 책에 등장한 모든 분들과 끊임없는 격려와 지원을 보내준 '나의 영원한 친구들'과 하이파이브하며 축배를 들고 싶다.

끝으로 나의 이야기를 많은 독자들과 나눌 수 있는 기회를 준 쌤앤파커스 출판사 박시형 대표님과 원고에 애정을 보여준 담당 편집자와 다른 직원들, 그리고 사랑하는 가족에게 깊은 감사의 마음을 전하고 싶다.

김성희

* 이 책에 실린 모든 사진의 저작권은 'Janine Freeston & David Edwardson, Voices from Oxford'에 있습니다. 책을 멋지게 만들어준 두 분에게 깊은 감사를 표합니다.

멈추면, 비로소 보이는 것들
혜민 지음 | 이영철 그림 | 14,000원

관계에 대해, 사랑에 대해, 인생과 희망에 대해… '영혼의 멘토, 청춘의 도반' 혜민 스님의 마음 매뉴얼. 하버드 재학 중 출가하여 승려이자 미국 대학교수라는 특별한 인생을 사는 혜민 스님. 수십만 트위터리안들이 먼저 읽고 감동한 혜민 스님의 인생 잠언!(추천: 쫓기는 듯한 삶에 지친 이들에게 위안과 격려를 주는 책)

나는 다만, 조금 느릴 뿐이다
강세형 지음 | 14,000원

안 아픈 척, 안 힘든 척, 다 괜찮은 척… 세상의 속도에 맞추기 위해, 그렇게 어른처럼 보이기 위해 달려온 당신에게 보내는 담담한 위안과 희망. 나는 왜 이렇게 평범한 걸까, 나는 왜 이렇게 어중간한 걸까 생각해본 적 있다면, 설렘보다 걱정이 앞선다면, 이 책이 반가움과 작은 희망이 되어줄 것이다.

설탕의 맛
김사과 지음 | 13,000원

문제적 작가 김사과의 첫 번째 에세이. 이방의 관찰자로 부유하며 여행과 도시, 현대인에 관해 리뷰했다. 여러 도시에서 만난 사람과 사건, 정서, 날씨, 기온, 마음의 내밀한 동요들을 독특한 질감으로 내레이션한다. 뉴욕의 힙스터와 베를린의 클럽과 월스트리트 노동절 행진과 조울병에 걸린 금발미녀가 공존하는, 가장 김사과적인 에세이.

나는 클림트를 보면 베토벤이 들린다
권순훤 지음 | 16,000원

'미술관에 간 피아니스트' 권순훤의 명화 속 클래식 산책. 인류 최고의 화가와 음악가들의 흥미진진한 비하인드 스토리! 눈과 귀를 황홀하게 해주는 62점의 명화와 67곡의 클래식 음악이 보여주고 들려주는 상상초월 클래식 오디세이가 펼쳐진다. 예술적 감수성과 지적 호기심, 교양과 상상력을 폭발시켜주는 필독 교양서.

포기하는 용기
이승욱 지음 | 14,000원

우리는 흔히 돈을 더 많이 벌면, 얼굴이 더 예뻐지면, 사랑받으면 더 행복해질 거라 생각한다. 하지만 남들에게 보란 듯이 살고 싶다는 욕망은 우리 인생을 낭비하게 할 뿐이다. 이 책은 우리가 원해왔던 것이 사실은 내가 원한 게 아니라 세상의 강요였음을 깨닫게 하고, 그 자리에 내가 정말 원하는 게 뭔지 생각해서 채우도록 인도한다.

아프니까 청춘이다
김난도 지음 | 14,000원

200만 청춘을 위로하다! 이 시대 최고의 멘토, 김난도 교수의 인생 강의실! 저자는 이 책에서 불안하고 아픈 청춘들에게 따뜻한 위로의 글, 따끔한 죽비 같은 글을 전한다. 스스로를 돌아보고, 추스르고, 다시 시작하게 하는 멘토링 에세이집. (추천:인생 앞에 홀로서기를 시작하는 청춘을 응원하는 책)

시 읽기 좋은 날
김경민 지음 | 14,000원

교과서 속에서 뽑아낸 50편의 주옥같은 시, 삶과 사랑, 세상에 비추어 써내려간 잔잔하고도 감동적인 에세이. 어른이 되어 다시 만난 명시들을 통해 그동안 느끼지 못했던 시 읽기의 즐거움과 삶에 대한 통찰을 느낄 수 있다. (추천 : 누군가가 말없이 그리울 때, 삶의 고단함에 지쳤을 때, 마음에 따뜻한 위로를 안겨주는 책)

마음 아프지 마
윤대현 지음 | 15,000원

연애부터 일까지, 언제나 당신의 편이 되어줄 파격적인 인생상담. 이 책은 인생에서 빼놓을 수 없는 화두인 연애, 우정, 가족, 직장 등에 대한 고민과 저절로 마음이 든든해지는 해결책을 담고 있다. 현실적인 인생진단과 위안을 동시에 얻고 싶은 욕심 많은 청춘에게 명쾌한 처방전이 되어줄 것이다.

비울수록 가득하네
정목 스님 지음 | 14,000원 | 명상CD 수록

치유의 어머니 정목 스님의 소박하고 따뜻한 마음공부 이야기. 매일매일 삶과 싸우고, 사랑하고, 고통받고, 꿈꾸는 현대인들에게 '행복을 위한 마음 연습'을 안내하고 있다. 분노와 우울, 좌절과 상처를 다스리는 이야기와 잠언, 명상법을 갈무리하여 담은 이 책은 힘들고 아프고 정처 없는 마음들에게 치료약이 되고 길잡이가 되어줄 것이다.

날개가 없다, 그래서 뛰는 거다
김도윤 · 제갈현열 지음 | 14,000원

"실패하는 이유는 학벌이 없어서가 아니라 학벌 없는 놈처럼 살아서다!" 지방대 출신에 영어성적도 없는 두 청년. 그러나 의지로 대한민국 인재상을 수상하고, 광고기획자와 모티베이터라는 꿈을 이루었다. 그들이 후배들에게 들려주는 학벌천국 정면돌파 매뉴얼. (추천 : 위로와 격려를 넘어 현실적인 변화방법을 원하는 청춘들을 위한 맞춤 처방)